나의 방랑

— 랭보 시집

La poésie de Rimbaud

Arthur Rimbaud

대산세계문학총서 123

나의 방랑
—랭보 시집

Ma Bohème

아르튀르 랭보 지음 | 한대균 옮김

문학과지성사
2014

대산세계문학총서 123_시

나의 방랑—랭보 시집

지은이 아르튀르 랭보
옮긴이 한대균
펴낸이 이광호
펴낸곳 **㈜문학과지성사**
등록번호 제1993-000098호
주소 04034 서울 마포구 잔다리로7길 18(서교동 377-20)
전화 02) 338-7224
팩스 02) 323-4180(편집) 02) 338-7221(영업)
전자우편 moonji@moonji.com
홈페이지 www.moonji.com

제1판 제1쇄 2014년 6월 16일
제1판 제7쇄 2024년 7월 17일

ISBN 978-89-320-2615-2
ISBN 978-89-320-1246-9(세트)

이 책은 대산문화재단의 외국문학 번역지원사업을 통해 발간되었습니다.
대산문화재단은 大山 愼鏞虎 선생의 뜻에 따라 교보생명의 출연으로 창립되어
우리 문학의 창달과 세계화를 위해 다양한 공익문화사업을 펼치고 있습니다.

차례

제1부 운문시
1870~1871

제2부 자유 운문시
1872

일러두기

1. 이 책은 Jean-Nicolas-Arthur Rimbaud의 *Œuvres complètes*(Paris : Gallimard, 1972) 중 운문시와 자유 운문시를 발췌하여 우리말로 옮긴 것이다.
2. 주석은 모두 옮긴이가 작성한 것이다.
3. 시제(詩題) 없이 쓰인 시들은 시의 첫 부분을 제목으로 했고, 큰따옴표로 묶어 표시했다.
4. 강조하기 위해 원서에서 이탤릭체로 표기한 것을 본문에서는 고딕체로, 단어의 첫 글자를 대문자로 표기한 것은 진하게 표기해 옮겼다.
5. 맞춤법과 외래어 표기는 1989년 3월 1일부터 시행된 「한글 맞춤법 규정」과 『문교부 편수 자료』 『표준국어대사전』(국립국어연구원)을 따랐다.

제1부
운문시
1870~1871

고아들의 새해 선물

LES ÉTRENNES DES ORPHELINS

I

방은 어둠이 그득하다. 어렴풋이 들려오는
두 아이들의 슬프고 나직한 속삭임.
그들의 이마는 수그러져 있다, 아직도 꿈의 무게에 눌려,
떨리며 걷히는 희고 긴 커튼 자락 아래서……
—밖에서는 새들이 추워 서로 몸을 붙이고 있다. 5
그 날개는 하늘의 잿빛 색조 아래서 마비되어간다.
그리고 새해는, 안개에 싸여,
눈같이 흰 드레스 자락을 이끌며,
눈물과 함께 웃고, 추위에 떨며 노래한다……

II

그런데 가련한 아이들은, 펄렁이는 커튼 아래서, 10
어두운 밤에 하듯이, 나직이 말한다.
아이들은, 생각에 잠겨, 먼 속삭임인 듯 귀 기울이고……

그 둥근 유리 덮개 속에서 금속성 후렴구를
치고 또 치는 자명종의 금빛 맑은 소리에
15 아이들은 자꾸만 소스라치고……
—그리고, 방은 얼음장이고…… 방바닥 침대 주위로
상복들이 흩어져 끌려 다닌다.
문턱에서 한탄하는 매서운 겨울 삭풍이
그 침울한 숨결을 집 안으로 불어대는구나!
20 이 모든 것 속에서, 무언가 부족한 것이 느껴진다……
—이 가련한 아이들에게 어머니가,
환한 웃음과 당당한 눈빛의 어머니가 그래 없단 말인가?
어머니는 잊었구나, 저녁에, 홀로 고개를 수그리고,
걷어낸 재에 불길을 지펴놓지 않았구나,
25 미안하다 소리치며 아이들 곁을 떠나기 전에
모포와 털 이불을 겹겹이 덮어주지 않았구나.
아침 추위를 전혀 예상 못하고,
겨울 삭풍의 문턱을 단단히 막지 않았던 것인가?……
—어머니의 꿈, 그것은 따스한 융단,
30 솜털 보금자리, 웅크린 아이들이,
나뭇가지가 흔들어주는 예쁜 새처럼,
순결한 환상이 가득한 단잠 이루는 곳!……
—그런데 여기는,—깃털도, 온기도 없는 새둥지 같은 곳,
어린것들이 추워하고, 잠 못 이루고, 무서워하는,
35 가혹한 삭풍에 얼어붙어버린 새둥지……

III

그대 마음은 벌써 알고 있다,—이 아이들에게 어머니가 없음을.
이제 집에 어머니는 없다!—아버지는 아주 멀리 있고!……
—늙은 하녀가, 그래서, 그들을 보살펴주었다.
얼음 같은 집에는 어린것들뿐이다.
네 살배기 고아들, 지금 그들의 마음속에 40
즐거운 추억이 새록새록 떠오른다……
기도하며 한 알씩 세어 내리는 묵주처럼.
—아! 정말 멋진 아침이야, 새해 선물 받는 오늘 아침!
저마다, 밤새도록, 새해 선물의 꿈을 꾸었었지.
무언가 신기한 꿈속에서, 장난감들, 45
금박지로 싼 사탕들, 반짝이는 보석들이
빙빙 돌고, 낭랑한 춤곡 속에 춤을 추더니,
커튼 아래로 사라졌다가, 다시 나타나곤 하였지!
아침에 눈을 뜨고, 즐겁게 일어났었지,
입맛을 다시고, 눈을 비비면서…… 50
머리 위로 머리칼은 엉클어져 뻗쳤는데,
명절날 그렇듯이, 초롱초롱한 눈빛으로 갔었지,
그리고 조그만 맨발로 마룻바닥을 스치며 가서,
부모님의 방문을 아주 살짝 잡고는……
들어갔었지!…… 그러고는 소원을 빌고…… 잠옷 바람으로, 55
계속 입맞춤하고, 마음대로 까불었지!

IV

아! 정말 멋졌어, 그토록 많이 했던 이 말들!
—그러나 얼마나 많이 변했는가, 옛날의 집은.
커다란 불이 벽난로에서 밝게 탁탁 불꽃 튀며 타오르고,
60 오래된 방이 구석구석 환하게 빛났지.
진홍빛 불 그림자가 커다란 화덕에서 쏟아져 나와,
니스 칠한 가구 위에서 즐겁게 맴돌았지……
—장롱은 열쇠가 없었어!…… 열쇠 없는, 그 커다란 장롱!
우린 늘 바라보았지 갈색 검은색의 그 문을……
65 열쇠 없는 문을!…… 야릇했어!…… 우리는 수없이 꿈꾸었지
나무로 된 장롱 옆구리 사이에 잠자고 있는 신비한 것들을,
그리고 들리는 것만 같았지, 입 벌린 자물쇠 깊은 곳에서,
먼 곳의 어떤 소리가, 어렴풋한 유쾌한 속삭임이……
—이제, 부모의 방이 텅 비어 있다.
70 아무런 진홍빛 불 그림자도 문 밑으로 비치지 않았다.
부모도, 화덕도, 빼놓은 열쇠도 없다.
그러니, 입맞춤도 없고, 뜻밖의 따뜻한 선물도 없구나!
오! 새해 첫날이 이 아이들에게는 얼마나 슬픈 날이 되겠는가!
—그리고, 깊은 생각에 잠겨, 그 커다란 푸른 눈에서
75 조용히 쓰라린 눈물이 떨어지는데,
아이들은 중얼거린다. "우리 엄마는 도대체 언제 돌아오실까?"
. . . .

V

이제, 어린것들은 슬프게 잠들어 있다.
보면, 그들은 자면서도 울고 있는지,
눈은 부어 있고 숨결은 고통스럽구나!
어리고 어린것들의 가슴은 이토록 여리구나! 80
—그러나 요람의 천사가 다가와 그들의 눈을 닦아주고
이 무거운 잠 속에 즐거운 꿈 하나 가져다 놓는다,
아주 즐거운 꿈이어서, 반만 오므린 아이들의 입술이
미소 지으며, 무언가 중얼거리는 것 같았다……
—아이들은 꿈꾼다, 그 작고 동그란 팔에 엎드린 채, 85
부드럽게 깨어나는 몸짓으로, 이마를 내밀고는,
몽롱한 시선으로 주변을 둘러보는 꿈을……
그들은 어느 장밋빛 낙원에서 잠든 것으로 믿고 있다……
불빛 그득한 화덕에서 불꽃이 흥겹게 노래하고……
창문 너머 저기 맑고 푸른 한 조각 하늘이 보인다. 90
자연은 깨어나 햇살에 취하고……
대지는, 반쯤 헐벗은 채, 소생의 행복에 젖어,
태양의 입맞춤으로 환희에 전율한다……
오래된 집 안에 모든 것은 따뜻하고 진홍빛이다.
어두운 옷들이 이제 바닥에 널려 있지 않고, 95
문턱 아래 삭풍도 마침내 입을 다물었다……
어느 요정이 거기 들어온 것 같구나!……

—아이들은, 아주 기뻐하며, 두 번의 소리를 지른다…… 거기,
엄마의 침대 곁, 한 줄기 장밋빛 아름다운 광선 아래,
100 거기, 넓은 융단 위에, 무언가 빛나고 있다……
그것은 광택이 반짝이는 자개와 흑옥(黑玉)의,
검고 흰, 은도금의 메다용들,
작고 까만 액자들, 유리 화관들,
금자로 두 마디 새겨져 있다. **"우리 어머니에게!"**

. . . .

감각

SENSATION

여름날 푸른 저녁에, 나는 오솔길로 가리라,
밀 이삭에 찔리며, 잔풀을 밟으러.
꿈꾸는 나는 그 서늘함을 발에 느끼리라.
바람이 내 맨머리를 씻게 하리라. 4

나는 말하지 않으리라, 아무 생각 하지 않으리라.
그러나 무한한 사랑이 내 영혼 속에 차오르리라,
그리고 나는 가리라 멀리, 아주 멀리, 어느 집시처럼,
자연 속으로, —여자와 함께인 듯 행복하게. 8

1870년 3월

태양과 육체

SOLEIL ET CHAIR

태양이, 애정과 생명의 화덕이
황홀한 대지에 불타는 사랑을 퍼부으니,
계곡에 누우면, 느껴지는구나,
대지는 성숙한 처녀이며 피가 넘쳐흐르는 것이.
5 그 거대한 젖가슴은, 어느 영혼에 복받쳐 올라,
신 같은 사랑으로, 여인 같은 육신으로 되어,
수액과 광선을 머금은 채, 모든 배아들의
엄청난 득실거림을 담아내고 있는 것이!

모든 것은 증식하고, 모든 것은 성장하는구나!

—오 베누스여, 오 여신이여!
10 나는 그리워하노라 고대 청춘의 시대를,
음탕한 반수신(半獸神), 동물적인 목신들,
잔가지 껍질을 사랑으로 물어뜯고,
수련 속에서 금발 요정에 입 맞추던 신들을!
나는 그리워하노라 세상의 수액,
15 강물, 초록빛 나무들의 장밋빛 피가

목양신(牧羊神)의 혈관에 우주 하나 넣어주었던 시대를!
땅은 그의 염소 발굽 아래서 초록빛으로 약동하였던 시대,
맑은 시링크스에 부드럽게 입 맞추며, 그의 입술이
하늘 아래서 사랑의 대찬가에 가락 붙이던 시대,
그가, 들판에 서서, 주변의 살아 있는 **자연**이 20
그의 부름에 응답하는 소리를 들었던 시대,
말 없는 나무들은 노래하는 새를 흔들어주고,
대지는 인간을 흔들어주고, 푸른 대양 모두,
동물들 모두 사랑했던, 신의 품 안에서 사랑했던 시대를!
커다란 청동 전차 타고, 찬란한 도시들을, 25
어마어마하게 아름다운 모습으로 내달렸다는,
키벨레 여신의 시대를 나는 그리워하노라.
그녀의 두 젖가슴은 광대한 세계에
무한한 생명의 순결한 흐름을 부어주었지.
인간은, 행복하게, 그녀의 축복받은 젖을 빨았지, 30
어린아이처럼, 그녀의 무릎 위에서 놀면서.
—강했기에, **인간**은 정결하고 온화하였다.

비참함이여! 이제 그는, 나는 온갖 사물을 알고 있노라, 말한다,
그리고 그는 간다, 눈을 감고 귀를 막은 채.
—그렇지만, 더 이상 신들은 없다! 더 이상! **인간**이 왕이고, 35
인간이 신이다! 그러나 **사랑**, 바로 위대한 **신앙**이 여기 있도다!
오! 신들과 인간들의 위대한 어머니, 키벨레여,
만약 인간이 아직도 그대 젖가슴을 빨고 산다면,

만일, 저 옛날, 푸른 물결의 거대한 빛에 싸여
40 파도의 향기를 두르고 육체의 꽃으로 떠올라,
물거품이 눈처럼 흩날리는 장밋빛 배꼽을 내보이며,
승리에 찬 그 크고 검은 눈의 여신으로서,
숲 속의 꾀꼬리와 가슴속의 사랑에게 노래를 부르게 하였던,
그 불멸의 아스타르테를 인간이 저버리지만 않았더라면!

II

45 나는 그대를 믿노라! 그대를 믿노라! 신적인 어머니,
바다의 아프로디테여! — 오! 고난의 길이구나,
또 다른 신이 우리를 자신의 십자가에 묶은 이래로.
육신이여, **대리석**이여, **꽃**이여, 베누스여, 내가 믿는 것은 그대니라!
— 그렇다, **인간**은 초라하고 추하구나, 광대한 하늘 아래서 초라하구나,
50 그가 옷을 입고 있는 것은 더 이상 정결하지 않기 때문이고,
신적인 제 당당한 상체를 더럽혔기 때문이며,
우상을 불에 그렇게 하듯이, 올림포스 산의 육체를
더러운 예속 상태로 위축시켰기 때문이리라!
그렇다, 죽은 후에도, 창백한 해골로,
55 그는 살고자 하는구나, 원초의 미를 모욕하면서!
— 그대가 그토록 많은 처녀성을 불어넣어주었던 **우상,**

인간이 제 가련한 영혼을 비추며
거대한 사랑 속에서, 지상의 감옥으로부터
태양의 아름다움에까지, 서서히 올라갈 수 있도록,
우리의 진흙덩이, **여인**을 신격화했던 **우상,** 60
그 **여인**은 이제 **창녀**조차 될 줄 모르는구나!
—이건 제대로 된 소극이다! 세상은 비웃고 있도다,
위대한 베누스의 감미롭고 신성한 이름을!

III

그 시대가 되돌아온다면, 도래했던 시대가!
—**인간**은 끝났기 때문이다! 인간은 모든 역할을 했도다! 65
대낮에, 우상들을 부수는 데 지친
그는, 모든 그의 신들로부터 해방되어, 소생하리라,
하늘의 존재인 듯, 천계(天界)를 탐색하리라!
이상(理想), 물리칠 수 없는 이 영원한 사유,
그의 육신의 찰흙에 깃들어 살아가는 신은 모두 70
상승하고, 상승하리라, 그의 이마 아래서 불타오르리라!
낡은 멍에를 경멸하고, 모든 근심에서 해방되어
저 지평선을 탐색하는 인간을 그대가 보게 될 때,
그대는 인간에게 성스러운 **속죄**를 베풀러 오리라!
—찬란하게, 빛을 발하며, 대양 한가운데에서, 75
그대는 솟아오르리라, 광대한 **우주** 위로

무한한 미소 속에서 무한한 **사랑**을 던지며!
세상은 하나의 거대한 칠현금처럼 진동하리라,
하나의 거대한 입맞춤의 전율 속에서!

80 —**세상**은 사랑에 목마르다. 그대는 그 갈증을 해소하러 오리라.
. . . .
오! 인간은 자유로운 당당한 머리를 다시 들었도다!
원초적 미의 갑작스러운 광선이
육신의 제단에서 신의 맥박을 뛰게 하는구나!
현재의 안락에 행복해하고, 고통스러운 악에는 창백해지는
85 **인간**은 모든 것을 탐색하고—알려고 한다! **사유**가,
오랫동안, 아주 오랫동안 억눌렸던 암말이
제 이마를 내밀고 돌진하는구나! 암말은 **왜**를 알게 되리라!……
암말이 자유롭게 뛰도록 하라, 그러면 **인간**은 **신앙**을 갖게 되리라!
—침묵의 창공과 헤아릴 수 없는 공간은 왜 있는 것인가?
90 모래알처럼 북적대는 금빛 별들은 왜인가?
계속 올라간다면, 저 위에서 우리는 무엇을 보게 될 것인가?
목자가 공간의 두려움 속으로 나아가는
세상들의 이 거대한 양 떼를 이끌고 있는가?
이 모든 세상들은, 엄청난 대기에 감싸인 채,
95 영원한 목소리의 어조에 맞추어 진동하고 있는 것인가?
—**인간**은 볼 수 있는가? 나는 믿는다, 이렇게 말할 수 있는가?
사유의 목소리는 한 조각 꿈보다 더 나은 것인가?

인간이 그렇게 일찍 태어난다면, 생이 그렇게 짧은 것이라면,
그는 어디서 오는 것인가? 그는 가라앉아 있는 것인가,
싹, 태아, 배아들의 깊은 대양에서, 100
거대한 **용광로** 바닥으로. 그리고 거기서 부터 **자연-어머니**가
그를, 살아 있는 피조물로 소생시키어,
장미꽃 속에서 사랑하고, 밀밭 속에서 성장하도록 하는 것인가?……

우리는 알지 못한다! 우리는 숨 막혀 있다,
무지와 편협한 망상의 망토에! 105
어머니의 음문에서 떨어져 나온 인간 원숭이들,
우리의 창백한 이성(理性)이 우리에게 무한 세계를 숨기는구나!
우리는 바라보고 싶다.—**회의**가 우리에게 벌을 주고 있도다!
회의, 저 음울한 새가 그 날개로 우리를 치고 있다……
—그리고 지평선은 영원히 도주하며 멀리 사라지는구나! 110
. . . .
커다란 하늘이 열렸다! 신비는 죽었다,
풍요로운 자연의 거대한 찬란함 속에서
그 강한 팔로 팔짱낀 채, 서 있는, **인간** 앞에서!
그가 노래한다…… 그리고 숲이 노래하고, 강물이 속삭인다,
햇살 향해 오르는 행복 가득한 노래를……! 115
그것은 **속죄**다! 그것은 사랑이다! 그것은 사랑이다……!
. . . .

IV

오 육체의 찬란함이여! 오 이상적인 찬란함이여!
오 사랑의 새로움, 승리에 찬 여명이여,
이 여명에, 그들의 발 앞에 신들과 영웅들의 허리를 굽히게 하면서
120 새하얀 칼리피기스와 꼬마 에로스는
가볍게 만지리라, 장미꽃 눈송이에 덮인 채,
여인들과 그들의 아름다운 발밑에 피어 있는 꽃들을!
오 위대한 아리아드네여, 오열하고 있구나,
해안에서, 저 아래 물결 위로 사라지는,
125 태양 아래 흰빛의 테세우스의 돛단배를 바라보며.
오 어느 날 밤이 부수어버린 온화한 어린 처녀여,
울음을 멈추어라! 검은 포도 알로 수놓인 금빛 수레 위에서,
호색의 호랑이들과 다갈색 표범들에 이끌려
프리기아의 벌판을 산책했던 리시오스는
130 푸른 강줄기를 따라 어두운 이끼를 붉게 물들이고 있다.
황소 제우스는 자신의 목 위에 태운 채 아이처럼 흔들어준다,
에우로페의 벗은 육체를, 그녀는 하얀 팔을 뻗어
파도 속에서 전율하는 신의 힘줄 불거진 목덜미를 잡고 있다.
제우스는 그녀를 향해 몽롱한 눈빛을 돌린다.
135 그녀는 꽃 핀 창백한 뺨을
제우스의 이마에 비비고, 두 눈을 감는다. 신의 입맞춤 속에서,
그녀는 죽어간다. 그리고 속삭이는 물결이

금빛 거품으로 그녀의 머릿결에 꽃을 피우고 있다.
—협죽도와 재잘대는 연꽃 사이로
꿈에 젖은 커다란 백조가 응큼하게 미끄러져들어와 140
날개의 흰빛으로 레다를 포옹한다.
—키프리스가, 야릇하게 아름다운 자태로 지나가는데,
그 허리의 눈부신 곡선을 뒤로 젖히며,
커다란 젖가슴의 금빛을 그리고 검은 이끼로 수놓인
눈처럼 하얀 배를 당당하게 드러낸다. 145
—**맹수의 정복자**, 헤라클레스가, 영광인 듯이,
늠름하게, 사자 가죽을 그 거대한 육체에 감고는,
나아간다, 무섭고 부드러운 이마로, 지평선을 향하여!

여름 달빛이 흐릿하게 비추는 나신으로,
서서, 길고 푸른 머리 타래의 둔중한 물결로 얼룩진 150
그 금빛 창백함 속에서 몽상에 잠긴 채,
이끼가 별처럼 빛나는 어두운 숲 속의 빈터에서,
드리아스가 고요한 하늘을 바라보고 있다……
—하얀 셀레네는 망사 옷을 날리며,
근심스러운 모습으로, 멋진 엔디미온의 발 위에 앉아, 155
한 줄기 여린 빛에 싸여 그에게 입맞춤을 던진다……
—**샘물**은 어떤 기나긴 황홀 속 저 먼 곳에서 우는데……
그것은 물 단지에 팔꿈치를 괴고, 제 물결로 끌어안았던
하얀 멋진 젊은 남자를 그리워하는 요정이다.
—밤에 사랑의 미풍이 지나갔고, 160

신성한 숲 속에, 거목들의 공포 속에,
장엄하게 서서, 어두운 **대리석**들이,
이마에 **피리새** 둥지가 깃든 **신**들이,
—**신**들이 **인간**과 무한한 **세계**의 소리를 듣고 있구나!

〔18〕70년 5월

오필리아

OPHÉLIE

I

별들이 잠든 고요하고 검은 물결 위로
하얀 오필리아 한 송이 큰 백합처럼 떠내려간다,
아주 천천히 떠내려간다, 긴 베일 두르고 누운 채로……
—먼 숲에서는 사냥몰이 뿔피리 소리 들린다. 4

슬픈 오필리아, 흰 망령 되어, 검고 긴 강물 위로
떠다니는 세월 천 년이 넘었구나.
그 부드러운 광기가 저녁 산들바람에
연가를 속삭이는 세월 천 년이 넘었구나. 8

바람은 그녀의 젖가슴에 입 맞추며 물결 따라
너울대는 그 넓은 베일들을 꽃부리로 펼쳐낸다.
떨리는 버들가지들이 그녀의 어깨 위에서 울고,
꿈꾸는 그 넓은 이마 위로 갈대들이 휘늘어진다. 12

구겨진 수련들이 그녀를 둘러싸고 한숨짓는데,

잠든 오리나무 속에서, 그녀가 이따금 어느 둥지를 깨우니,
날개 파닥이는 작은 소리 한 번 새어 나오고.
16 —신비로운 노래 하나 금빛 별에서 떨어진다.

II

오 창백한 오필리아! 눈처럼 아름다워라!
그래, 너는 어린 나이에, 성난 강물에 빠져 죽었지!
—그건 노르웨이의 큰 산맥에서 내려오는 바람이
20 나직한 목소리로 너에게 가혹한 자유를 속삭였기 때문이니라.

한 줄기 바람이, 너의 긴 머리칼 휘감고,
꿈꾸는 너의 정신에 이상한 소리를 몰고 왔기 때문이며,
나무의 탄식과 밤의 한숨 속에서
24 네 마음이 **자연**의 노래를 들었기 때문이니라.

미친 바다의 목소리가, 거대한 헐떡임으로,
너무 인간적이고 너무 부드러운, 네 어린 가슴 찢었기 때문이며,
4월 어느 날 아침, 어느 창백한 멋진 기사,
28 어느 가엾은 광인이 네 무릎 위에 말없이 앉았기 때문이니라!

하늘이여! **사랑**이여! **자유**여! 그 무슨 꿈이던가, 오 가엾은 **광녀**여!

불 위의 눈송이처럼 너는 그에게 녹아들었구나.
너의 거대한 환영은 네 언어를 목 졸라 죽였도다.
—그리고 무서운 **무한**이 네 푸른 눈동자를 놀라게 하였도다! 32

III

—그리하여 **시인**은 말한다, 밤이면 별빛 따라,
너는 네가 꺾어두었던 꽃들을 찾아 나선다고,
물 위에, 긴 베일 두르고 누운 채로, 한 송이 큰 백합처럼,
떠내려가는 하얀 오필리아를 제가 보았노라고. 36

교수형에 처해진 자들의 무도회

BAL DES PENDUS

사랑스러운 외팔, 검은 교수대에서,
춤을 춘다, 떠돌이 기사들이 춤을 춘다,
악마의 깡마른 떠돌이 기사들이,
4 살라딘 같은 자들의 해골들이.

베엘제불 대왕이 하늘 향해 얼굴 찌푸리고 있는
제 작은 꼭두각시들의 목줄을 잡아당기고,
신발 바닥으로 그자들의 이마를 때리며,
8 춤추게, 춤추게 하는구나, 낡은 크리스마스 음악에 맞추어!

그리고 밧줄 조인 꼭두각시들은 가느다란 제 팔들을 감고 있다.
검은 오르간처럼, 저 옛날 아리따운 아가씨들이
달라붙었던 훤한 가슴팍들은,
12 어떤 흉측스러운 사랑 속에서 오랫동안 서로 부딪치고 있다.

우와! 유쾌한 춤꾼들아, 이제 너희들은 배불뚝이가 아니다!
깡충깡충 뛸 수도 있다, 무대는 아주 길다!
자, 어서! 싸움인지 춤인지 더는 알 수 없게 해라!

흥분한 베엘제불은 바이올린을 마구 긁어대는구나! 16

오 단단한 발뒤꿈치여, 샌들은 절대 신지 않겠구나!
거의 모든 자들이 가죽 셔츠를 벗어 던졌는데,
남은 것은 별로 거추장스럽지도 창피해 보이지도 않는다.
두개골 위로, 눈[雪]은 하얀 모자 하나 걸쳐놓는다. 20

까마귀가 얼빠진 이 머리통들 향해 곤두박질치고,
살점 하나가 마른 턱에서 떨고 있다.
어두운 혼전 속에서 빙빙 돌며,
번듯한 갑옷들을 부딪는 억센 기사들 같다. 24

우와! 삭풍이 해골들의 커다란 무도회에서 쌩쌩 몰아친다!
검은 교수대는 무쇠 오르간으로 울어대는구나!
늑대들은 보랏빛 숲에서 응답하며 가고 있다.
지평선 너머 하늘은 지옥의 붉은색인데…… 28

어이, 내게서 흔들어 떨어뜨려라 이 죽음의 허세꾼들을
음흉하게, 부러진 그 굵은 손가락으로,
창백한 척추뼈 위로 사랑의 묵주를 늘어놓고 있는 이자들을.
여기는 수도원이 아니다, 죽은 자들아! 32

오! 죽음의 춤 한복판에서
붉은 하늘로 커다란 미친 해골 하나 뛰어오르는구나,

말 한 마리 뒷발로 곧추서듯, 흥분에 휩싸인 채.
36 그러고는, 목에 아직도 뻣뻣한 밧줄을 느끼며,

비웃음 같은 외침과 함께
무너지는 그의 대퇴부 위로 작은 손가락들을 꽉 쥐고,
광대가 천막으로 다시 들어가듯,
40 유골들의 노랫소리에 맞추어 무도회로 다시 뛰어든다.

사랑스러운 외팔, 검은 교수대에서,
춤을 춘다, 떠돌이 기사들이 춤을 춘다,
악마의 깡마른 떠돌이 기사들이,
44 살라딘 같은 자들의 해골들이.

타르튀프의 징벌

LE CHÂTIMENT DE TARTUFE

정결한 검은 승복 아래 호색의 제 마음에 불을 쑤시며,
불을 쑤시며, 한 손에 장갑 끼고, 행복한 모습으로,
그가 길을 가던 어느 날, 무섭도록 부드럽고,
노란 얼굴빛에, 이 빠진 입으로 교리를, 침 흘리며 4

그가 길을 가던 어느 날, "기도합시다"—어떤 **악인**이
그의 넓적한 귀를 거칠게 잡고는
몇 마디 끔찍한 말을 그에게 던졌다, 그의 축축한 피부에
걸쳐진 정결한 검은 승복을 벗겨버리면서! 8

징벌!…… 그의 옷은 단추가 떨어져나갔고,
용서받은 원죄들의 긴 묵주가 알알이
그의 가슴속에서 흩어지자, 타르튀프 성인은 창백해졌다!…… 11

그래서 그는 고백했고, 기도했다, 거친 숨결로!
이 남자는 그의 승복 가슴 장식을 날려버린 것으로 만족했는데……
—에헤! 타르튀프가 위부터 아래까지 벌거벗었네! 14

대장장이

LE FORGERON

〔17〕92년 8월 10일경, 튈르리 궁에서

거대한 망치에 팔을 얹고, 도취와 위대함으로
전율하면서, 넓은 이마에
입을 활짝 벌린 채, 청동 나팔처럼 웃으며,
사나운 시선 속에서 이 뚱보를 잡아채고는,
5 **대장장이**는, 어느 날, 루이 16세에게 말했다,
온통 주변에는 몸을 비틀고 있는, 황금 장식판 위에서
제 더러운 윗도리를 질질 끌고 있는 **민중**이 여기 있다고.
그런데 이 선량한 왕이, 배를 내밀고 서서,
교수대에 올라가는 패배자같이 창백한 얼굴로,
10 개처럼 복종하여, 꼼짝 못하고 있는 것은
딱 벌어진 어깨의 대장간의 이 천민이
그에게 지난 말들과 하도 웃기는 소리를 내질러,
면전에서 그의 기를 꺾어놨기 때문이었다, 바로 이렇게!

"그런데, 그대는 잘 알고 있소, 우리는 트랄 라 라 노래하며,
15 소들을 몰고 다른 사람들의 밭고랑을 향했었소.
태양 아래 **수도사**는 기도문을 길게 뽑아내고 있었소,
금 알갱이의 빛나는 묵주 위로.

영주는, 말 타고, 지나갔소, 뾸피리를 불면서,
한 사람은 버들가지 끈으로, 또 다른 사람은 말 채찍으로
우리를 후려쳤지.—암소 눈처럼 얼빠진 20
우리의 두 눈에서는 눈물도 나오지 않았소. 우리는 가고, 또 가는 거였소.
이 나라를 밭고랑으로 만들어놓고,
이 검은 땅에 남겨놓고 나면
우리의 살점 말이오…… 우리는 수고비 몇 푼을 받는 거였소.
밤에 우리의 움막에 불을 피우고 25
우리 새끼들은 거기서 맛있게 빵 한 조각 구웠소.

……"오! 난 불평하는 게 아니오. 그대에게 내 푸념을 하는 거요,
우리끼리니깐. 그대가 내 말에 반박하는 거 인정하오.
그런데, 이건 즐거운 일이 아니겠소, 6월에
건초 실은 큰 마차가 헛간으로 들어가는 것을 바라보는 일이? 30
비가 조금 내릴 때 과수원에서, 자라나는 것,
다갈색 풀내음 맡는 일이?
낟알이 가득 매달린 이삭들, 밀, 밀 이삭들을 바라보는 일이,
이것으로 빵을 준비하고 있다고 생각을 하는 일이?……
오! 더욱 목소리 높여, 노래하겠지, 불타오르는 가마에서, 35
모루를 망치로 두드리며 기쁘게 말이오,
만약 그 약간의 것이라도 취할 수 있음이 확실하다면,
인간으로서, 종국에! 신이 주는 것의 그 약간만이라도!
—그러나 보시오, 이것은 늘 같은 낡아빠진 이야기일 뿐이오!

40 그러나 난 알고 있소, 이제! 난 더 이상 믿을 수 없소,
내가 건강한 두 손, 이마 그리고 망치를 갖고 있을 때,
한 남자가 외투 위에 단검을 차고 와서,
이봐, 내 땅에 씨앗을 뿌려, 이렇게 내게 말하는 것을.
전쟁 같은 것이 터졌을 때, 또 누군가 와서
45 집에 있는 내 아들을—난 평민이겠지만, 넌 왕이 될지도 몰라,
내게 말해보렴, 전 그러고 싶어요! 라고…… —
이렇게 빼앗아가려는 것을! 잘 아시겠지, 이건 멍청한 짓이오.
그대는 내가 보고 싶어 한다고 믿겠지, 그대의 멋진 막사,
그대의 금빛 번쩍이는 장교들, 그대의 수천 건달들,
50 공작처럼 도는 그대의 보잘것없는 잡종견들을.
이들은 그대의 보금자리를 그득 채웠소, 우리 딸들의 냄새와
우리를 바스티유 감옥에 넣기 위한 쪽지들로 말이오.
우리는 이렇게 말할 거요, 좋아, 무릎 꿇은 가난한 자들!
우리는 그대의 루브르 궁을 금도금할 것이오, 우리의 큰 동전 닢을 줘서!
55 그러면 그대는 취하고, 멋진 향연을 펼칠 거요.
—그리고 이 양반들은 웃어댈 것이오, 우리 머리에 허리를 깔고서!

아니오. 이 더러운 것들은 우리 아버지들로부터 시작된 것이오!
오! **인민**은 이제 창녀가 아니오. 세 발짝을 가서
우리 모두는 그대의 바스티유 감옥을 박살내버렸소.

이 짐승은 돌마다 피를 흘렸소. 60

우리에게 모든 것을 말해주고 있던,

늘 그늘 속으로 우리를 감금했던 곰팡이 슨 담장에 둘러 서 있는

바스티유 감옥, 그건 구역질나는 것이었소!

—시민들이여! 시민들이여! 우리가 망루를 점령했을 때,

마지막 숨을 몰아쉬며 무너져 내리는 것은 어두운 과거였소! 65

우리는 가슴속에 사랑과 같은 그 무엇을 간직하고 있었소.

우리는 우리의 가슴팍으로 우리의 아들들을 포옹했었소.

그리고 말처럼, 콧구멍으로 숨을 몰아쉬며,

우리는 나아갔소, 당당하고 굳세게, 두근두근거렸소……

우리는 태양을 향하여 전진했었소, 이마를 높이 들고—이렇게 70
말이오,—

파리 안으로! 우리의 더러운 저고리 앞으로 사람들이 모여들었소.

결국! 우리는 스스로 **인간**임을 느꼈소! 우리는 창백한 얼굴이었소,

왕이여, 우리는 무서운 희망에 취해 있었소.

손에 창을 들고, 나팔과 전나무 잎을 흔들며

검은 망루 앞에, 그곳에 우리가 있을 때, 75

우리에게 증오가 있었던 것은 아니었소,

—우리는 스스로 아주 강하다고 느꼈기에 부드러워지길 원했소!

. . . .

. . . .

그날 이후, 우리는 미친 사람과 마찬가지요!

수많은 노동자들이 거리로 올라왔고

80 이 저주받은 자들은, 어두운 유령들로 불어나
군중을 이루며, 졸부들 집 문을 향해 가는 것이오.
난 그들과 함께 뛰어가 밀고자들을 때려눕혔소.
그리고 파리 시내에서, 검은 옷에, 어깨에는 망치를 걸치고,
잔인하게, 거리 모퉁이마다 웃기는 놈들을 쓸어버리는데,
85 그대가 나를 코앞에서 비웃는다면, 난 그대를 죽여버릴 거요!
—그래야 그대는 생각할 수 있을 거요, 대가를 치르게 될 것을
우리의 청원을 공치듯 되돌려 보내고,
그 간신배들! '저놈들 참 멍청하군!'이라고 중얼거리는
검은 옷 입은 그대 사람들과 함께 말이오.
90 법률을 조리해내고, 장밋빛 예쁜 법령집과
엉터리 약품들로 그득한 작은 단지들을 나란히 붙여놓고는,
인두세를 적절히 잘라내며 놀고 있는데,
우리가 가까이 다가가면 코를 막는 거요,
—우리를 더럽다고 생각하시는 우리의 온화한 대표자님들께서! —
95 아무것도 무서워하지 않소, 아무것도, 총검 외에는……
그건 아주 좋아. 그들이 객담용으로 쓰는 담뱃갑이 뭐 대수요!
이제 지겹소, 이 골통들과 이 배불뚝이들이.
아! 그대, 부르주아가 우리에게 내어주는 것은
바로 이런 요리들이오, 우리가 사나워질 때,
100 우리가 이미 왕의 지휘봉과 주교의 지팡이를 부러뜨릴 때!……"
. . . .
대장장이는 왕의 팔을 잡고, 커튼의 비로드를
걷어 젖히며, 그에게 저 아래 넓은 궁정을 가리킨다,

거기에는 우글거리고, 우글거리며 군중들이, 봉기하고 있다
파도 소리로 무시무시한 군중들이,
암캐처럼 울부짖고, 바다처럼 울부짖으며, 105
제 강한 장대와 쇠창,
북, 시장판과 빈민굴의 고함과 함께,
붉은 보네에서 피 흘리는 넝마주이들의 어두운 산더미들이.
그 **남자**는, 열린 창문을 통하여, 모든 것을 보여주고 있다,
바라보기 고통스러워, 110
서서 비틀거리는 창백한 얼굴에 진땀 흘리는 왕에게!

"저건 폭도들이오, 왕이여! 담벼락을 향해 욕을 하고, 올라오고 있소, 마구 늘어나고 있소.
—저들은 먹은 것이 없으니, 왕이여, 걸신들린 자들이오!
나는 한 사람 대장장이라오. 내 마누라도 저 폭도들 속에 있소,
미쳐버린 거요! 저 여자는 튈르리 궁에서 빵을 찾을 수 있다고 115
믿고 있소!
—빵집에 있는 우리를 바라는 것이 아니라오.
난 새끼가 셋이오. 난 폭도요.—난 알고 있소,
아들이나 딸을 빼앗겼기에
보네 아래로 눈물 흘리며 가고 있는 노파들을.
저건 폭도들이오.—한 남자는 바스티유 감옥에 있었고, 120
또 다른 자는 도형수였소. 이 둘 다, 성실한
시민들이오. 풀려나자, 이들은 개와 마찬가지였소.
받는 것은 모욕뿐이오! 그러니, 그들에겐 뭔가 고통스러운 것이

서려 있는 것이지요, 자! 무섭죠, 바로 그것이 원인이오,
125 부셔졌다고 느끼며, 저주받았다고 느끼며,
그들이, 지금, 그대의 코앞에서 울부짖으며 여기에 있는 것이!
폭도들이.—거기에는 소녀들도 있소, 몸 파는 여자들이오.
왜냐하면,—그대들은 알고 있었소, 여자들, 그건 약자들이라는 것을 —
궁정의 나리들이여,—그래서 늘 쉽게 된다는 것을,—
130 그대들이 그 영혼에 침을 뱉었기 때문이오, 아무것도 아닌 듯이!
그대들의 예쁜 여자들이, 오늘, 여기에 있소. 폭도들이오.
. . . .

오! 모든 **불행한 자**들이여, 모두들
성난 태양 아래 등짝이 타오르고, 가고, 가는,
이 노동 속에서 이마가 터지는 것을 느끼는 자들이여……
135 모자를 벗으시오, 나의 부르주아들이여! 오! 저들은 **인간**들이오!
우리는 **노동자**들이오, 왕이여! **노동자**들이오! 우리는
새로운 위대한 시대를 위하여 존재하오, 누구나 알고자 할 것이고,
위대한 결과를 추구하는 자, 위대한 원인을 추구하는 자,
인간이 아침부터 저녁까지 쇠를 벼릴 것이며,
140 서서히 승리자가 되어, 사물들을 굴복시킬 것이고
만물 위에 올라탈 것이오, 마치 말을 타듯이!
오! 대장간의 찬란한 섬광들! 더 이상 고통은 없을 것이오,
더 이상은!—사람들이 모르는 것, 그것은 아마도 무서운 것일 거요.

우리는 알게 될 것이오!—손에 망치를 들고, 체로 걸러냅시다,
우리가 알고 있는 모든 것들을. 그리고 **형제**들이여, 전진합시다! 145
우리는 간혹 이 위대하고 감동적인 꿈을 꾸곤 하였소,
소박하게, 열심히, 나쁜 것은 전혀 말하지 않고,
고귀한 애정으로 사랑하는 어느 여인의
근엄한 미소 속에서 일하면서 살아가는 꿈을.
그리고 온종일 자랑스럽게 일하는 것이오, 150
울려 퍼지는 나팔소리처럼 의무를 들으면서.
그리고 아주 행복하겠지요. 아무도,
오! 아무도, 특히, 그대들을 굴복시키지 않을 거요!
화덕 위에 소총 한 자루 있으니……
. . . .

오! 그러나 대기는 전쟁의 냄새로 그득하오! 155
내가 그대에게 뭐라도 그동안 말했소? 난 천민 출신이요!
밀고자들과 독식하는 자들이 남아 있소.
우리는 이제 자유롭다오, 우리들은! 우리는 두려움을 갖고 있소.
그 속에서 우리는 위대하다고 느끼고 있소, 오! 아주 위대하오!
조금 전에, 나는 평온한 의무에 대해서, 어느 거처에 대해서 말 160
했소……
자 하늘을 보시오!—이 하늘이 우리에게는 너무 좁소,
우리는 더위로 죽을지도 모르오, 무릎 꿇게 될지도 모르겠소!
자 하늘을 보시오!—나는 군중 속으로 돌아가오,
무섭고 위대한 천민들 속으로, 이들은 굴리고 있소,

왕이여, 그대의 낡은 대포들을 더러운 포석 위에서.
165 —오! 우리가 죽을 때, 우리는 씻겨나간 포석들을 갖게 될 거요.
—그리고 만약, 우리의 절규 앞에서, 우리의 복수 앞에서,
금갈색 늙은 왕들의 사족이, 프랑스 쪽으로,
정복 차림의 군대들을 밀어준다면,
자, 그건 당신들 모두가 아니오?—이 빌어먹을 개 같은 자들!"
170 . . . .

—대장장이는 어깨 위에 그의 망치를 다시 올려놓았다.
군중은
이 남자 곁에서 도취한 영혼을 느꼈고,
파리 시가 소리치며 숨을 헐떡이는
넓은 궁정에서, 주거지에서,
175 하나의 전율이 거대한 천민을 뒤흔들었다.
그래, 때 묻은 넓고 멋진 손으로,
배불뚝이 왕이 진땀을 흘림에도, 대장장이는,
무섭게, 그의 이마를 향하여 붉은 보네를 집어 던졌다!

"92년과 93년의 전사자들이여……"

MORTS DE QUATRE-VINGT-DOUZE ET DE QUATRE-VINGT-TREIZE,...

"……70년의 프랑스인이여, 보나파르트파들이여,
공화주의자들이여, 92년의 당신네 조상들을 상기하시오……"
—폴 드 카사냐크, 『르 페이』

92년과 93년의 전사자들이여,
자유의 강렬한 입맞춤에 창백해져,
온 인류의 영혼과 이마를 짓누르는 멍에를,
그대들의 나막신으로, 말없이 짓밟아 부수던, 4

고통 속에서 황홀했던 위대한 사람들,
누더기 속에서 사랑으로 심장이 고동쳤던 당신들,
오 고귀한 **연인**, **죽음**이, 소생시키려고,
묵은 밭고랑에, 씨 뿌려놓은 **병사**들이여, 8

더럽혀진 온갖 위대함을 피로 씻어낸 당신들,
발미의, 플뢰뤼스의, 이탈리아의 **전사자**들이여,
오 어둡고 온화한 눈을 지닌 백만 명의 예수들이여, 11

채찍 아래서처럼, 왕들 아래서 허리 굽은 우리들,
우리는 당신들이 공화국과 함께 잠들도록 버려두었소.
—드 카사냐크 씨 양반들이 우리에게 당신들 얘기를 다시 하고 14

있다오!

1870년 9월 3일, 마자스에서

음악에 부쳐

À LA MUSIQUE

샤를빌, 역전 광장

볼품없는 잔디밭으로 잘린 광장,
나무들과 꽃들, 모든 것이 단정한 작은 공원에,
더위로 숨 막혀 헐떡거리는 부르주아들이 모두
목요일 저녁마다, 시샘 많은 어리석음을 안고 모여든다. 4

—군악대가, 정원 가운데에서,
피리 왈츠를 불어대며 군모를 흔들어댄다.
—둘러 선, 맨 앞줄에는, 어설픈 멋쟁이가 으스대고,
공증인은 이름 첫 자 새겨 넣은 시계 장식줄에 매달려 있다. 8

코안경 걸친 금리 생활자들은 음 이탈마다 토를 단다.
부은 듯 뚱뚱한 사무직들은 제 뚱뚱한 부인들을 끌고 다니고,
그 부인들 곁에는, 옷 주름 장식이 광고판 같은 여자들이,
친절한 코끼리 조련사들인 양, 붙어 간다. 12

녹색 벤치에는, 은퇴한 식료품상 클럽들이
둥근 꼭지 지팡이로 모래를 뒤적이며
무척이나 진지하게 조약들을 논하다가, 은 담뱃갑의

16 담배 냄새를 맡고는, 말을 잇는다. "결국은 말이야!……"

의자에 허리의 둥근 살을 붙이고 앉은,
플랑드르풍 배불뚝이, 단추 빛나는 부르주아 하나가
빨아대는 오냉 파이프에서는, 담배 가루가 조금씩
20 떨어져 내리는데,—아시다시피, 그것은 밀수품이다.

초록 잔디를 따라 건달들은 히죽거리고,
트롬본 노랫소리에 마음이 들뜬,
아주 순진한 졸병들이, 장미꽃을 입에 물고,
24 하녀들을 꼬여보려 갓난아이들을 어루만진다.

—그런데 나는, 학생 같은 흐트러진 복장으로,
초록 마로니에 아래로, 발랄한 계집애들을 따라간다.
그녀들도 이를 잘 알고, 조심성 없는 것들로
28 온통 가득한 눈을 내게 돌리며 웃음 짓는다.

난 한마디 말도 하지 않는다. 흐트러진 머리칼 수 놓인
그 하얀 목덜미의 살결만 바라보고는
윗옷과 부서질 듯한 장신구 아래,
32 어깨의 곡선에 이어 기막힌 등줄기를 따라 내려간다.

나는 곧바로 벗겨냈다, 반장화를, 양말을……
—열기로 아주 달아올라, 나는 그 육체들을 그려본다.

계집애들은 날 이상한 애라고 여기며 낮게 소근거린다……
—그리고 나는 내 입술로 다가오는 입맞춤을 느낀다……　　36

물에서 태어나는 베누스

VÉNUS ANADYOMÈNE

양철로 만든 녹색 관에서 솟아나듯, 갈색 머리털에
포마드를 잔뜩 바른 여자의 머리 하나가,
낡은 욕조에서, 천천히 그리고 멍청하게,
4 제대로 수선도 안 된 손상을 입고, 떠오른다.

이어서 살진 회색 목덜미, 튀어나온
넓은 어깨뼈, 꺼지고 솟아오른 짧은 등,
이어서 퉁퉁한 허리 살이 날아오를 듯하고,
8 피하지방이 얄팍한 판자 조각들 같다.

등살은 약간 붉고, 그 모든 것이 이상하게도
끔찍한 맛을 낸다. 특히 눈에 띄는 것은
11 돋보기로 살펴야 할 기이한 것들……

허리에는 두 낱말이 새겨져 있다. **클라라 베누스**
—그리고 그 온몸이 꿈틀거리며 커다란 엉덩이 내미는데
14 항문에 돋은 종기로 징그럽게 예쁘다.

첫날밤

PREMIÈRE SOIRÉE

—그녀는 아주 많이 발가벗었고
조심할 줄 모르는 큰 나무들이
유리창에 그 이파리를 던지고 있었지.
짓궂게도, 아주 가까이, 아주 가까이. 4

내 커다란 의자에 앉아, 그녀는
반쯤 벗은 채로, 두 손을 모으고 있었지.
마룻바닥 위에서는, 가냘프고 가냘픈,
그녀의 작은 발이 기쁨에 떨었지. 8

—나는 바라보았지, 밀랍 색의,
덤불 속 한 줄기 여린 빛이,
그녀의 미소 속에, 그녀의 젖가슴 위에,
팔랑거리는 것을, —장미 나무의 꿀벌처럼. 12

—나는 그녀의 가냘픈 발목에 입 맞추었지.
그녀는 부드럽고 당돌한 웃음을 터뜨렸지,
맑은 트릴로로 연달아 터지는

16 명랑한 수정 웃음.

작은 두 발이 속옷 아래로
얼른 도망쳤지. "그만 좀 해요!"
처음으로 허용된 대담함을,
20 웃음으로써 벌주는 척했던 것!

—내 입술 아래서 팔딱이는 애틋한 것,
그녀의 두 눈에 나는 부드럽게 입 맞췄지.
—그녀는 깜찍한 머리를 뒤로
24 젖히며, "오! 갈수록 더하네!……

이봐요, 잠깐 할 말이 있어요……"
—그녀의 젖가슴에 던지는
나머지 내 입맞춤에 그녀는 웃고,
28 바라마지않았다는 즐거운 웃음 짓고……

—그녀는 아주 많이 발가벗었고
조심할 줄 모르는 큰 나무들이
유리창에 그 이파리를 던지고 있었지.
32 짓궂게도, 아주 가까이, 아주 가까이.

니나의 대꾸

LES REPARTIES DE NINA

. . . .

그 ― 네 가슴과 내 가슴을 포개고,
　　어때? 우리 떠날까,
　코끝에 바람 가득 부풀리고,
　　시원한 빛을 받으며　　　　4

　햇살의 포도주로 그대들을 씻어주는
　　상쾌한 푸른 아침의 빛을?……
　숲이 온통 전율하며
　　그리움에 말도 잃어　　　　8

　가지마다, 초록 방울,
　　맑은 새순 흘릴 때
　열리는 만물 속에서 느껴지네,
　　육신들의 떨림이.　　　　12

　하얀 잠옷을 너는 토끼풀 속에
　　가라앉히리라,

그 커다란 검은 눈의 푸른 시울은

16 바람결에 장밋빛 되고,

들판을 사랑하는 여자야,

샴페인 거품처럼,

너는 네 자지러지는 웃음

20 어디에나 뿌리며,

취하여 거침없이 널 잡아채는

내게 웃음 짓고.

이렇게, —아름다운 그 머리채를,

24 오! —나는 마시리라

너의 나무딸기 산딸기 맛을.

오, 꽃 같은 살이여!

도둑처럼 네게 입 맞추는

28 싱싱한 바람에게,

사랑스럽게 널 귀찮게 하는

들장미 나무에게,

무엇보다 네 연인에게 웃음 짓는

32 오, 미친 머리여!……

. . . .

열일곱 살! 너는 행복할 거야!
　오! 넓은 풀밭!
사랑스러운 넓은 들판!
　—어서, 더 가까이 와!…… 36

—네 가슴과 내 가슴을 포개고,
　우리 목소리를 섞으며,
천천히, 우리는 닿으리라, 골짜기에,
　그리고 거대한 숲에!…… 40

그리고 죽은 소녀처럼,
　넋이 빠져,
안아달라고 너는 내게 말하리라,
　한쪽 눈을 살짝 감고서…… 44

나는 너를 안으리라, 가슴 뛰는 너를,
　오솔길에서
새는 제 안단테를 길게 뽑아내리라,
　개암나무 위에서…… 48

나는 너의 입에 대고 말하리라.
　나는 가리라,
여자아이 잠재우듯 네 몸을 껴안으며, 52

장밋빛 어린

네 하얀 피부 아래 흐르는
파란 피에 취해.
네게 거리낌 없는 말을 하며……
56 자!…… —너도 알고 있는……

우리의 거대한 숲에선 수액 냄새 날 것이며
그리고 태양은
그 초록빛 진홍빛 거대한 꿈에
60 순금 모래를 뿌리리라.
. . . .
저녁엔?…… 하얗게 뻗은 길을
다시 잡아들리라,
풀 뜯는 가축 떼처럼, 어정거리며,
64 파란 풀밭,

늘어진 사과나무의 멋진 과수원을
감돌아서!
그 강한 향기 십 리 길 내내
68 진동하지!

우리는 마을로 되돌아오리라
어둑한 하늘 아래,

그리고 발효한 우유 냄새가 날 거야
　저녁 대기 속에, 72

외양간 냄새가 날 거야, 그득한
　뜨뜻한 두엄,
느린 숨결의 리듬,
　큰 등짝들 76

여린 빛을 받아 희게 빛나고,
　안쪽 깊은 곳에선
암소 한 마리 똥 눌 거야, 당당하게,
　걸음걸음마다…… 80

—할머니의 돋보기안경과
　기다란 코가
미사경본에 빠져 있고, 납 테두리의
　맥주 조끼가 84

위세 좋게 타오르는 큰 담뱃대들
　사이에서 거품을 내고
불쑥 솟아나온 두꺼운 입술들이
　연기를 내뿜으며 88

포크의 햄 덩이를 덥석 물지,

많이, 많이, 더 많이.
조그만 침대들과 궤짝들을 또렷이
92 비춰주는 불.

살찐 아이의 윤나고 토실토실한
두 볼기짝
무릎 꿇고, 사발 속에 처박은 아이의
96 뽀얀 얼굴을

살짝 건드리며, 다정하게 꾸짖고
귀여운 어린것의
동그란 낯을 핥아주는
100 주둥이 하나……

의자 끝에 거만한, 검은
어느 노파가
잉걸불 앞에서, 무서운 옆모습으로
104 물레를 잣고.

얼마나 많은 것을 보게 될까, 아가씨야,
저 오두막들 속에서,
불꽃이 환하게 회색 유리창을
108 비출 때에!……

—이윽고, 어둡고도 상큼한
　라일락 덤불 속
아담한 보금자리 숨은 유리창이
　바로 저기서 웃음 짓고…… 112

가는 거야, 가는 거야, 널 사랑해!
　멋질 거야.
너, 그래 가지 않을래, 게다가……

그녀— **"그럼 내 사무실은?"** 116

놀란 아이들

LES EFFARÉS

눈 속에 안개 속에 시커멓게,
불 켜진 큰 환기창에, 엉덩이들
3 옹기종기,

무릎 꿇은, 다섯 꼬마들, —가엾어라!—
묵직한 금빛 빵 만드는 빵 가게 아저씨를
6 들여다본다……

회색 반죽을 돌려 환한 구멍 속
화덕에 넣는 억세고 하얀
9 팔을 본다.

맛있는 빵 구워지는 소리 듣는다.
넉넉한 미소의 빵 가게 아저씨는
12 낡은 가락 흥얼댄다.

그들은 웅크리고, 누구 하나 꼼짝 않는다,
붉은 환기창의, 젖가슴처럼

뜨거운 바람에. 15

그리고 자정의 종이 울리는 동안,
결 좋고, 반짝거리고, 누르스름한
빵이 나올 때, 18

불길에 그을린 대들보 아래서,
향기 나는 빵 껍질과 귀뚜라미가
노래할 때, 21

그 뜨거운 구멍이 삶의 숨결을 내뿜을 때
그들은 넝마 속에서 영혼이
그리 황홀해지고, 24

살아 있다는 느낌 그리 저려오기에,
서리에 덮인 가엾은 꼬마들!
—거기 있다, 모두, 27

장밋빛 그 작은 콧등들을
철창에 박고, 무언가를 흥얼대며,
구멍들 사이로, 30

그러나 아주 낮게, —기도하듯이……
다시 열린 하늘의 저 빛을 향해

33 몸을 굽힌 채로,

—아주 강하게, 그래서 그들의 바지는 찢어지고,
—하얀 속옷이 나부낀다,
36 겨울바람에……

〔18〕70년 9월 20일

소설

ROMAN

I

누구나 진지하지 않은 법이지, 열일곱의 나이에는.
—어느 날 저녁, 생맥주와 레몬주스,
번뜩이는 샹들리에의 떠들썩한 카페들 따위 집어치우고!
—산책 길의 초록빛 보리수 아래로 가노라. 4

상큼한 6월 저녁 날에 보리수는 향기롭구나!
공기가 때로는 아주 부드러워 눈까풀이 감기고.
소음을 싣고 오는 바람에는,—시내가 멀지 않다,—
포도나무 향기와 맥주 향이 담겨 있고…… 8

II

—하나의 작은 천 조각 어두운 창공이
보이는구나, 작은 나뭇가지 하나로 테를 두르고,
부드럽게 떨며 녹아내리는,

12 작고 아주 하얀, 나쁜 별 한 개가 박혀 있고……

6월의 밤! 열일곱의 나이여!—취기에 젖어든다.
수액은 샴페인, 그대 머리로 오르고……
횡설수설할 때, 입술에서, 어린 짐승처럼
16 팔딱이는 입맞춤 하나 느낀다……

III

미친 가슴은 소설들을 가로질러 로빈슨 크루소처럼 방황한다,
—어느 창백한 가로등 불빛 속에서,
매혹적인 아담한 자태의 아가씨가 지나갈 때,
20 제 아버지의 겁주는 장식 칼라 그림자 아래로……

그리고 그대가 아주 순진하다고 생각하고는,
제 작은 반장화로 종종걸음 치다가,
그녀는 몸을 돌린다, 재빠르게 경쾌한 동작으로……
24 —그러면 그대의 입술 위에서 카바티나가 스러져간다……

IV

그대는 사랑에 빠졌도다. 8월까지는 칭송받고.

그대는 사랑에 빠졌도다.—그대의 소네트가 **그녀**를 웃기는구나.
그대 친구들은 모두 가버리고, 그대는 **나쁜 취향.**
—그러자 사랑받은 여자가, 어느 날 저녁, 그대에게 편지 써주었 28
다……!

—그날 저녁……—그대는 요란한 카페로 돌아와서,
생맥주나 레몬주스를 주문한다……
—누구나 진지하지 않은 법이지, 열일곱의 나이에는
그리고 산책길에 초록빛 보리수가 있을 때는. 32

〔18〕70년 9월 29일

악(惡)

LE MAL

산탄의 붉은 가래들이
창공의 무한을 가로질러 하루 종일 휘파람 불고,
진홍색 혹은 녹색 옷 군대가, 그들을 비웃는 **왕** 가까이,
4 포화 속에서 무더기로 무너질 적에,

무시무시한 광기가 수십만 사람들을
깨부숴 연기 피어오르는 산더미로 만들어버릴 적에,
—가련한 죽음들! 여름날, 풀밭에서, 그대의 기쁨 속에서,
8 자연이여! 오, 저자들을 성스럽게 지었던 그대여!……—

—한 신이 계시니, 능직 제단 보와,
향연(香煙)과, 거대한 황금 성배에 웃음 짓고,
11 찬송가 소리에 아늑하게 잠들다가,

고뇌 속에 움츠린 어머니들이,
낡아빠진 검은 보네 아래 흐느끼며,
14 손수건에 싸 온 큼직한 동전 한 닢을 바칠 때 깨어나신다!

황제의 분노

RAGES DE CÉSARS

창백한 남자가, 꽃핀 잔디밭을 따라,
검은 옷을 입고, 이로 담배를 물고 걸어간다.
창백한 **남자**는 튈르리 궁의 꽃들을 다시 생각한다.
—간혹 그의 흐릿한 눈동자는 불같은 시선을 띠는데…… 4

황제는 20년간의 제 잔치판에 취해 있기에!
그는 혼자 말했었다, "아주 살짝 입김을 불어
자유를 꺼버려야지, 촛불처럼!"
자유가 소생하다니! 그는 허리가 삔 것 같다! 8

그는 이제 잡혀 있다. —오! 말 없는 그의 입술에서 어떤 이름이
몸서리치고 있는가? 어떤 집요한 회한이 그를 물어뜯고 있는가?
알 수 없으리라. 황제의 눈빛은 죽었다. 11

그는 안경 쓴 **공모자**를 다시 생각하고 있으리라……
—그리고 불붙은 그의 담배에서, 생클루의 저녁 날처럼,
파르스름한 여린 구름이 풀려나가는 것을 바라본다. 14

겨울을 위하여 꿈을 꾸었고

RÊVÉ POUR L'HIVER

겨울에, 우리는 가리라 장밋빛 작은 열차를 타고
파란색 쿠션에 앉아.
우리는 안락하리라. 미친 입맞춤들의 보금자리 마련된다,
4 푹신한 구석구석마다.

넌 눈을 감으리라, 보지 않으려고, 유리창을 통하여,
저녁 어스름이 일그러지는 것을,
검은 악마들과 검은 늑대들의 천박한 패거리들,
8 저 괴기한 괴물들이.

그러다 네 뺨에 할퀴는 것을 느끼게 되리라……
작은 입맞춤 하나가, 한 마리 미친 거미처럼,
11 네 목을 타고 줄달음치리라……

그때 너는 나에게 말하리라, 고개를 숙이면서, "찾아봐"라고.
—그러면 우리는 이 작은 벌레를 찾느라 시간을 보내리라.
14 —여기저기 돌아다니는 벌레를……

열차 안에서, [18]70년 10월 7일

골짜기에 잠든 자

LE DORMEUR DU VAL

그것은 어느 초록 구덩이, 개울 하나가
은빛 누더기를 미친 듯이 풀 대궁에 걸쳐놓고 노래하고,
태양이, 오만한 산꼭대기에서 빛나는 곳.
그것은 햇살로 거품을 이는 작은 골짜기. 4

어린 병사 하나가, 입을 벌리고, 맨머리로,
푸르고 신선한 물냉이 속에 목이 잠긴 채,
잔다. 풀숲 속에, 구름 아래 그는 누워 있다,
햇빛이 쏟아져 내리는 초록 침대 안에서 창백하게. 8

두 발을 글라디올러스 속에 담그고, 그는 잔다. 미소 지으며
병든 아이가 미소 짓듯이. 그는 한숨 자고 있다.
자연이여, 그를 따뜻하게 재워라, 그는 춥도다. 11

향기에도 그의 코끝은 움찔거리지 않는구나.
햇빛 속에, 고요한 가슴에 손을 얹고
그는 잔다. 오른쪽 옆구리엔 붉은 구멍 두 개. 14

1870년 10월

초록 선술집에서—저녁 5시

AU CABARET-VERT, cinq heures du soir

여드레 전부터, 내 반장화는 찢겨 있었지,
길거리 자갈돌에. 샤를루아로 들어가던 길.
— **초록 선술집에서**, 버터 바른 빵과
4 반쯤은 식어 있을 햄을 나는 주문했다네.

행복에 겨워, 나는 초록 식탁 아래로 다리를
뻗고, 벽 장식 융단의 아주 순진한 주제들을
바라보았지.— 그런데 정말 근사했네,
8 엄청나게 가슴이 큰 처녀가, 눈빛도 생생하게,

—저 여자, 입맞춤 하나로는 놀라지도 않지!—
웃음 지으며, 버터 바른 빵에 미지근한 햄을,
11 채색 접시에 담아 왔을 때,

마늘쏙 냄새 향긋한 장미색과 흰색의
햄을,—그러고는 커다란 내 맥주잔을 채워주었을 때,
14 늦은 햇살 하나로 금빛 물든 그 거품과 함께.

〔18〕70년 10월

짓궂은 여자

LA MALINE

니스와 과일 향기 풍기는
갈색빛 식당에서, 나는 편안하게
알지도 못하는 벨기에 음식 담긴
접시 하나 집어 들고, 넓은 의자에 눌러앉았지. 4

먹으며, 괘종시계 소리를 들었지,—행복하여 말도 잊은 채.
한바탕 바람 일며 부엌문이 열리더니,
—일하는 여자가 왔지, 이유는 알 수 없지만,
숄을 반쯤 풀어젖히고, 장난스럽게 모자를 쓴 채로 8

그리고 흰색과 장밋빛 복숭아의 비로드, 제 뺨에
떨리는 새끼손가락을 이리저리 갖다 대고,
어린애 같은 입술 한 번 삐죽 내밀며, 11

그녀는 접시를 정리하고 있었지, 내 곁에서, 날 즐겁게 하려고.
—그러고는, 이렇게,—물론, 입맞춤을 한 번 얻어내려고,—
나직이 말했지. "자, 느껴봐, 내 뺨이 차갑잖아……" 14

샤를루아, [18]70년 10월

사르브뤼크의 빛나는 승리

L'ÉCLATANTE VICTOIRE DE SARREBRUCK

—폐하 만세 외침 속에서!

찬란하게 채색된 벨기에 판화, 샤를루아에서 35전에 팔리고 있다

가운데에, 황제가, 푸르고 노란
화려한 의장에 싸여, 가고 있다, 뻣뻣하게, 불꽃무늬
제 말을 타고. 아주 행복하게,—보이는 모든 것이 장밋빛이기에,
4 제우스처럼 무섭고 여느 아빠처럼 온화한 그는.

아래에는, 금빛 북과 붉은색 대포 곁에서,
낮잠 자고 있던 선량한 **졸병**들이
점잖게 일어서고 있다. 피투는 웃옷을 다시 입고
8 부대장 쪽으로 몸을 돌린 채, 위대한 이름들에 넋 나가 있구나!

오른쪽에는, 제 샤스포 총 개머리판에 기대고 있는
뒤마네는 짧은 머리 목덜미에 오싹함을 느끼며,
11 "황제 폐하 만세!!"—그의 옆 사람은 조용한데……

검은 태양처럼 군모 하나 솟아오른다, ……—중앙에,
붉고 푸른 군복, 아주 순진한 보키용이 배를 내밀고
14 일어서서—제 엉덩이를 보여주며—"뭐에 대한 건데……?"

〔18〕70년 10월

장식장

LE BUFFET

그것은 조각된 커다란 장식장. 아주 오래된
침침한 떡갈나무가 노인네의 선한 자태를 띠었다.
장식장은 열려 있고, 그 어둠 속으로 붓고 있다,
오래된 포도주의 흐름처럼, 마음 끄는 향기를. 4

꽉 차 있구나, 낡고 낡은 것들의 집산,
냄새 나는 누런 속옷, 여자들이나 어린아이들의
헌옷가지, 색 바랜 레이스 장식,
그리푸스가 그려진 할머니의 세모꼴 숄. 8

—거기서 찾게 되는 것은, 커다란 메다용,
백발 혹은 금발 머리 다발, 초상화들,
제 향기를 과일 향기에 뒤섞는 마른 꽃들. 11

—오, 오랜 세월의 장식장이여, 너는 많은 역사를 알고 있으니,
네 이야기를 전하고 싶겠지, 그래서 너는 소리를 내는구나,
커다란 네 검은 문짝이 천천히 열릴 때면. 14

1870년 10월

나의 방랑(환상곡)
MA BOHÈME(*Fantaisie*)

나는 갔다네, 터진 주머니에 주먹을 쑤셔 넣고서.
내 외투 또한 이상적으로 되었지.
하늘 밑을 걸었고, 뮤즈여! 나는 그대의 충복이었네.
4 아아! 내 얼마나 찬란한 사랑을 꿈꾸었던가!

내 단벌 바지에는 커다란 구멍이 하나.
—꿈꾸는 엄지동자, 나는 내 길에서 낟알처럼
시의 운을 땄다네. 내 여인숙은 큰곰자리.
8 —내 별들은 하늘에서 부드럽게 살랑살랑대고

나는, 길섶에 앉아, 귀 기울였네,
이마에 내리는 이슬방울들이, 힘 돋우는
11 술처럼 느껴지는, 이 9월의 상큼한 저녁에,

기이한 그림자들에 둘러싸여 운을 밟으며,
칠현금이라도 켜듯, 한 발을 가슴 가까이 들어 올려,
14 찢어진 신발의 고무줄을 나는 잡아당겼네!

까마귀 떼

LES CORBEAUX

주여, 초원이 추울 때,
무너진 촌락의
긴 삼종 소리 침묵했을 때……
꽃이 진 자연 위로
떨어지게 하소서, 거대한 하늘로부터
사랑스럽고 멋진 까마귀 떼를. 6

악착같이 외쳐대는 이상한 군대여,
차가운 바람이 너희들의 보금자리를 공격하는구나!
너희들, 노란 강줄기를 따라,
오랜 골고다 언덕으로 가는 길에,
도랑과 구렁 위로
해산하라, 집합하라! 12

엊그제의 주검들이 잠들어 있는,
프랑스의 들판 위로, 수천 마리 무리 지어,
선회하라, 그렇지 않은가, 겨울날,
지나가는 나그네마다 생각을 되새기도록!

그러니 의무를 외치는 자가 되어라,
18　오, 우리의 불길한 검은 새여!

그러나 하늘의 성자들이여, 황홀한 저녁 속으로
사라진 돛대, 떡갈나무 꼭대기에는
5월의 꾀꼬리들을 남겨두시라,
숲의 깊은 곳, 벗어날 수 없는 풀 속에,
미래 없는 패배가
24　묶어놓은 자들을 위하여.

앉아 있는 자들

LES ASSIS

종창으로 검어진, 곰보딱지 얼굴, 시퍼런
둥근 테의 두 눈, 대퇴골을 쥐고 있는 뭉툭한 손가락,
낡은 벽에 만발한 문둥이 꽃 같은
막연한 심술을 처바른 앞대가리, 4

그들은 간질병 같은 사랑 속에서
이상야릇한 제 뼈대를 의자의 검고 큰 해골에
접붙였다, 구루병 걸린 막대기에
아침이고 저녁이고 다리를 꼬아 엮고! 8

이 늙은이들은 언제나 의자와 한데 얽혀 있다,
피부를 퍼케일 천으로 만들어버리는 강한 햇살을 느끼며
혹은, 눈(雪)이 말라가는 유리창에 두 눈 박고
두꺼비의 고통스러운 전율로 떨면서. 12

의자는 그들에게 친절하다. 갈색 손때 묻은
밀짚은 그들의 허리 각도에 따라 받쳐주고,
오래된 햇살의 영혼은 곡식 알이 발효하던

16 이 이삭의 편물들에 감싸여 환히 빛난다.

앉아 있는 자들은, 무릎을 이빨에 대고, 녹색의 피아니스트들,
의자 밑 열 손가락으로 요란한 북소리 내고,
구슬픈 바르카롤라 찰랑이는 소리인 듯 귀 기울이며,
20 대가리를 사랑의 옆질 따라 흔들흔들거리고 있다.

—오! 그들을 일으켜 세우지 마시라! 그것은 난파로다……
그들은 뺨 맞은 고양이처럼 아르렁거리며,
견갑골을 천천히 열어젖히고 솟아오른다, 오 분노여!
24 그들의 바지는 부푼 허리로 온통 불룩하다.

그대들은 듣는다, 그들이 대머리로 어두운 벽을
들이받고, 뒤틀린 두 발로 바동거리는 소리를.
그리고 그들의 옷 단추는 야수의 눈동자,
28 회랑 깊숙한 곳의 눈알이 그대들을 붙잡는다!

그들은 보이지 않는 살인의 손을 지녔다.
되돌아갈 때, 그들의 시선에서는, 얻어맞은 암캐의
고통스러운 눈에 가득 찬 그런 검은 독이 새어 나와,
32 그대들은 끔찍한 깔때기 속에 갇혀 진땀 흘린다.

그들은 다시 앉아, 더러운 소맷부리에 두 주먹을 파묻고,
자기들을 일어나게 한 자들에 대해 생각한다,

그리고 새벽부터 저녁까지, 그들의 빈약한 턱 아래
편도선 다발은 터지도록 요동한다. 36

준엄한 졸음이 그들의 모자챙을 떨어뜨리면,
그들은 팔을 베고 엎드려, 임신한 의자들의,
끈에 매달려 아장거리며 거만한 책상들 옆에 둘러설
사랑스러운 진품 아기 의자들의 꿈을 꾼다. 40

쉼표 모양의 꽃가루들을 뱉어내는 잉크 꽃들이,
글라디올러스 꽃을 따라 날아든 잠자리같이
쪼그린 꽃받침들을 따라서, 그들을 흔들어 재운다.
—그런데 그들의 사지는 이삭의 수염에 닿아 깔끄럽다. 44

목신의 머리

TÊTE DE FAUNE

금빛 얼룩의 초록 보석함, 나무 그늘에서,
정교한 자수(刺繡)를 터뜨리며 강렬한
입맞춤이 잠든 찬란한 꽃 활짝 피어
4 윤곽이 어렴풋한 나무 그늘에서,

놀란 목신이 두 눈을 내밀고
제 하얀 이빨로 붉은 꽃을 물어뜯는다.
묵은 포도주처럼 검붉은 핏빛 입술은
8 나뭇가지 아래서 웃음을 터뜨린다.

그리고 그가 도망갔을 때, —한 마리 다람쥐처럼—
그의 웃음은 여전히 나뭇잎 하나하나에서 떨리고,
피리새 한 마리에 겁을 먹는 **숲**의 금빛
12 **입맞춤**도 보인다, 숲은 명상에 잠긴다.

세관원들

LES DOUANIERS

"빌어먹을"이라고 말하는 자들, "안 돼"라고 말하는 자들,
군인들, 선원들, 제국의 잔재들, 퇴역자들,
아무것도, 정말 아무것도 아니다, 커다란 도끼질로
국경의 창공을 베어버리는 **조약의 군인**들 앞에서는. 4

암소의 콧방울처럼 어둠이 숲에서 침을 흘릴 때,
파이프를 이로 물고, 칼날은 손에 든 채, 심각하고, 당당하게,
그들은 나간다, 개들을 줄에 매어 끌고,
제 무서운 즐거움을 어둠 속에서 행하려고! 8

그들은 여자 목신들을 근대 법으로 고발하고,
파우스트와 디아볼로들을 잡아낸다.
"그건 아니요, 어르신들! 봇짐들 내려놓으세요!" 11

그의 공정함이 젊은이들로 향할 때면,
세관원은 억제된 매혹에 매달린다!
그의 손바닥이 스쳐간 **경범죄자**들에게 지옥을! 14

저녁 기도

ORAISON DU SOIR

나는 앉아서 산다, 이발사 손의 천사처럼,
깊은 홈 파인 맥주 조끼 움켜쥐고,
하복부와 목을 활처럼 구부린 채, 강비에 파이프를
4 이빨에 물고, 만질 수 없는 돛으로 부풀어진 공기 아래서.

낡은 비둘기집의 뜨거운 배설물과 같은
천 개의 꿈들이 내 안에서 은은히 화상을 입힌다.
그러면 이따금 내 처연한 가슴은 녹아 흐르는
8 싱싱하고 짙은 황금으로 붉게 물든 나무의 흰 속살 같다.

그리고 나는 조심스레 내 꿈들을 삼키고는,
몸을 돌려, 삼사십 잔 맥주를 마셨기에,
11 명상에 잠긴다, 자극적인 욕구를 풀기 위하여.

서양 삼나무와 히솝의 **주님**처럼 부드러운
나는 갈색 하늘을 향하여 오줌 눈다, 아주 높게 아주 멀리,
14 키 큰 해바라기들의 동의를 받으며.

파리 전가(戰歌)

CHANT DE GUERRE PARISIEN

봄은 분명하다, 왜냐하면
녹색 소유지 한가운데서
티에르와 피카르의 비행(飛行)이
그 찬란한 광채들을 펼쳐놓고 있으니. 4

오 5월이여! 웬 헛소리하는 거지들이냐!
세브르, 뫼동, 바뇌, 아니에르,
반가운 자들이 봄날의 물건들을
파종하는 소리 들어보라! 8

저자들이 가진 것은 군모와 칼, 탐탐 북소리.
그 낡은 촛불 상자가 아니다.
결코, 결코…… 나가본 적 없는 보트들이
붉은 물의 호수를 가르는구나! 12

유별난 새벽마다
우리들의 소굴 위로 노란 둥근 보석들이
쏟아져 내릴 때면

16 우리는 더없이 흥에 젖는구나!

티에르와 피카르는 무능한 에로스,
해바라기 약탈자들,
이들은 석유로 코로의 그림을 그리는데,
20 급기야 제 군대를 풍뎅이 판으로 만드는구나……

이들은 **협잡대왕**의 측근들……!
그래서 글라디올러스 꽃밭에 누워, 파브르는
눈을 깜박거리며 거짓 눈물 쏟아내고,
24 후춧가루 도움 받아 코를 훌쩍거리는구나.

너희들의 석유로 샤워를 해도,
이 대도시의 포석은 뜨거운데,
정말이지, 임무 수행하는 너희들을
28 우리가 들었다 놔야 할 판이로구나……

그리고 오래오래 웅크리고 앉아
노닥거리는 **시골뜨기들**은
붉은 바스락거림들 속에서
32 부러지는 잔가지 소리 듣고 말리라!

나의 작은 연인들

MES PETITES AMOUREUSES

눈물의 증류 향수가 양배추 빛
　　　녹색 하늘을 씻는다.
침 흘리며 새싹 돋는 나무 아래서,
　　　둥근 달무리의 　　　　　　　　　　4

유별난 달빛으로 하얀
　　　너희들 고무장화,
너희들 무릎싸개를 부딪쳐보아라,
　　　내 못난 아가씨들아! 　　　　　　　　8

그 시절 우리는 서로 사랑했지,
　　　파란 머리 못난이야!
우리가 먹었던 것은 반숙한 달걀과
　　　별 봄맞이꽃! 　　　　　　　　　　12

어느 날 저녁, 너는 날 시인으로 받들었지,
　　　금발의 못난이야.
이리 내려와라, 너를 무릎에 올려놓고

16 매질할 수 있도록.

난 네 머릿기름 냄새에 구역질을 했지,
검은 머리 못난이야.
너는 그 이마날로 내 만돌린 줄도
20 끊어버릴 것 같구나.

체! 말라붙은 내 침이,
갈색 머리 못난이야,
아직도 네 둥근 젖가슴
24 긴 고랑을 더럽히고 있구나!

오 나의 작은 연인들아,
정말 보기 싫구나!
괴로운 누더기 조각들로 싸버려라,
28 너희들 못난 젖통이를!

감정의 내 낡은 단지들을
짓이겨 밟아라,
—자 어서! 잠시만이라도 나에게
32 발레리나가 되어라!……

너희들 어깨뼈가 빠지는구나,
오 내 사랑들아!

꼬아대는 허리에 별 하나씩 달고,
빙글빙글 돌아라! 36

그런데 이 양(羊) 어깨 살을 위하여
내가 시를 썼다니!
너희들의 엉덩이를 깨부수고 싶구나,
내가 좋아했다니! 40

실패한 별들의 빛바랜 무더기들아,
구석구석 처박혀라!
—비천한 노고의 길마를 지고,
너희들은 신의 품에서 뒈지리라! 44

둥근 달무리의 유별난
달빛 아래서,
너희들 무릎싸개를 부딪쳐보아라,
내 못난 아가씨들아! 48

웅크린 모습들

ACCROUPISSEMENTS

아주 늦게, 밀로튀스 수사(修士)는 구역질이 나자,
닦은 냄비처럼 반짝이는 태양이
두통을 쏘아대고 시선을 어지럽게 하는
천창(天窓)을 힐끗 쳐다보며,
5 사제의 배를 시트 속으로 넣는다.

그는 잿빛 이불 속에서 끙끙거리다가,
코담배 빨아들인 노인처럼 질겁하며,
덜덜 떠는 배에 무릎을 붙이고 내려오는데,
그건 하얀 단지 손잡이를 쥔 채로,
10 속옷을 허리까지 훌쩍 걷어 올려야 하기 때문!

그런데, 그는 웅크리고 있다, 추워서, 발가락을
오므린 채로, 브리오슈 빵의 노란색을 종이창에
덮어씌우는 밝은 햇볕에 몸을 떨면서.
그리고 옻칠이 빛나는 영감의 코는
15 육질(肉質)의 폴립 군체처럼, 빛줄기에 대고 킁킁거린다.

. . . .

영감은, 불에 음식을 한다, 두 팔은 뒤틀리고, 아랫입술을
배에 붙인 채로. 그는 불 속으로 엉덩이가 미끄러져 들어가고,
짧은 바지는 누래지고, 파이프 담배가 꺼지는 것을 느낀다.
한 마리 새와 같은 어떤 것이 약간 꿈틀댄다,
내장 더미처럼 조용한 그의 배에서! 20

주위에는, 멍청한 가구들이 뒤죽박죽 잠들어 있다,
때 묻은 넝마들 속에서 더러운 배때기들 위에서.
나무 의자들은, 야릇한 두꺼비, 시커먼 구석에
쭈그리고 있다. 찬장에는 무서운 식욕이 가득한 졸음으로
살짝 벌어진 성가대원들의 아가리들이 있다. 25

구역질 나는 열기가 좁은 방을 가득 채운다.
영감의 뇌 속은 걸레들이 쑤셔박혀 있다.
그는 제 축축한 피부에서 털 나는 소리를 듣고,
가끔, 정말 심각하게 우스꽝스러운 딸꾹질 속으로
도망친다, 절뚝거리는 그의 나무 의자를 흔들며…… 30

. . . .

그리고 저녁, 그의 엉덩이 둘레로
빛의 얼룩 만드는 달빛에,
형체들 또렷한 어떤 그림자 하나 웅크리고 있다.
접시꽃 같은 장밋빛 눈[雪]을 배경으로……
기이하구나, 코 하나가 깊은 하늘에서 베누스를 좇는다. 35

폴 드므니 선생님께

일곱 살의 시인들

LES POÈTES DE SEPT ANS

그리고 **어머니**는, 숙제 책을 덮으며,
흡족하게 그리고 아주 당당하게 가버렸다,
푸른 눈동자 속에서, 울툭불툭한 이마 아래서,
반감에 빠진 아이의 영혼은 보지 않은 채.

5 하루 종일 그는 복종하느라 진땀을 흘렸다. 아주
총명하지만, 음울한 경련들, 어떤 표정들은
그 마음속의 고통스러운 위선을 증거하는 듯했다.
그는 곰팡이 핀 벽지의 복도들 어둠 속에서,
두 주먹을 사타구니에 넣고 지나가며, 혀를 내밀고,
10 감은 눈 속에 어른거리는 점들을 보곤 하였다.
저녁을 향해 문이 열리고 있었다. 등불을 받아,
저 위쪽, 난간에 기대어 헐떡이는 그의 모습이,
지붕으로부터 드리워진 햇살의 만(灣) 아래로 보였다.
여름날에 특히, 기진맥진하여, 멍청해진 그는
15 변소의 서늘함 속에 고집스레 틀어박혀 있었다.
그는 거기서 생각에 잠기곤 했다, 조용히, 콧구멍을 내맡기고.

대낮의 냄새를 씻고, 작은 뒤뜰 정원이,
겨울날 달빛에 젖어들 때,
그는 담장 밑에 누워, 석회 점토에 파묻혀,
어지러운 눈을 짓눌러 환영(幻影)들을 좇다가 20
옴 걸린 과목(果木)들의 들끓는 소리를 들었다.
가여워라! 가까운 애들이라고는, 허약하고,
맨이마에, 뺨 위에서 눈빛이 시들고,
진흙투성이의 검고 누런 여윈 손가락을
설사 냄새 풍기는 낡아빠진 옷 속에 숨기고, 25
백치들같이 순진하게 이야기를 나누는 그 아이들뿐!
그가 불결한 연민에 빠져 있는 것을 간파하고,
어머니가 질색을 해도, 아이의 깊은 애정이
그 놀라움 위로 달려들곤 하였다.
그건 좋았다. 어머니의 시선은 푸르렀다,—거짓말하는 시선! 30

일곱 살에, 그는 소설을 지었다, 황홀한 **자유**가
빛나는 광막한 황야의 삶에 대해,
숲이여, 태양이여, 강기슭이여, 사바나여!—그가 도움 받은 것은
삽화 있는 신문들, 거기서 그는, 얼굴 붉히며,
스페인 여자들 이탈리아 여자들이 웃고 있는 것을 보았다. 35
갈색 눈에, 날염 옥양목 옷을 입고, 덜렁대며,
—여덟 살—옆집 노동자의 딸이,
그 거친 계집애가 다가오면, 구석진 곳에서,
머리채를 흔들며, 그의 등 위로 뛰어오르면,

40 그래서 밑에 깔릴 때면, 그는 엉덩이를 물어뜯었다.
그 애는 한 번도 바지를 입은 적이 없었기 때문.
—그러곤 주먹질과 발길질로 상처를 입고는,
그 애의 살결 맛을 자기 방으로 가져오곤 하였다.

그가 두려워했던 것은 12월의 어슴푸레한 일요일들,
45 포마드를 바르고, 마호가니 조그만 원탁에서,
양배추 빛 녹색 절단면의 성경을 읽었으며,
꿈들이 벽감 침대에서 밤마다 그를 짓누르곤 했었다.
그가 사랑했던 것은 신이 아니라, 그 사람들이었다. 황갈색의 저녁,
관원들이, 북을 세 번 울리며, 칙령들 주변의
50 군중들을 웃게도 투덜거리게도 하는 성 외곽 거리로,
시커먼 얼굴에, 작업복 차림으로, 돌아가는 그 사람들을 그는 바라보았다.
—그가 꿈꾸었던 것은 사랑의 초원, 빛의
너울이, 건강한 향기가, 황금 솜털들이,
고요히 일렁이다가 드높이 솟아오르는 곳!

55 그리고 그는 특히 어두운 것들을 즐겼기에,
닫힌 겉창의 텅 빈, 높고 푸른,
지독히도 습기가 찬 방 안에서,
황토빛 무거운 하늘과 물에 잠긴 숲으로,
항성(恒星)의 숲에 펼쳐진 육신의 꽃들로 그득한,
60 끊임없이 명상했던 그의 소설을 읽었다,

현기증이여, 붕괴여, 패주와 연민이여!
—저 아래 동네의 소음이 들려오는데 —
홀로, 날 삼베천 위에 누워,
강렬하게 돛폭을 예감하면서!

1871년 5월 26일

교회의 빈민들

LES PAUVRES À L'ÉGLISE

그들의 숨결로 악취 나며 데워지는 교회당 구석,
떡갈나무 긴 의자들 사이에 처박혀서, 모두들
금박 장식 번뜩이는 성가대 자리에, 경건한 성가
4 질러대는 스무 개 아가리의 성가대원에 눈을 박고,

빵 냄새인 듯 양초 냄새 맡으며,
행복한, 얻어맞은 개처럼 비굴한
빈민들은, 주인이며 나리이신 선한 신에게
8 우스꽝스럽고 고집스러운 기도를 바친다.

아낙네들이 의자를 반질거리게 만드는 것은 참 좋은 일,
신이 고통을 주었던 암흑의 엿새를 보낸 후에!
이 여자들은, 괴상한 외투 속에서 몸을 꼬고
12 죽을 듯이 울어대는 어린것들을 흔들어 재운다.

수프로 연명하는 이 여자들, 때 묻은 젖가슴 드러내놓고,
기도는 눈에만 단 채, 절대 기도하지 않으면서,
쭈그러진 모자 쓴 한 패거리 말괄량이들이

건방지게 으스대는 꼬락서닐 바라본다. 16

밖에는, 추위, 굶주림, 곤드레가 된 남자,
좋다. 아직도 한 시간. 다음에는, 이름도 없는 고통들!
—그렇지만, 옆자리에는, 늘어진 목젖의 여러 노파들이
앓는 소리를 내고, 콧소리를 하며, 속삭인다. 20

거기에는, 사람들이 어제 네거리에서 피해버렸던,
이 질겁한 자들과 이 간질병 환자들,
낡은 미사경본에 코를 이리저리 처박고,
개에 이끌려 안마당으로 들어서는 이 맹인들. 24

그 모두들, 구걸하는 어리석은 신심을 침처럼 흘려대며,
예수에게 끝없는 하소연을 읊조리지만,
예수는 납빛 유리창으로 노랗게 물든 채, 저 높은 곳에서, 꿈꾸고 있다,
나쁜 말라깽이들과 못된 배불뚝이들 먼 곳에서, 28

역겨운 몸짓의 맥 빠진 음울한 소극,
몸 냄새 곰팡 핀 직물 냄새 먼 곳에서.
—기도에는 선택된 표현들이 만발하고,
신비로운 것들이 급박한 음조를 띠고 있구나, 32

햇빛이 죽어가는 중앙 홀에서, 속된 비단

주름, 시퍼런 미소, 부자 동네 마님들,

36　—오 예수여! —간이 병든 이 여자들이

노랗고 긴 손가락을 성수반에 입 맞출 때에.

1871년

어릿광대의 가슴

LE CŒUR DU PITRE

내 슬픈 가슴은 선미(船尾)에서 침 흘리고,
내 가슴은 카포랄 담배로 가득 찼네,
그들은 거기에 수프를 분출하고,
내 슬픈 가슴은 선미에서 침 흘리네.
일제히 웃음 한바탕 쏟아내는
부대원들의 야유 속에서,
내 슬픈 가슴은 선미에서 침 흘리고,
내 가슴은 카포랄 담배로 가득 찼네! 8

발기한 남근의 졸병 근성 깃든
그들의 모욕이 내 가슴을 타락시켰네!
저녁에 그들은 프레스코 벽화를 만든다네,
발기한 남근의 졸병 근성 깃든 것을.
오 아브라카다브라 파도여,
내 가슴을 붙잡아 구원하기를.
발기한 남근의 졸병 근성 깃든
그들의 모욕이 내 가슴을 타락시켰네! 16

그들의 씹는담배가 동이 나면,
어떻게 움직일까, 오 도둑맞은 가슴이여?
그들의 씹는담배가 동이 나면,
끝없는 바쿠스적인 술판이 벌어지겠지.
내 슬픈 가슴을 억눌려 삼킨다면,
내 위장이 소스라쳐 놀라겠지.
그들의 씹는담배가 동이 나면,
24 어떻게 움직일까, 오 도둑맞은 가슴이여?

1871년 5월

파리의 향연 혹은 파리가 다시 북적댄다

L'ORGIE PARISIENNE OU PARIS SE REPEUPLE

오 비겁자들아, 여기 있도다! 기차역에 흘러넘쳐라!
어느 날 저녁 **야만인**들이 우글거렸던 대로들을
태양이 그 불타는 허파로 말끔히 씻었다.
서방에 자리 잡은, 성스러운 도시 여기 있도다! 4

자 어서! 불길의 물결을 미리 막으리라,
강둑이 여기 있고, 대로가 여기 있고, 어느 저녁
포탄들의 붉은색이 별처럼 총총했던, 이젠
빛살 밝아 경쾌한 창공 위로 솟은 집들이 여기 있도다! 8

죽은 궁전들을 판자 오두막 속으로 감추어라!
겁에 질린 옛 하루가 너희들의 시선을 시원하게 하는구나.
허리를 꼬는 여자들의 붉은 머리칼이 여기 무리 지어 있도다.
미쳐라, 우스운 자 되어라, 일그러진 눈초리를 하고! 12

발정 난 암캐 떼가 기름진 음식을 먹을 때,
황금 저택의 외침이 너희들에게 요구한다. 훔쳐라!
먹어라! 극심한 경련의 저 쾌락의 밤이 여기

16 거리에 내리는구나. 오 비탄에 잠긴 술꾼들아,

마셔라! 격렬하고 광기를 띤 빛이 다가와,
사방에 두른 너희들의 번들거리는 사치품을 더듬을 때,
너희들은 저 하얀 원경에 아득히 시선 두고,
20 몸짓도 없이, 말도 없이, 술잔 속에 침을 흘리지 않겠느냐?

들이켜라, 홍청대는 엉덩이의 **여왕**을 위하여!
들어보라, 얼빠진 요란한 딸꾹질의
동작 소리를! 들어보라, 투덜거리는 얼간이들, 늙은이들,
24 꼭두각시들, 종놈들이 불타는 밤으로 뛰어드는 소리를!

오 더러운 심장들아, 끔찍한 입들아,
더욱 세게 움직여라, 악취 나는 입들아!
이 비열한 마비를 위해 포도주 한 잔을, 이 식탁 위에……
28 너희들의 배가 오욕에 녹는구나, 오 승리자들아!

멋진 구토를 향해 너희들의 콧구멍을 열어라!
너희 목줄기를 강한 독으로 적셔라!
너희들 이린애 같은 목덜미에 두 손을 겹쳐놓으며
32 **시인**은 너희에게 말한다, "오 비겁자들아, 미쳐라!

너희들은 **여자**의 배를 뒤지고 있기 때문에,
자기 가슴 위에서, 무서운 압력으로,

너희들의 수치스러운 새끼들을 질식사시키며,
소리치는, 그녀의 또 한 번의 경련이 너희들은 두렵다. 36

매독 환자들아, 미치광이들아, 왕들아, 꼭두각시들아, 복화술사들아,
너희들의 영혼과 너희들의 육체, 너희들의 독과 너희들의 누더기가
저 매음녀 파리에게 무엇을 할 수 있단 말이냐?
그녀는 너희들을 떨쳐버리리라, 악질의 썩은 자들아! 40

너희들이 지쳐 늘어져, 창자를 깔고 신음하며,
허리는 죽고, 돈을 돌려달라며, 얼빠져 있을 때,
전의를 품은 커다란 젖가슴의 붉게 달아오른 창녀는
너희들의 혼미 상태에 아랑곳없이 거친 두 주먹 쥐어 흔들리라! 44

그대의 두 발이 분노 속에서 그토록 강하게 춤췄을 때,
파리여! 그대가 그토록 난도질을 당했을 때,
황갈색 새봄의 어진 마음을 그 맑은 눈동자에
조금 담은 채, 그대가 쓰러져 누워 있을 때, 48

오 고통의 도시여, 오 거의 죽은 도시여,
미래를 향해 머리와 두 젖가슴 내던지고,
그대의 창백함을 향하여 그 무수한 문들을 열어젖히는,
어두운 **과거**로부터 축복 받을 도시여! 52

막대한 고통으로 다시 그 몸에 자성을 띠고,
그대는 마침내 끔찍한 생명을 다시 마신다! 그대는 느낀다,
그대 혈관에 납빛 벌레 떼의 밀물이 솟구쳐 오르고,
56 그대 맑은 사랑 위로 얼음 같은 손가락들이 배회하는 것을!

그런데 그것은 나쁘지 않다. 벌레, 납빛 벌레들이
이젠 그대의 **진보**의 숨결을 방해하지는 못하리라,
별의 금빛 눈물이 푸른 계단 타고 흘러내리는
60 저 **여인상주**(女人像柱)의 눈을 밤의 **흡혈귀**가 흐릴 수 없었듯이."

이렇게 교미하는 그대를 다시 본다는 것이
끔찍할지라도, 한 도시가 초록빛 **자연**에
이보다 더 악취 뿜는 궤양으로 변한 적이 없다 하더라도,
64 **시인**은 그대에게 말한다, "찬란하구나, 그대의 **아름다움**이!"

폭풍우가 그대를 숭고한 시로 축성하였다.
힘들의 거대한 움직임이 그대를 구원하기에,
그대의 과업은 끓어오르고, 죽음이 울부짖는다, 선택받은 **도시**여!
68 소리 없는 나팔의 심장에 날카로운 함성을 끌어모아라.

시인은 안으리라, **불결한 자**들의 오열,
도형수들의 증오, **저주받은 자**들의 절규를.
그리하여 그의 사랑의 빛살이 여인들을 채찍질하리라.
72 그의 시구들은 약동하리라. 자! 봐라! 악당들아!

—사회여, 모든 것이 재건되었도다. —질탕한 잔치는
옛날 매음굴에서의 그 옛날 헐떡임을 한탄하고 있다.
정신 나간 가스등은, 붉게 물든 담벼락에서,
빛바랜 하늘을 향해 불길하게 타오르는구나! 76

1871년 5월

잔마리의 손

LES MAINS DE JEANNE-MARIE

잔마리는 강한 두 손을 지녔다,
여름이 태운 어두운 손을,
죽은 자의 손처럼 창백한 손을.
4 —그것은 후아나의 손인가?

그 손들은 쾌락의 늪 위에서
갈색 크림을 쥐었던가?
청명의 연못에서
8 달빛에 적시었던가?

매혹적인 무릎 위에서 조용히,
야만의 하늘을 마셨던가?
잎담배를 말았던가,
12 다이아몬드를 밀매했던가?

성모상의 타오르는 발 위에서
황금 꽃을 시들게 했던가?
그 손바닥에 터져 나와 잠드는 것은

벨라도나의 검은 피로다. 16

새벽녘 푸른 색조로
꿀샘 근처에서 붕붕거리는
곤충들을 쫓는 손인가?
독의 윗물을 뜨는 손인가? 20

오! 어떤 **꿈**이 기지개를 켜는
그 손을 잡았던가?
아시아의, 켄가바르의,
혹은 시온의 들어보지 못한 꿈이던가? 24

—이 손들은 오렌지를 팔지 않았으며,
신들의 발 위에서 그을리지도 않았고,
이 손들은 눈 없는 무거운 어린애의
기저귀를 빨지도 않았도다. 28

그것은 사촌 누이의 손이 아니며,
공장 냄새 풍기는 숲에서,
아스팔트에 취한 햇빛이 태우는
두툼한 이마를 지닌 여공들의 것도 아니다. 32

그것은 등뼈가 구부러진 손,
기계들보다 더 치명적이며,

말 한 마리보다 더 강한,
36 결코 고통을 주지 않는 손이다!

도가니처럼 끓어오르며,
그 모든 전율을 흔들어 떨치고,
그 살이 노래하는 것은 라 마르세예즈,
40 결코 키리에 엘레이손이 아니로다!

이것이 너희들 목을 조이리라, 오 사악한
여자들이여, 너희들 손을 부러뜨리리라,
귀부인들이여, 하얀 분 붉은 연지
44 그득한 너희들의 불결한 손을.

이 사랑스러운 손들의 광채는
암양들의 머리를 돌려놓는다.
그 멋진 손가락 관절에
48 커다란 태양이 루비 하나 얹는다!

하층민의 얼룩 하나가 그것들을
어제의 젖가슴처럼 갈색으로 물들였구나.
이 **손등**은 당당한 **반역자**들이
52 저마다 입 맞춘 자리로다!

반란의 파리를 가로지르는

산탄총의 청동 위에서,
사랑을 실은 한낮 햇살에
이 손들은 창백해졌구나, 경이로운 손들! 56

아! 때때로, 오 성스러운 **손**이여,
주먹을 쥐어라, 일찍이 미망에서 깨어난
우리 입술이 떨고 있는 손, 맑은 고리로
엮은 사슬이 소리치는 **손**이여! 60

그래서 때때로, 천사의 **손**이여,
사람들이 네 손가락에 피 흐르게 하면서,
볕에 탄 흔적을 없애려 할 때,
우리들 존재 속에 낯선 전율 소스라치는구나! 64

자비의 누이들

LES SŒURS DE CHARITÉ

눈이 빛나는, 갈색 피부의 청년,
벗은 채 가야 할 것 같은 스무 살의 멋진 육체,
달빛 아래서 이마에 구리 테를 두른
4 페르시아의 어느 미지의 **정령**이 사랑했을 법하고,

처녀다운 검은 부드러움과 함께 열정적이며
제 최초의 고집에 당당해하고,
다이아몬드 침대 위에서 몸을 돌리는
8 여름밤의 눈물, 젊은 바다를 닮았도다.

청년은, 세상의 추악함 앞에서,
드넓게 분노한, 영원하고 깊은 상처로
그득한 제 가슴 안고 몸을 떨며,
12 이제 제 자비의 누이를 갈구한다.

그러나 오 **여인**이여, 내장 더미, 부드러운 연민이여,
그대는 결코 자비의 누이가 아니다, 결코,
검은 눈도, 다갈색 어둠이 잠들어 있는 배도,

경쾌한 손가락들도, 찬란하게 솟은 젖가슴도. 16

거대한 눈동자의 깨지 못한 맹인이여,
우리의 모든 포옹은 하나의 의문일 뿐이다.
우리에게 매달리는 것은 그대이노라, 젖가슴을 지닌 자여,
우리는 그대를 흔들어 재우고 있구나, 매혹적이며 근엄한 **정념** 20
이여.

그대의 증오, 그대의 고착된 무감각, 그대의 쇠약,
그리고 지난날에 견뎌낸 학대, 이 모든 것을
그대는 우리에게 되돌리고 있구나, 오 **밤**이여, 그렇지만
매달 흘러나오는 피의 과잉처럼 악의 없는 밤이여. 24

—잠시 이끌렸던 여인이 그 청년을 두렵게 할 때,
사랑, 삶의 부름과 행위의 노래,
오리라 초록 **뮤즈**와 불타는 **정의**가
그 엄숙한 집념으로 그를 찢으러. 28

아! 끊임없이 찬란함과 고요함을 갈망하다가
냉혹한 두 **누이**의 버림을 받고,
유익한 두 팔로 학문한 이후 부드럽게 신음하며,
꽃핀 자연에서 피 흘리는 이마를 지니고 간다. 32

그러나 검은 연금술과 성스러운 연구는

오만함의 어두운 학자, 상처 입은 자에게 혐오감을 주고 있다.
그는 지독한 고독이 그에게로 걸어오는 것을 느낀다,
36 그때에, 여전히 아름답고, 관(棺)에 혐오감 없는

그가 광활한 종말을, **진리**의 밤 너머,
꿈 혹은 거대한 **산보**를 믿도록 하라,
병든 그의 영혼과 사지 속으로 그대를 부르게 하라,
40 오 신비스러운 **죽음**이여, 오 자비의 누이여.

1871년 6월

모음들

VOYELLES

A 흑색, E 백색, I 적색, U 녹색, O 청색. 모음들이여,
나는 언젠가 너희들의 잠재된 탄생을 말하리라.
A, 잔인한 악취 주위에서 윙윙거리고 있는
그 번쩍이는 파리 떼의 털투성이 검은 코르셋, 4

어둠의 만. E, 안개와 천막의 순결,
당당한 빙하들의 창, 하얀 왕들, 산형화들의 떨림.
I, 자줏빛 옷감, 토한 피, 분노 혹은 속죄하는
도취 속의 아름다운 입술의 웃음. 8

U, 순환주기들, 진한 초록 바다의 신적인 진동,
동물들이 흩어져 있는 방목장의 평화, 연금술이
학구적인 넓은 이마에 새기는 주름살의 평화. 11

O, 기이한 쇳소리로 가득 찬 지고의 **나팔**,
세상들과 **천사**들이 가로지르는 침묵.
—오 **오메가**, **그이**의 **눈**의 보랏빛 광선! 14

"별은……"

L'ÉTOILE A PLEURÉ ROSE...

별은 네 귀 가운데에서 장밋빛으로 울었고,
무한은 네 목덜미에서 허리까지 흰빛으로 굴렀다
바다는 네 진홍빛 젖꼭지에서 다갈색 진주로 방울졌으며
4 **인간**은 네 무상(無上)의 옆구리에서 검게 피를 흘렸다.

“의인(義人)은……”

LE JUSTE RESTAIT DROIT...

의인은 그의 단단한 엉덩이로 곧게 있었다.
한 줄기 광선이 그의 어깨를 금빛 물들이고, 나는
땀에 흠씬 젖었다. “너는 유성들이 빛나는 것을 보고 싶은가?
그리고 선 채로, 흐르는 젖빛 별들과 소행성 무리의
윙윙대는 소리를 듣고 싶은가? 5

어둠의 소극(笑劇)으로 네 이마는 염탐당하고 있다,
오 **의인**이여! 지붕 하나 얻어야 한다. 네 기도를 말하라,
조용히 속죄하는 네 침대 시트 속에 입을 처박고.
그리고 길 잃은 어떤 자가 네 문을 걷어차거든,
말하라. 형제여, 더 멀리 가라, 난 불구자니라! 라고” 10

그런데 **의인**은 서 있었다, 죽은 태양 이후
잔디의 푸르스름한 공포 속에서.
“그래서, 네 무릎싸개를 팔려고 하느냐,
오 **늙은이**여? 신성한 순례자여! 브르타뉴의 음유시인이여!
올리브 나무의 울보여! 연민의 장갑 낀 손이여! 15

가족의 수염이며 도회지의 주먹이여,
아주 다정한 신자여, 오 성배(聖杯) 속에 빠진 가슴이여,
존엄과 덕행이여, 사랑과 맹목이여,
의인이여! 암캐보다 더 멍청하고 더 역겹구나!
20 나는 고통받는 자이며 저항했던 자로다!

날 엎어져 울게 만들고, 오 어리석은 자여,
웃게도 하는구나, 너의 용서의 이름 높은 희망이!
나는 저주받은 자, 넌 알고 있지! 난 취하고, 미쳤고, 창백하다,
이것이 네가 바라는 거겠지! 그러나 가서 자거라, 어서,
25 **의인**이여! 나는 너의 마비된 뇌에서 그 무엇도 바라는 것 없도다!

너, **의인,** 결국은 **의인**이로구나! 이제 그만해라!
차분한 네 애정과 네 이성이 밤에는
고래 코처럼 킁킁대는 것이 사실이지!
스스로 쫓겨 나가서, 지팡이의 부러지고 무서운 주둥이에
30 애도가를 지껄이는 것도 사실이지!

넌 신의 눈깔이구나! 비겁한 자로다! 신적인 발의,
차가운 식물들이 네 목 위로 지나갈 때,
넌 비겁하구나! 오 서캐가 득실대는 네 이마여!
소크라테스들과 예수들, **성인**들이며 **의인**들이여, 혐오스럽구나!
35 피 흘리는 밤의 지고의 **저주받은 자**를 존중하라!”

난 지상에서 이렇게 소리쳤었고, 고요하고 하얀
밤이 내가 열병을 앓는 동안 **하늘**을 점령하고 있었다.
난 이마를 다시 들었다. 유령은 도망쳐버렸다,
내 입술의 지독한 아이러니를 가지고서……
—어둠의 바람이여, **저주받은 자**에게 오라! 그에게 말하라! 40

재앙 없는 거대한 움직임, 우주의
매듭과 혜성을 길게 늘어뜨리며.
창공의 장식 기둥 아래서 조용히,
영원한 파수꾼, 질서가 저 빛나는 하늘에서 노를 젓고
불붙은 제 그물 사이로 별들을 빠져나오게 하는 동안에! 45

아, 그자를 가버리게 하라, 목구멍에 수치를 매달고,
썩은 이빨의 설탕처럼 부드럽게,
내 권태를 내내 되새김질하면서.
—당당한 멍멍이들의 습격을 받은 후
빼앗긴 창자가 매달려 있는 제 옆구리를 핥는 암캐처럼, 50

그자가 더러운 자비와 진보를 말하게 하라……
—난 저 배불뚝이 중국인의 눈을 모두 증오한다,
느닷없는 노래의 온화한 바보들, 거의 죽어가는
한 무더기 아이들처럼 나나나나 노래하는 자.
오 **의인**들이여, 우리는 너희 질그릇 배 속에 똥을 눌 것이다! 55

꽃에 대하여 시인에게 말해진 것

CE QU'ON DIT AU POÈTE À PROPOS DE FLEURS

테오드르 드 방빌 선생님께

I

이렇듯, 항상, 황옥(黃玉)의 바다가
출렁이는 검은 창공을 향해,
백합들, 황홀의 이 관장(灌腸) 기구들이
4 그대의 저녁에 작동하리라!

사고의 우리 시대,
식물들이 일을 하는 때,
백합은 그대의 종교적인 프로자에서
8 푸른 혐오를 마시리라!

—드 케르드렐 씨의 백합,
1830년도의 소네트,
카네이션, 맨드라미와 함께
12 **음유시인**에게 수여되는 백합!

백합들! 백합들! 보이지 않는구나!

그런데 그대의 시구 속에서는, 부드러운 발걸음의
여뫼수들의 소매같이
항상 이 흰 꽃들이 떨고 있구나! 16

언제나, 시인이여, 그대가 멱을 감을 때,
금발 겨드랑이의 그대 셔츠가
아침의 미풍에 부풀어 오르는구나
지저분한 물망초 위로! 20

사랑이 그대의 세관을 통과시키는 건
라일락들, ─오 그네들이여!
그리고 **숲 제비꽃**들뿐,
검은 님프들의 달콤한 가래침이로구나!…… 24

II

오 **시인**들이여, 그대들이 **장미**들을,
월계수 가지 위에서 붉게 핀,
과장된 천 개의 8행 시절들이
속삭이는 **장미**들을 갖고 있더라도! 28

방빌이 그 장미들을 핏빛으로, 회오리치며,
별로 호의적이지 않은 독서를 하는

이방인의 미친 눈을 멍들게 하면서,
32 눈처럼 내리게 하더라도!

그대들의 숲과 그대들의 초원의,
오 아주 평화로운 사진사들이여!
그 **플로라**는 대략 유리 물병
36 마개들처럼 다양하구나!

언제나 **프랑스**의 식물들,
퉁명스럽고, 폐병쟁이에, 우스꽝스러운
그것들 속으로 짧은 다리 개들의 배가
40 황혼 녘, 평화로이 돌아다닌다.

언제나, 푸른 **수련**이나 **해바라기**의
끔직한 데생 이후에,
성체배령의 어린 소녀들을 위한
44 장밋빛 판화, 성스러운 주제들!

아소카 오드는 사창가
창문의 노랫말과 일치하며,
굼뜬 휘황한 나비들이
48 **데이지** 위에 똥을 눈다.

낡은 녹음(綠陰), 낡은 장식줄!

오 식물성 과자들!
낡은 **살롱**의 괴기한 꽃들!
—방울뱀이 아니라 풍뎅이가 어울리는, 52

울고 있는 이 식물 아기 인형들,
그랑빌이 아기 줄로 이어놓으면,
면갑(面甲) 쓴 심술궂은 별들이
여러 색깔의 젖을 먹였지! 56

그렇다, 그대들 피리의 접합 부위는
소중한 포도당을 만든다!
—낡은 모자 속의 한 무더기 달걀 프라이!
백합, 아소카, 라일락 그리고 **장미!……** 60

III

목신의 **목초지**를 가로질러, 긴 양말도 없이
달리고 있는, 오 창백한 사냥꾼이여,
그대는 그대의 식물학을 조금은
알 수 없는가, 알아야 하지 않는가? 64

그대가 바꿔놓지 않을까 걱정이노라,
다갈색 **귀뚜라미**를 **땅가뢰**로,

라인 강의 푸름을 리오 강의 황금빛으로,—
68 요컨대, 노르웨이를 플로리다로.

그러나 시인이여, 예술은 이제 더 이상,
—그건 진실인데, —허용하지 않노라,
놀라운 **유칼리나무**에
72 육각시(六脚詩)의 보아뱀을.

자!…… 마치 **마호가니**가 오직
우리들의 기아나에서조차,
거미 원숭이들의 소동이나
76 칡덩굴의 늘어진 착란에만 소용되기라도 하듯이.

—아무튼, **로즈메리**든
백합이든, 살았건 죽었건, 한 송이 **꽃**이
바닷새의 똥만 할까?
80 단 한 방울 양초의 눈물만 할까?

—나는 내가 하고 싶었던 것을 말한 것이노라!
그대는, 기기 이느 대나무 오두막집에
앉아서까지, —덧창을 닫고,
84 갈색 페르시아 벽걸이 천으로 장막을 치고,—

이상야릇한 우아즈 강에나 어울릴

핀 꽃다발을 이리저리 엮어대고 있으리라!……
—시인이여, 그것은 건방지면서
또한 가소로운 이유들이노라!…… 88

IV

말하라, 봄철의 끔찍한 반란의
검은 팜파스가 아니라,
담배를, 목화를!
말하라 이국적 수확물들을! 92

말하라, 포이보스가 태운 하얀 이마,
아바나의 페드로 벨라스케스가
몇 달러의 연금을 받는지를.
소렌토의 바다에 배설물이나 퍼부어라, 96

백조들이 수천 마리씩 날아가는 그 바다에!
그대의 시절(詩節)은 광고가 되기를
히드라와 파도에 파헤쳐진
맹그로브 쓰러진 더미를 위해! 100

그대 사행시는 핏빛 숲에 잠겨든 후
인간들에게 되돌아와 백설탕,

기관지 약제와 고무의
104 다양한 품목들을 내보이는구나!

그대를 통하여 알아보자, **열대지방** 부근,
눈처럼 흰 **산정**의 황금색인 것들이
알 많이 낳는 곤충들인지
108 현미경으로나 볼 수 있는 지의(地衣)들인지!

찾아라, 오 **사냥꾼**아, 우리가 원하노니,
몇몇 향기로운 꼭두서니를,
자연이 바지로 만들 그 꽃 피우게 하는구나!
112 —우리의 **군대**를 위하여!

찾아라, 잠든 **숲** 주위에서,
황금빛 포마드가 **물소**의
검은 머리털 위로 침 흘리는
116 그런 콧방울 닮은 꽃들을!

찾아라, 무성한 초원에서, **푸른빛** 배경으로
솜털들의 은빛이 떨고 있는 그곳에서,
향유로 구워진 불의 **알**들로
120 가득한 꽃받침들을!

찾아라, 솜털 덮인 **엉겅퀴**를,

그 마디들에서 잉걸불 눈빛의
열 마리 당나귀가 실을 뽑으려 하는구나!
의자가 될 **꽃**들을 찾아라! 124

그렇다, 검은 광맥의 심장부에서 찾아라,
거의 돌인 꽃들을—유명한 것이지! —
딱딱한 황금 씨방 부근에
보석의 편도(扁桃)를 지닌 그 꽃들을! 128

오 어릿광대여, 차려보아라, 할 수 있겠지,
은도금 찬란한 쟁반 위에,
우리의 알페니드 숟가락을 부식시키는
달콤한 백합 스튜 요리를! 132

V

어떤 이는 위대한 **사랑**을 말하리라,
암울한 **면죄부**를 훔친 도둑은.
그러나 르낭도 수고양이 무르도
거대한 **푸른 튀르소스**를 보지 못했노라! 136

그대여, 우리의 무기력 속에서,
히스테리가 여러 향기들로 작동하게 하라.

마리아보다 더 순진한
140 천진난만으로 우리를 열광케 하라……

상인이여! 식민 지배자여! 영매(靈媒)여!
그대의 **운**(韻)은 솟아 나오리라, 장밋빛 혹은 흰빛으로,
한 줄기 나트륨 광선으로,
144 흘러나오는 고무액으로!

그대의 검은 **시편**들로부터, ―**곡예사**여!
굴절된 흰빛, 초록빛, 빨간빛으로
이상한 꽃들과 전기 나비들이
148 빠져나오도록 하라!

그렇다! 지금은 지옥의 세기(世紀)다!
그리고 전신주들은
장식하리라, ―강철의 노래를 연주하는 리라,
152 그대의 굉장한 어깨뼈를!

특히, 감자의 병에 관한
해설에 운을 맞춰라!
―또한, 신비에 가득 찬 **시**를
156 짓기 위해선

트레기에에서

파라마리보까지 읽도록 하자,
피기에 씨 책들을 사도록 하자,
—삽화 판본이다! —아셰트 씨 출판사에서! 160

알시드 바바
A. R.
1871년 7월 14일

첫 성체배령
LES PREMIÈRES COMMUNIONS

I

기둥들을 더럽히는 너저분한 열댓 명 아이들이
성스런 재잘거림을 우물대며, 땀내 나는 구두의
그로테스크한 검은 옷 사내에게 귀 기울이는
시골마을의 저 교회들, 정말로, 안 좋구나.
하지만 태양은, 우거진 잎사귀들 사이로,
6 불규칙한 색유리의 낡은 색채들을 깨우고 있다.

돌은 언제나 어머니 같은 대지의 냄새가 난다.
이삭 무거운 밀밭 가까이, 황토 오솔길 따라,
야생자두 푸르러지는 저 열에 들뜬 관목들을 걸쳐 입고,
장엄하게 몸을 떠는 그 발정 난 들판에서,
그대들은 흙투성이 돌멩이 더미들을,
12 들장미 나무와 검은 뽕나무의 마디들을 보게 되리라.

백 년마다 푸른 물과 응고된 우유의 회칠로
저 곳간들은 훌륭한 모습 되찾는다.

성모상이나 밀짚 넣은 **성자의 상** 곁에서
그로테스크한 신비들이 돋보이는데,
여인숙과 외양간의 냄새 구수하게 풍기는 파리들은
햇볕 쪼이는 마룻바닥의 촛농으로 배를 채운다. 18

아이는 무엇보다 집에 빚지고 있다,
순진한 배려와 고달픈 봉사의 가정에.
그리스도의 **사제**가 그 강력한 손가락으로 누른
피부가 따끔거리는 것도 잊고, 그들은 집을 나선다.
소사나무 그늘진 지붕을 지불한 보답으로 **사제**는
갈색으로 그을린 그 모든 이마들을 햇볕에 남겨둔다. 24

처음 입은 검은 정장, 파이 먹는 가장 멋진 날,
나폴레옹이나 **북 치는 소년**의 그림 아래,
과학의 시대에, 두 장의 카드가 만나게 될,
조제프들과 마르트들이 과도한 사랑으로
혀를 내밀고 있는 채색 판화 몇 개,
아이에게 남은 **축일**의 즐거운 추억은 오직 이것뿐. 30

처녀들은 늘 교회에 나간다, 미사나
노래하는 저녁 기도 뒤에 멋진 척하는 남자애들로부터
계집애들이라고 불리는 게 듣기 좋아서.
벌써 주둔부대의 멋에 빠진 녀석들은
작업복을 새로 입고, 끔찍한 노래들을 질러대며,

36 카페에서 유력한 가문들을 비웃고 있다.

그렇지만 **사제**는 아이들을 위해 데생 몇 장
고른다. 저녁 기도가 끝나고, 울타리로 둘러친 밭에,
대기가 춤곡들의 먼 콧소리로 가득 채워질 때,
하늘의 가호에도 불구하고, 그는 느낀다,
발가락이 황홀해지고 장딴지는 박자 따라 꿈틀대고……
42 —밤이 온다, 금빛 하늘에 상륙하는 검은 해적이.

II

신부는 **외곽 지역**이나 **부자 동네**에서 끌어모은
교리문답생도들 가운데, 본 적도 없는,
슬픈 눈에 이마가 노란 이 여자아이를
골라냈다. 부모는 친절한 수위로 보인다.
"**축일**에, **교리문답생도** 가운데 뽑힘 받은 아이는
48 하느님이 그 이마에 성수를 눈 내리듯 뿌려주시리라."

III

축일의 하루 전날, 그 아이는 병이 든다.
장례로 소란스러운 높은 교회에서보다 더 쉽게

먼저 오한이 찾아온다,—침대가 심심한 건 아니구나—
몸을 뒤집어놓는 초인적인 오한, "나는 죽는구나……" 52

그러곤 어리석은 제 자매들에게서 사랑을 훔친 듯이,
소녀는, 늘어져 두 손을 가슴에 얹고,
천사들과 **예수**들과 그의 빛나는 **동정녀**들을 헤아리고,
조용히 자신의 정복자를 영혼 속으로 모두 받아들였다. 56

아도나이!……—이 라틴어 어미의 울림 속에서,
초록빛 물결무늬 하늘이 주홍빛 **이마**들을 적시고,
천상의 가슴속 그 순결한 피로 얼룩진
눈처럼 흰 커다란 면포가 햇살들 위로 떨어져 내리는구나! 60

—현재와 미래의 제 순결을 위하여
소녀는 그대 **죄 사함**의 싱그러움을 물어뜯지만,
수련보다도 더, 잼보다도 더,
그대의 용서는 차갑구나, 오 **시온**의 **여왕**이시여! 64

IV

그러고 나면 **성처녀**는 단지 책 속의 처녀일 뿐,
신비로운 격정은 이따금 부서지고……
권태가 청동 도금을 하는, 그림들의 빈약함이 찾아온다,

68　악착스러운 채색 판화와 낡은 목판화들.

어렴풋하나마 정숙하지 못한 호기심으로
기겁한, 청순하고 푸른 것들로 아롱진 꿈,
예수의 벗은 몸을 가린 면포, 그 성스러운 속옷
72　가까이에서 문득 깨어났구나.

소녀는, 그렇더라도 소녀는, 마음이 비탄에 젖어,
소리 없는 절규로 깊게 파인 베개에 이마를 묻고,
애정의 그 지고한 섬광들을 계속 하고 싶어,
76　침을 흘리고……—어둠이 집과 마당을 가득 메운다.

아이는 이제 어쩔 수 없다. 소녀는 몸을 뒤채고,
허리를 젖히고, 한 손으로 푸른 커튼을 열어
시트 아래 방 안의 찬 기운을 조금
80　끌어들인다, 불타오르는 배와 가슴께로……

V

잠에서 깨니,—한밤중—창은 흰빛이었다.
달빛 환한 커튼의 푸른 수면(隨眠) 앞에서,
환상이 일요일의 순진무구한 것들로 소녀를 사로잡았다.
84　소녀는 붉은 꿈을 꾸었던 것이다. 코에서는 피가 흘렀다.

청순하고 허약함으로 가득한 자신을 느끼고
하느님의 품에서 돌아오는 그 사랑을 맛보기 위하여
가슴이, 온화한 하늘의 시선 아래서, 그 하늘의 뜻을
헤아리며, 흥분했다 가라앉는 밤을 소녀는 갈망했다. 88

젊음의 모든 흥분들을 회색빛 침묵으로 감싸주는,
만질 수 없는 동정녀-성모, 그 밤을.
피 흘리는 가슴이 절규도 없는 제 반항을 증인도 없이
흘려보내는 그 강력한 밤을 소녀는 갈망했다. 92

희생제물과 어린 신부가 되어,
손가락에 촛불 든 채, 하얀 유령, 블라우스를
말렸던 뜰 안으로 내려가는 소녀를, 그리고
지붕에서 일어서는 검은 유령들을 소녀의 별은 보았다. 96

VI

소녀는 그 성스러운 밤을 변소에서 보냈다.
촛불을 향해, 지붕의 구멍으로 하얀 바람이 흘러들고,
자줏빛 어둠에 어떤 무성한 포도나무가
이웃 마당 안쪽으로 무너져 내렸다. 100

천창은 생생한 빛의 심장을 만들고 있었다,
낮은 하늘이 주홍빛 황금으로 유리창을 도금하던
안마당에서. 세탁물 냄새 풍기는 포석은
104 검은 잠을 가득 실은 벽들의 그림자를 견뎌내고 있었다.

. . . .

VII

마침내 문둥병이 이 부드러운 육체를 파먹을 때,
제 신적인 작업으로 아직도 세상을 왜곡하고 있는
오, 더러운 미친 자들아, 누가 이 무기력과 이 불결한 연민을
108 그리고 증오로부터 소녀에게 다가올 것을 말해줄 것이냐?

. . . .

VIII

그리고 제 히스테리의 응어리를 모두 억누르고 나서,
소녀가, 행복의 슬픔 아래, 고통스럽게
보게 될 때에, 사랑의 밤을 보낸 아침,
112 백만 명 하얀 마리아의 꿈에 젖은 연인을.

"내가 그대를 죽게 했던 것 아시지요? 그대의 입술, 그대의 심장,
있는 것 모두, 그대들이 지닌 것 모두 뺏었지요.
그리고 나는 병든 거예요. 오! 어둠의 물을 흠뻑 머금은
죽은 자들 가운데 나를 눕혀주어요! 116

나는 아주 어렸고, 그리스도가 내 숨결을 더럽혔지요.
그는 내 목구멍까지 혐오감을 쑤셔 넣었다고요!
그대는 양털처럼 깊은 내 머리칼에 입 맞추었고,
하자는 대로 이 몸을 맡겼으니…… 아! 그대들에게는 좋겠지, 120

남자들이여! 생각지 않는가요, 가장 사랑스러운 여자는,
비열한 공포가 깃든 그 의식 아래,
가장 더럽혀진 여자이고 가장 고통스러운 여자라고,
그대들을 향한 우리의 충동은 잘못된 일이라고! 124

나의 첫 **성체배령**이 잘 끝났기에.
그대의 입맞춤, 결코 내가 그것을 알았다고 할 수 없어요.
내 마음도, 그대의 육신이 껴안은 내 육신도
예수의 타락한 입맞춤이 우글거려요!" 128

IX

그래서 썩은 영혼과 비탄에 잠긴 영혼은
느끼리라, 너의 저주가 넘쳐흐르는 것을.
—그들은, 죽음을 위하여, 정당한 정념에서 빠져나와,
132 범할 수 없는 너의 **증오** 위에 누우리라.

그리스도! 오 그리스도여, 활력의 영원한 도둑이여
수치와 두통으로 땅에 박히고
혹은 뒤집혀버린, 고통받는 여자들의 이마를
136 이 천년 동안 네 창백한 빛에 바쳤던 신이여.

1871년 7월

이 잡는 여인들

LES CHERCHEUSES DE POUX

아이의 이마가, 붉은 소란을 그득 담고,
흐릿한 꿈의 흰 무리를 간청할 때,
그의 침대 곁으로 은빛 손톱 가냘픈 손가락의
매력적인 두 누이가 다가온다. 4

누이들은 푸른 대기가 꽃 덤불을 감싸는
활짝 열린 십자형 유리창 앞에 아이를 앉히고,
이슬 내리는 그의 짙은 머리카락을
섬세하고, 무섭고도 매혹적인 손가락으로 뒤적인다. 8

아이는 누이들의 걱정스러운 숨결의 노랫소리 듣는다,
식물성의 장밋빛 긴 벌꿀 향기 풍기고,
입술에 다시 바르는 침 혹은 입맞춤의 욕망,
휘파람 한 줄기로 간혹 끊어지는 숨결. 12

향기로운 침묵 아래, 누이들의 검은 속눈썹 닿는 소리
들리고, 자극적이며 부드러운 그녀들의 손가락은
화사한 손톱 밑에서 작은 이〔蟣〕들의 죽음을

16 아이의 회색 무감각 사이로 타닥타닥 소리 나게 한다.

이제 아이의 마음속으로 **나태**의 포도주가
헛소리일지도 모를 하모니카의 탄식으로 올라온다.
아이는 느끼고 있다, 쓰다듬는 손길의 느린 박자에 따라,
20 울고 싶은 욕구가 끊임없이 솟아오르고 스러지는 것을.

취한 배

LE BATEAU IVRE

내가 초연한 **강**을 따라 내려갈 때,
이미 배 끄는 사람들의 인도를 느끼지 못했다.
떠들썩한 **붉은 피부**들이 울긋불긋한 기둥에
그들을 발가벗겨 못 박아 과녁으로 삼아버렸기에. 4

플랑드르의 밀 또는 영국 목화의 운반자,
나는 선원들에 대해서는 관심이 없었다.
나를 끄는 자와 함께 그 소동이 끝나자,
강은 내 마음대로 흘러가도록 날 내버려두었다. 8

조수의 성난 너울 속을, 지난겨울,
어린애들의 두뇌보다 더 말 안 듣는 나,
나는 달려 나갔다! 밧줄 풀린 반도(半島)들도
이보다 더 의기양양한 소란을 겪지는 않았다. 12

폭풍우가 내 해상(海上)의 깨어남을 축복해주었다.
희생자들을 영원히 굴리는 자로 불리는 파도 위에서
코르크 마개보다 더 가볍게 나는 춤을 추었다,

16 열흘 밤을, 항구 등불의 멍청한 눈동자를 아쉬워하지 않으며!

아이들에게 새콤한 사과의 과육보다 더 부드러운
초록빛 물이 내 전나무 선체에 스며들어
푸른 포도주의 얼룩과 토사물들을 내게서
20 씻어냈다, 키와 닻을 흩뜨리며.

이때부터 나는, 별들이 우러나와, 젖빛으로 빛나고,
초록 창공을 집어삼키는, **바다의 시**에
몸을 담갔다. 거기, 창백하고 넋을 잃는 부유물,
24 사념에 잠긴 익사자 하나가 이따금 떠내려가고,

거기, 대낮의 광채 아래 착란과
느린 리듬, 갑자기 그 푸름을 물들이며,
알코올보다 더 강하고 우리의 리라보다 더 광활한,
28 사랑의 쓰디쓴 적갈색들이 발효한다!

나는 안다, 번개로 갈라지는 하늘을, 회오리 물기둥과
되밀려오는 파도와 해류를. 나는 안다, 저녁을,
비둘기 떼처럼 솟구치는 **새벽**을, 그리고
32 나는 때때로 보았다, 인간이 본다고 믿었던 것을!

나는 보았다, 신비로운 공포로 얼룩진, 낮은 태양이,
까마득한 고대의 연극배우들을 닮은,

보랏빛 기다란 응고물들을 비추는 것을,
파도가 그들 빗살창의 떨림을 멀리 굴리고 있는 것을! 36

나는 꿈꾸었다, 바다의 눈으로 서서히 올라오는 입맞춤,
눈부시게 눈 내리는 초록의 밤을,
전대미문의 정기(精氣)의 순환을,
노래하는 인광(燐光)들의 노란 그리고 푸른 깨어남을! 40

나는 따라갔다, 몇 달 내내, 히스테릭한
암소 떼 같은, 암초를 습격하는 거친 물결을
마리아들의 빛나는 발이 숨 가쁜 대양에
콧등을 몰아붙일 수 있다는 것은 생각지도 않고! 44

나는 부딪혔다, 아시는지,
인간 피부의 표범들의 눈알을 꽃에 뒤섞고 있는
믿을 수 없는 플로리다에! 바다의 수평선 아래,
청록의 양 떼에 굴레처럼 걸려 있는 무지개에! 48

나는 보았다, 온통 한 마리 레비아탄이 등심초 속에서
썩어가는 통발, 그 거대한 늪이 발효하는 것을!
평온한 바다 한가운데 물의 붕괴를,
그리고 폭포의 심연을 향한 원경을! 52

빙하들, 은빛 태양들, 자개 빛 파도들, 잉걸불의 하늘들을!

빈대 떼에 파먹힌 거대한 뱀들이,
뒤틀린 나무 등걸에서, 악취 뿜으며 떨어지는
56 갈색 만(灣) 깊은 곳의 흉측한 좌초들을!

나는 어린이들에게 보여주고 싶었다, 푸른 물결의 이 만새기 떼,
이 금빛 물고기 떼, 이 노래하는 물고기 떼를.
—꽃 피어난 거품들이 뭍 떠나는 나를 흔들어주고,
60 형언할 수 없는 바람이 내게 가끔 날개를 달아주었다.

때때로, 극 지대와 다른 지대에 지친 순교자,
오열로 내 부드러운 옆질을 만드는 바다는
나를 향해 노란 흡반의 어둠의 꽃들을 올려 보냈고,
64 나는 그대로 있었다, 무릎 꿇은 여자처럼……

거의 섬이 되어, 황금색 눈의 험담쟁이 새들의
불평과 똥을 내 뱃전에 실어 뒤흔들며,
나는 항해하였다, 내 약한 줄들 너머로
68 익사자들이 잠자러 떠내려갈 때, 거꾸로!

그런데 나, 작은 만(灣)들의 머리칼 아래 길 잃고,
허리케인에 날려 새도 없는 하늘로 던져진 배,
모니토르 군함들과 한자의 범선들이라 해도
72 물에 취한 내 해골 건져 올리지 않았을 나,

자유롭게, 연기를 뿜으며, 보랏빛 안개를 타고 올라,
좋은 시인들에게 맛 좋은 잼,
태양의 지의(地衣)와 창공의 콧물이 붙어 있는
붉은빛 도는 하늘에 벽처럼 구멍 뚫으며 나아갔던 나, 76

타오르는 깔때기의 군청 빛 하늘을
7월의 나날들이 몽둥이질로 무너뜨릴 때,
전기 섬광의 초승달 모양들을 점점이 두르고, 검은 해마들의
호위를 받으며, 미친 널판지가 되어 달려갔던 나, 80

베헤못의 발정과 두터운 마엘스트롬이
50해리 밖에서 신음하는 소리를 느끼며, 떨었던 나,
움직이지 않는 푸른 대양의 영원히 실 잣는 자,
나는 낡은 난간들의 유럽이 그립도다! 84

나는 항성의 군도(群島)를 보았노라! 항해자에게
착란의 하늘을 열어주는 섬들을.
—네가 잠자고 유배된 곳이 바로 이 바닥 없는 어둠 속이던가,
백만 마리 황금의 새들, 오 미래의 **원기**여, 88

그러나 정말, 나는 너무 울었다! **새벽**은 비통하구나.
달은 모두 잔혹하고 태양은 모두 쓰라리다.
가혹한 사랑이 도취시키는 마비로 나를 부풀렸다.
오 내 용골이여 부서져라! 오 나는 바다로 가리라! 92

만일 내가 유럽의 물을 원한다면, 그것은
향기로운 황혼을 향해, 슬픔 그득한 웅크린
어느 아이가 5월의 나비 같이
96 여린 배를 띄우는 검고 차가운 늪,

나는 그대들의 권태에 젖어, 오 파도여,
이제는 목화 운반선의 항적을 제거할 수도,
군기와 삼각기의 오만함을 가로지를 수도,
100 감옥선(監獄船)의 무서운 눈 아래 노 저을 수도 없구나.

제2부
자유 운문시
1872

“내 마음이여……”

QU’EST-CE POUR NOUS, MON CŒUR,...

내 마음이여, 우리에게 저것들은 무엇이냐, 피와
잉걸불의 뒤덮임, 수천의 살육, 분노의 긴 절규,
모든 질서를 뒤집는 지옥의 오열,
아직도 폐허에 부는 **북풍,** 4

그리고 저 온갖 복수는? 아무것도 아닌가!…… —아니다, 아직도,
우리는 복수를 갈망한다! 실업가들아, 왕자들아, 상원의원들아,
뒈져라! 권력을, 정의를, 역사를, 타도하라!
우리에게 빚졌도다. 피! 피! 황금의 불길! 8

모든 것을 전쟁으로, 복수로, 공포로 몰아라,
내 **정신**이여! **상처** 속에서 뒹굴어보자. 아! 꺼져라,
이 세상의 공화국들아! 황제들도,
군대도, 소작인들도, 민중들도, 이젠 지겹다! 12

우리와 우리가 형제라고 생각하는 사람들이 아니라면,
누가 격노한 불길의 소용돌이를 선동하겠는가?
우리의 몫이다! 공상적인 친구들. 우리는 기꺼이 나서리라.

16 우리는 결코 노동하지 않으리라, 오 불의 파도여!

유럽이여, 아시아여, 아메리카여, 사라져라.
우리들 복수의 행진이 모두 점령했다,
도시와 시골을! —우리는 짓밟히리라!
20 화산들이 폭발하리라! 그리고 휘몰린 대양이……

오! 나의 친구들! —내 마음이여, 확실하다, 그들은 형제들이다.
미지의 흑인들이여, 우리가 간다면! 가자! 가자!
오 불행이여! 내 몸이 전율한다, 낡은 대지가,
24 나를 향해 서서히 그대들에게! 대지가 녹아내린다,

아무것도 아니다! 난 여기 있노라! 항상 여기에 있노라.

눈물

LARME

새들과 양 떼들과 마을 여자들로부터 멀리 떨어져,
난 마셨노라, 오후의 훈훈한 초록빛 안개 너머,
부드러운 개암나무 숲에 둘러싸인
어떤 히스 무성한 땅에 웅크린 채로. 4

이 젊은 우아즈 강에서 내가 무엇을 마실 수 있었던가,
소리 없는 어린 느릅나무들, 꽃 없는 잔디, 구름 덮인 하늘.
토란 호리병박에서 내가 무엇을 들이켰던가?
밋밋한 그리고 땀 나게 하는 황금빛 술. 8

그런 나는 여인숙의 서툰 간판인 셈이었다.
이어서 뇌우가 하늘을 바꾸어버렸다, 저녁이 될 때까지.
그것은 검은 나라들, 호수들, 장대들,
푸른 밤의 주랑들, 선착장들이었다. 12

숲의 물은 순결한 모래밭 위로 잦아들고,
바람이, 하늘에서, 얼음덩이들을 늪으로 던졌다……
그런데! 황금 혹은 조가비 채취꾼처럼,

16 마시는데 나는 관심도 없었다니!

1872년 5월

카시스의 강

LA RIVIÈRE DE CASSIS

카시스의 강은 구른다, 아무도 모른 채

괴이한 골짜기 속으로.

백 마리 까마귀 소리가 반주한다, 참되고

고운 천사들의 목소리가.

전나무 숲의 거대한 움직임과 함께

몇 줄기 바람이 잠겨들 때에. 6

모든 것이 굴러간다, 그 옛날 전쟁터의,

순찰 돌던 망루의,

엄청난 정원들의, 역겨운 신비와 함께.

방랑하는 기사들의

죽은 정념이 들리어오는 것은 이 강변이니라!

바람은 참 상쾌하구나! 12

걷는 자가 저 살 울타리 너머 바라보도록 하라.

그는 더 당당히 나아가리라.

주님이 파견하신 숲의 병사들,

사랑스럽고 멋진 까마귀들아!

늙은 몽당팔로 건배하는

18 교활한 농부를 어서 내쳐라.

1872년 5월

갈증의 희극

COMÉDIE DE LA SOIF

1. 조상들

우리는 네 조부모들이다,
　　　　조부모들!
달과 녹음의
차가운 땀에 덮여 있다.
우리의 떫은 포도주는 정성이 담겨 있었지! 5
위선 없는 태양 아래서
인간에게는 무엇이 필요한가? 마셔야 한다.

나—야생의 강에서 죽어야 한다.

우리는 네 조부모들이다.
　　　　들판의. 10
물은 버드나무숲 바닥에 있다.
젖은 성채를 감싸는
해자(垓字)의 물길을 보아라.
우리의 지하 광으로 내려가자,

15 그다음엔, 사과주와 우유다.

나—암소들이 물 마시는 곳으로 가야 한다.

우리는 네 조부모들이다.
자, 들어라,
우리의 찬장 속 독주를.
20 아주 진귀한 **차**와 **커피**가
주전자 속에서 끓는다.
—그림들, 꽃들을 보아라.
우리가 묘지에서 되돌아온다.

나—아! 물 항아리들을 모두 말려야 한다!

2. 정신

25 영원한 **물의 요정**들이여
맑은 물을 갈라라.
창공의 누이, 베누스여
순결한 파도를 일렁거려라.

노르웨이의 방랑하는 유대인들이여
30 내게 눈을 얘기해다오.

소중한 옛 망명자들이여
내게 바다를 얘기해다오.

나—아니다, 이제는 순결한 음료도
유리잔에 채울 물의 꽃도 없다.
전설도 인물들도 35
내 갈증을 풀어주지 않았다.

노래꾼이여, 너의 대녀(代女)는
이렇게 광적인 나의 갈증
좀먹고 괴롭히는
아가리 없는 내면의 히드라. 40

3. 친구들

오라, 포도주가 해변으로 밀려든다,
파도가 수백만 개씩!
보라 저 야생의 비테르가
산꼭대기에서 굴러 내린다.

받아내자, 현명한 순례자여, 45
저 녹색 기둥에서 압생트를……

나—저 풍경들은 이제 없다.
도취란 무엇인가, **친구**들이여?

나는 그만큼, 더 잘, 똑같이,
50 연못 속에서 썩고 싶다,
끔찍한 크림 아래서,
떠다니는 나무토막들 곁에서.

4. 가련한 꿈

아마도 어떤 고도(古都)에서
조용히 술을 마시고
55 더욱 흡족하게 죽어갈
어느 저녁이 나를 기다리고 있다.
나는 인내할 줄 아니까!

만약 내 고통이 체념한다면
언젠가 황금이 얼마큼 생긴다면
60 내가 선택하는 곳은 **북쪽 나라**일까,
포도밭의 나라일까?……
—아! 꿈꾸는 것이란 비열한 것.

그것은 순전한 상실이기에!

설령 내가 다시
옛 여행자가 된다 할지라도 65
초록 여인숙은 결코
내 앞에 열려 있을 수 없으리라.

5. 결론

초원에서 떠는 산비둘기들도,
달려가며 밤을 보는 사냥감도,
물짐승들도, 예속된 짐승도, 70
마지막 나비들도!…… 목이 마르다.

그러나 저 구름이 지향 없이 녹아드는 곳에서 녹는다는 것,
—오! 신선한 것의 은혜 받아서!
여명이 이 숲에 가득 채우는
저 축축한 보랏빛에 싸여 숨 거둔다는 것은? 75

1872년 5월

아침의 좋은 생각

BONNE PENSÉE DU MATIN

여름날, 아침 4시
사랑의 잠은 아직도 지속된다.
작은 숲 속에서 새벽은 피어낸다,
4 　　축제의 저녁 냄새를.

그러나 저 아래 거대한 작업장에서
헤스페리데스의 태양을 향해,
셔츠 바람에, 목공들은
8 　　벌써 분주하다.

이끼 낀 사막에서, 말없이,
그들은 값진 장식 판을 준비하니
도시의 부는 웃으리라.
12 　　그 가짜 하늘 아래서.

아! 바빌로니아 어느 왕의 신하들,
이 멋진 **노동자**들을 위하여
베누스여! 영혼에 왕관 두른

연인들을 조금 놔두어라. 16

오 **목동들의 여왕**이여!
일꾼들에게 화주(火酒)를 갖다 주시라,
그들의 힘이 평온히 있도록
해수욕을 기다리면서, 정오에. 20

1872년 5월

인내의 축제
FÊTES DE LA PATIENCE

5월의 깃발들 BANNIÈRES DE MAI

보리수의 환한 가지에서
사냥꾼의 병약한 뿔피리 소리 죽어간다.
그러나 까치밥나무 덤불 사이로
영성(靈性)의 노래가 날아오른다.
5 우리의 피는 우리 혈관에서 웃게 하라,
여기 포도넝쿨들 서로 뒤얽힌다.
하늘이 천사처럼 아름답고,
창공과 물결이 영통한다.
나는 나간다. 한 줄기 빛에라도 다치면
10 나는 이끼 위에 무너지리라.

인내하리라, 지겨워하리라,
그건 너무나 간단한 것, 내 고생 따위야.
극적인 여름이 그 운명의 수레에
나를 묶어주기를 바란다.
15 오 **자연**이여, 정말 너를 통하여

—아, 덜 고독하게, 덜 공허하게!—죽었으면.
목동들은, 이상하구나,
거의 언제나 세상을 통해 죽어가는데.

계절들이 나를 소진시키길 원한다.
자연이여, 너에게 날 바치노라. 20
그리고 내 허기와 모든 내 갈증을.
이제, 제발, 먹여다오, 마시게 해다오.
그 무엇의 무엇도 날 현혹하진 못한다.
태양에게 웃음 짓는 것은, 조상에게 웃음 짓는 것,
그러나 나는 그 무엇에게도 웃고 싶지 않도다. 25
이 불운이 자유롭기를.

1872년 5월

가장 높은 탑의 노래CHANSON DE LA PLUS HAUTE TOUR

게으른 청춘
온갖 것에 굴종하고,
허약한 나머지
나는 내 삶을 잃었도다.
아! 마음들이 열에 들뜨는
시간이여 오라. 6

난 내게 말했지: 놔두어라,
아무도 너를 보지 못하게 하라.
그리고 가장 높은 희열에 대한
약속도 없이.
아무것도 너를 멈추지 못하게 하라,
12 엄숙한 은둔이여.

나는 그토록 인내하여
영원히 잊어버리노라,
두려움과 고통은
하늘로 떠났다.
그리고 불건강한 갈증이
18 내 혈관을 어둡게 하누나.

이처럼 **초원**은
망각에 몸을 맡겨,
넓어지고, 꽃피어났구나,
백 마리 더러운 파리 떼의
맹렬한 윙윙거림에
24 향으로 그리고 가라지로.

아! 성모상밖에는
가진 것 없는

이리도 궁핍한 영혼의
무수한 독거(獨居)!
성처녀 마리아에게
기도하는 것인가? 30

게으른 청춘
온갖 것에 굴종하고,
허약한 나머지
나는 내 삶을 잃었도다.
아! 마음들이 열에 들뜨는
시간이여 오라. 36

1872년 5월

영원 L'ÉTERNITÉ

다시 찾았도다!
무엇을?—**영원**을.
그것은 가버린 바다
태양과 함께. 4

파수꾼 영혼이여,
그토록 아무것도 아닌 밤과

불타오르는 낮의

8 고백을 중얼거리자.

인간적인 찬동으로부터,

공동의 충동으로부터

거기서 너는 벗어나

12 날아오른다, 네 뜻대로.

오직 너희들로부터,

비단결 잉걸불들이여,

의무가 피어오르기에,

16 드디어라는 말도 없이.

거기에 희망은 없다.

솟구치는 태양도 없다.

학문은 끈기 있고,

20 고통은 확실하다.

다시 찾았다.

무엇을?—**영원**을.

그것은 가버린 바다

24 태양과 함께.

1872년 5월

황금시대ÂGE D'OR

언제나 천사 같은,
여러 목소리들 중 하나가
—나에 대한 것—
냉정하게 털어놓는다. 4

이 천 개의 질문들은
갈래갈래 가지를 치니
이끌어내는 것은, 결국,
도취와 광기뿐. 8

이리도 경쾌한, 이리도 능숙한
이 선회를 인정하라.
그것은 물결일 뿐, 초목일 뿐,
그리고 그것은 너의 가족이다! 12

이어 그 목소리는 노래한다. 오
이리도 경쾌한, 이리도 능숙한
그리고 맨눈에도 선연한……
—나도 함께 노래한다,— 16

이리도 경쾌한, 이리도 능숙한

이 선회를 인정하라,
그것은 물결일 뿐, 초목일 뿐,
20 그리고 그것은 네 가족이다!…… 등등……

이어서 한 목소리가
—천사의 목소리인가!—
나에 대한 것,
24 냉정하게 털어놓는다.

그리고 바로 노래한다,
숨결과도 같이,
독일어의 어조로,
28 그러나 강렬하고 충만하게.

세상은 사악하다,
이 말이 놀라운가!
살아라, 그리고 불길에 던져라,
32 알 수 없는 불운을.

아! 멋진 성(城)이여!
그대의 삶은 얼마나 맑은가!
우리 큰형의
왕족 같은 모습, 그대는
37 어느 **시대**에 있는 것인가! 등등……

나 역시 노래한다, 나도.
다양한 누이들이여! 전혀
공개적이지 않은 목소리들이여!
나를 감싸다오,
정숙한 영광으로…… 등등…… 42

1872년 6월

젊은 부부

JEUNE MÉNAGE

방은 청록빛 하늘을 향해 열려 있고,
자리가 없다. 작은 상자들과 큰 궤짝들!
바깥 담장 가득 덮은 쥐방울 덩굴에서
4 꼬마 도깨비들의 이빨이 떨고 있다.

이런 소비와 이런 헛된 무질서들
바로 귀신들의 음모로구나!
나무딸기와 구석구석 망사를
8 제공하는 것은 아프리카 요정.

불만스러운 대모들, 여럿이 들어온다,
빛 자락 따라, 찬장 속으로,
그리고 거기에 머문다! 부부는 별일도 없이
12 외출 중이고, 아무 일도 일어나지 않는다.

남편이 없는 동안, 이곳에는, 늘,
그를 속이는 기운이 들어차 있다.
물의 정령들마저, 악의를 갖고, 벽 침대의

둥근 안벽으로 들어와 떠돌고 있다. 16

밤에, 오! 친구인 밀월(蜜月)은
그들의 미소를 따 모아 수천 구릿빛
머리띠로 하늘을 가득 채우리라.
이윽고 그들은 못된 쥐와 직면하게 되리라. 20

—저녁 기도가 끝난 뒤, 충격처럼,
창백한 도깨비불이나 닥쳐들지 않았으면.
—오 베들레헴의 성스러운 흰빛 유령들이여,
차라리 그들 창문의 푸른빛에 마법을 걸어라! 24

1872년 6월 27일

브뤼셀

BRUXELLES

7월, 레장 가로수 길

맨드라미 화단들이
쾌적한 유피테르 궁전까지.
—사하라 사막 빛에 가까운 네 **푸른빛**을, 이곳에
4 섞고 있는 것은 바로 **너,** 난 알고 있도다!

그러고는, 장미와 태양의 전나무와
칡뿌리가 여기서 담장 노릇할 때,
어린 과부의 새장!……
이 무슨
8 새 떼란 말인가, 오 야호, 야호!……

—적막한 집들이여, 옛 정념들이여!
사랑으로 **미친 여인**의 작은 야외 음악당.
장미나무 휘어진 가지들 뒤로,
12 줄리엣의 아주 낮고 어두운 발코니.

줄리엣은 앙리에트를 떠올리게 한다,
수천의 푸른 악마들이 공중에서 춤추고 있는

과수원 저 끝자락, 산중턱의
매혹적인 철도역을! 16

하얀 아일랜드 여인이, 기타에 맞추어,
폭풍의 천국 향해 노래하는 초록 벤치.
그러면 가이아나 식당의
아이들과 새장의 수다들. 20

달팽이들과 여기 태양빛 아래
잠자고 있는 회양목의 독을 내게
떠올리게 하는 공작(公爵)의 창문이여. 그러면
너무도 아름답구나! 너무도! 우리의 침묵을 지키자. 24

—움직임도, 가게도 없는 조용한
가로수길, 모든 드라마와 모든 코미디,
무한한 장면들의 집합,
난 너를 알고 있으며 침묵 속에서 너를 찬미하노라. 28

"그녀는 동방의 무희인가?……"

EST-ELLE ALMÉE?...

그녀는 동방의 무희인가?…… 푸른 새벽 시간에
죽은 꽃처럼 그녀는 무너질 것인가……
거대하게 개화하는 도시의 숨결 느껴지는
4 그 찬란한 전망 앞에서!

너무 아름답구나! 너무 아름답구나! 그러나 필요하다,
—**해녀**를 위해, **해적**의 노래를 위해,
그리고 또한 마지막 가면들은 아직도
8 순결한 바다의 밤 축제를 믿었기에!

1872년 7월

허기의 축제

FÊTES DE LA FAIM

내 허기여, 안, 안이여,
네 당나귀 타고 도망가라.

나에게 **식욕**이 있다면, 그건 거의
흙과 돌에 대한 것이니
딘! 딘! 딘! 딘! 난 공기를 뜯는다,
바위, 흙, 쇠를 뜯는다. 6

돌아라, 허기여! 뜯어먹어라, 허기여,
　　　　소리의 풀밭을!
그리고 메꽃의 사랑스럽고
　　　　진동하는 독액을. 10

어느 가난뱅이가 부수는 조약돌을,
교회의 낡은 돌을,
홍수의 아들, 잿빛
계곡에 누워 있는 빵, 자갈을! 14

내 허기, 그것은 검은 대기의 끝,
　　　종소리 울리는 창공.
—나를 끌어당기는 것은 위장.
18　　　그건 불행이다.

대지에 나뭇잎들이 나타났고,
난 농익은 과육(果肉)으로 간다.
밭고랑 가운데서 내가 따는 것은
22　들상추와 제비꽃.

　　　내 허기여, 안, 안이여!
24　　　네 당나귀 타고 도망가라.

"들어보라, 아카시아 숲 가까이……"

ENTENDS COMME BRAME...

들어보라, 아카시아 숲 가까이
4월 완두콩의
초록빛 지주가
사슴처럼 우는 소리를! 4

제 명료한 달무리 속,
포이베 쪽으로! 보이는가,
옛 성인들의 머리가
흔들리는 것이…… 8

뱃머리들과 멋진 지붕들의
건초 더미로부터 먼 곳에서,
이 소중한 **옛 사람**들은
이 은밀한 미약(媚藥)을 원하고…… 12

그런데 축일의 것도
천체의 것도 아니다!
이 어둠의 효과가

16 발산하는 안개는.

그렇지만 그들은 남아 있다,

—시칠리아, 독일,

바로 이 슬프고

20 창백해진 안개 속에!

미셸과 크리스틴

MICHEL ET CHRISTINE

그래 제기랄, 태양이 이 기슭을 떠나면!
도망쳐라, 맑은 홍수여! 이제 길에 어둠이 깔린다.
버드나무에, 명예의 낡은 궁전에,
뇌우가 우선 굵은 빗방울을 던진다. 4

오 백 마리 어린 양이여, 목가(牧歌)의 금발 병사들이여,
수로(水路)에서, 메마른 히스 덤불에서,
도망쳐라! 벌판, 황야, 초원, 지평선이
뇌우의 붉은 옷치장을 하고 있노라! 8

검은 개여, 망토가 휘감기는 갈색 머리 목자여,
드높은 벼락의 시간을 피하라,
금발의 양 떼들이여, 급기야 어둠과 유황이 떠돌 때,
더 나은 피난처를 찾아 내려가라. 12

그러나 나는, 주여! 이제 내 **정신**이 날아오릅니다,
붉게 얼어붙은 하늘을 쫓아, 철로처럼 긴
백 개의 솔로뉴 벌판 위로 달리고

16 날아가는 천상의 구름 아래로.

이 종교적인 뇌우의 오후가,
이 수백 유목 부족들이 가버릴 옛 유럽 땅에
메꽃에 대한 사랑과 함께 실어오는
20 천 마리 늑대, 천 가지 야생의 씨앗 여기 있도다.

그 뒤에, 달빛! 도처에 광야,
검은 하늘 아래 붉어진 얼굴의 전사들이
그 창백한 준마들을 천천히 몰고 가는구나!
24 자갈들이 이 거만한 무리 아래서 소리 내는구나!

—그런데 나는 보게 될 것인가, 노란 숲과 맑은 골짜기를,
푸른 눈의 아내와 붉은 얼굴의 남자를, —오 갈리아여,
그리고 그들의 사랑스러운 발치에서, **유월절**의 하얀 어린 양을,
28 —미셸과 크리스틴,—그리고 그리스도!—**목가**는 끝났다.

수치

HONTE

칼날이 이 두뇌를,
새로운 적 없는 증기가
피어오르는 이 희고 초록이며
기름진 더미를 가르지 않는 한,　　　4

(아! **저자**는 제 코, 입술, 귀,
배를 베어야 하리라!
그리고 제 다리를 포기해야 하리라!
오, 불가사의여!)　　　8

그러나, 아니다, 정말, 나는 믿는다,
그의 머리에 칼날이,
그의 허리에 조약돌이,
그의 창자에 불꽃이　　　12

움직이지 않는 한, 훼방꾼
아이, 그렇게 어리석은 자는
한시도 그치지 않고

16 계략을 쓰고 배신할 거라고

몽로쇠의 고양이처럼,
온 누리에 악취를 풍길 것이라고!
그렇지만 그가 죽을 때, 하느님 맙소사!
20 무슨 기도 소리 솟아오르네!

기억

MÉMOIRE

I

맑은 물. 어린 시절 눈물의 소금 같은
여자들 육체 그 흰빛의 태양을 향한 돌진.
어떤 처녀가 지켰던 벽 아래
깃발들의 순결한 백합 빛 풍성한 비단. 4

천사들의 뛰놀기.—아니…… 나아가는 황금빛 흐름,
풀잎의 검고, 무겁고, 특히 신선한 제 팔을 흔든다. 어두운
그녀는, 푸른 **하늘**을 침대의 천장으로 삼고,
언덕과 아치의 그늘을 커튼 삼아 부른다. 8

II

어! 축축한 타일이 그 투명한 기포들을 쏟아내네!
물은 마련된 침상을 흐릿하고 바닥 없는 금빛으로 채운다.
소녀들의 빛바랜 초록 드레스들이 버드나무 만드니,

12 거기서 새들이 거침없이 솟아오른다.

금화보다 더 순수한, 노랗고 따뜻한 눈까풀
미나리아재비가—그대 부부의 맹세, 오 **아내**여! —
덧없는 한낮에, 제 흐릿한 거울로, 열기의
16 회색 하늘 속 장밋빛 소중한 천구(天球)를 시샘하는구나.

III

마담은 노동의 실들이 눈처럼 날리는 근처의 초원에
너무 꼿꼿이 서 있다, 손에는 작은 양산,
산형화를 밟으며. 그녀에겐 너무도 자랑스럽구나,
20 꽃핀 녹지에서 붉은 모로코가죽 장정 책을

읽고 있는 아이들이! 아아, **그**는,
길에서 헤어지는 수천의 하얀 천사들처럼,
산 너머로 멀어지는구나! **그녀**는, 아주
24 차갑고, 우울하게, 달린다! 떠난 사람의 뒤를 쫓아!

IV

순결한 풀의 두툼하고 젊은 팔에의 그리움!

성스러운 침상 한가운데 4월 달들의 금빛!
버려진 강변 작업장들의 기쁨, 이 부패물들에
싹 틔웠던 8월의 저녁에 사로잡혀! 28

그녀는 지금 성벽 아래서 얼마나 울고 있을까! 저 높은 곳
포플러의 숨결이 유일한 미풍을 보여줄 뿐.
이어서, 물그림자도, 샘도 없는, 회색 수면,
늙은 준설인부가, 움직이지 않는 배에서, 애쓰고 있구나. 32

V

이 침울한 물 눈동자의 장난감, 나는 꺾을 수가 없구나,
오 움직이지 않는 보트여! 오! 너무나 짧은 팔이여! 이 꽃도
저 꽃도. 저기서 나를 괴롭히는 노란 꽃도,
잿빛 물의 친구, 푸른 꽃도. 36

아! 날개 하나가 털어내는 버들의 꽃가루!
갈대들의 오래전부터 파먹힌 장미!
언제나 묶여 있는 내 보트, 그리고 가 없는
이 물 눈동자의 바닥에 끌리는 그 쇠사슬,—어느 진흙탕에서? 40

“오 계절이여, 오 성(城)이여……”

Ô SAISONS, Ô CHÂTEAUX...

오 계절이여, 오 성이여,
결함 없는 영혼이 어디 있으랴?

오 계절이여, 오 성이여,

누구도 피할 길 없는, **행복**에 대한
5 마술적 연구를 나는 했도다.

오 행복이여 만세, 그 갈리아
수탉이 울 때마다.

그러나! 이제 나에겐 갈망이 없으리라,
행복이 내 삶을 짊어졌으니.

10 이 **마력!** 혼과 육신을 취하고,
온갖 노력을 흩날려버렸구나.

내 언어에서 무엇을 이해할 수 있을까?

그것은 내 언어가 달아나 사라지게 하는구나!

오 계절이여, 오 성이여!

〔그리고, 만약 불행이 나를 이끈다면, 15
난 그의 은총을 필경 상실하는 것이리라.

그의 경멸이, 아아!
가장 성급한 죽음으로 날 데리고 가야 하다니!

—오 계절이여, 오 성이여!〕 19

"늑대는 나뭇잎 아래서……"

LE LOUP CRIAIT SOUS LES FEUILLES...

늑대는 나뭇잎 아래서 울어대며,
제 날짐승 식사의
가장 멋진 깃털들을 토해낸다.
4 그 늑대처럼 나는 소진해간다.

채소들, 열매들은
수확만을 기다리는데,
산울타리의 거미는
8 제비꽃들만 먹을 뿐.

내 잠들리! 내 끓어 삶아지리,
솔로몬 왕의 제단에서.
끓는 거품은 녹 위를 달려
12 키드론 강에 섞인다.

옮긴이 주

[제1부 운문시 1870~1871]

(11) 고아들의 새해 선물

랭보의 의지에 따라 잡지에 실린 세 편의 시들(「고아들의 새해 선물」「첫날밤」—잡지에는 「세 번의 입맞춤」이란 제목으로 실렸음—그리고 「까마귀 떼」) 중의 하나이다. 1871년 1월 2일 자 『만인의 잡지』에 실려 있다. 이 잡지의 1869년 9월 5일 자에 이미 빅토르 위고의 「가련한 사람들」이, 11월 7일에는 마르슬린 데보르드 발모르의 「내 어머니의 집」이 실렸기 때문에, 랭보는 가련한 고아들을 주제로 한 자신의 시가 잡지에 잘 받아들여지리라 믿었다.

고등학교 2학년 때 뒤프레즈 선생님의 라틴어 시 작문 시간에 르불의 「천사와 아이」라는 시를 접한 랭보는 이 시의 주제를 바탕으로 라틴어 시를 지었는데, 이 시가 1869년 6월 1일 자 『중등학교 고전 특수 교육 모니터, 두에 아카데미 관보』에 실리게 된다. 랭보는 이 시를 쓰면서 르불의 시에 나타나 있지 않은 '새해 첫날'이라는 시점을 도입하여 "어머니로부터 새해 선물을 받은 뒤, 하늘의 거주자들로부터 선물을 받은", 즉 죽은 아이가 하늘로 승화한 것을 노래한다. 랭보가 1869년 말 『만인의 잡지』에 보낸 시 「고아들의 새해 선물」은 아마도 자신의 이 작문을 많이 참조했을 것으로 보이는데, 다만 주제를 완전히 반대로 하여 여기서는 죽은 어머니로 인해 고아가 된 아이들의 슬픈 새해 맞이를 묘사하고 있다. 이것은 랭보 가문의 아이들이 실제로 겪었던 어머니의 부재, 즉 아이들이 느끼고 싶었던 모성애의 결핍을 상징하는 것이다.

모두 5부로 나뉘어 있는 이 시편의 도입부에는 두 명의 어린아이가 등장한다. 이들이 거처하는 곳의 커튼 자락은 문턱으로 새어드는 겨울 삭풍에 나부끼고, 밖에서는 새들도 추위 때문에 날지 못하고 서로 몸을 붙이고 있다. 새해는 이렇게 잿빛 하늘의 겨울 안개와 함께 무겁게 찾아온다.

2부에서는 시적 화자의 시선이 집 안 내부로 들어온다. 주눅 들어 아침에도 밤인 듯 속삭이고 자명종에도 놀라는 아이들, 얼음장 같은 방 안, 어머니의 죽음을 암시하는, 흩어져 굴러다니는 상복들…… 랭보 시의 아름다움은 불을 지펴놓지 못하고 따뜻한 이불도 덮어주지 못한 채 아이들 곁을 떠난 어머니의 모습에 대한 묘사에 와서 매우 돋보인다. 이것은, 시행들 속에 들어간 일종의 메타 텍스트처럼, 아이들의 집 안에 대한 묘사로부터 상상되는, 모성애 넘치는 어머니의 얼굴인 것이다. 아이들에게 "순결한 환상이 가득한 단잠 이루는 곳"을 마련해주는 것이 어머니의 꿈이었지만, 고아들의 집은 얼어붙은 새 둥지 그 자체로 존재하고 있다. 혹독한 현실을 보여주고 있는 것이다. 3부는 아이들의 행복했던 추억을 기술하고 있다. 장난감, 사탕, 보석들이 돌고 춤추고 사라졌다 다시 나타나는 몽환적인 광경이 그려진다. 아이들이 새해 아침의 선물을 기다리며 잠든 간밤의 꿈에 본 모습들이다. 아침에 부모님의 방에 들어가 새해 소원을 빌며 입 맞추고 한없이 재롱부렸던 나날들이 그려진다.

4부의 "장롱"은 후에 나오는 「장식장」이나 「웅크린 모습들」을 연상시키는 일종의 시적 장치로 등장한다. 그 내부에 잠들어 있는 "신비한 것들"에 대한 호기심은 시의 자양분이며 그것들의 변천이 랭보 시 세계의 변화와 맥을 같이한다고 볼 수 있다. 말하자면, 신비스러운 것들의 "어렴풋한 유쾌한 속삭임"을 담고 있는 이 가구는 후에 매우 추하고 괴기한 시적 담론의 중심에 서게 되는 것이다.

마지막 5부는 시적 반전이다. 물론 이것은 현실 속에서가 아니라, 울며 잠든 아이들의 꿈속에서 이루어지고 있다. 천사가 가져다준 꿈인 것이다. 요정이 들어와 마술을 부려서 집 안을 옛날의 그 모습으로 되돌려놓은 듯, 모든 것은 소생과 활기와 온화함으로 그득하다. 이 "장밋빛 아름다운 광선" 아래서, 죽은 어머니의 초상을 담고 있는 원형 장식물 및 화관을 "아주 기뻐하며" 바라보고 소리치는 두 아이들의 외침이 매우 모순적인 상황을 보여주며 시는 마감된다. 불쌍한 아이들 머리 위로 등장하는 천사의 모습은 위고의 시에 종종 나타나는 테마로, 아직은 종교적인 세계에 기대고 있지만, 랭보의 사회주의 사상의 기초를 엿볼 수 있다.

102행: "메다용"—원어는 médaillon. 목에 걸 수 있는 원형 혹은 타원형 장식 틀을 의미한다. 「장식장」(9행)에서도 죽은 이들을 추모하는 물건(사진이나 머리타래 등)을 담고 있는 장식 틀로 기술되어 있다.

104행: **"우리 어머니에게!"**—원문에는 대문자로 된 세 단어(À NOTRE MÈRE!)로 표현되어 있다.

(17) 감각

1870년 5월 24일에 테오드르 드 방빌에게 보낸 편지에 삽입된 시이다. 시의 첫째 연은 파르나스파의 영향을 받아 쓰인 것으로 보인다. 파르나스파의 수장이었던 방빌의 추천으로 파리의 문단에 등단함으로써 고향의 답답한 생활에서 벗어나고 싶어 했던 랭보는, 의도적으로 방빌의 시 작법이나 시적 주제를 모방하고자 했다. 그러나 첫 연부터 파르나스파를 답습하는 데 그치지 않고 맨발일 내 "발"과 "맨머리"를 통해 사회적 규율에 대한 반항심을 육체적 감각의 기쁨과 결합시키고 있으며, 더욱 독창적인 둘째 연에서는 소우주인 "나"를 침묵과 무념의 상태에 맡김으로써 대우주의 입구로 여겨지는 "자연"을 통과하여 새로운 세계로 출발하려는 욕망과 의지를 확연히 드러낸다. 이는 자연과 합일되는 광활한 정신세계를 예고하는 것이다. 또한 원문에 쓰인 시행들의 단순미래 시제는 시의 파괴와 침묵 그리고 미지 세계로의 탈출 등, 시인이 머지않아 맞이하게 될 그 운명뿐만 아니라, 그의 시가 도달하게 될 새로운 시적 감수성을 미리 내다보게 한다.

방빌의 편지에서는 시의 제목이 없었고, 시의 하단에 쓰인 날짜도 "1870년 4월 20일"로 되어 있었으나, 『드므니 문집』에는 "감각"이라는 시제가 붙었고, 날짜도 "1870년 3월"로 변경되어 있다. 정확한 시작 일자가 어떤 것이건 간에, 분명한 것은 어느 봄날 소년 랭보가 "여름날 푸른 저녁"의 출발을 고대하며 청초하고도 강렬한 희망을 품었다는 것이다. 이미 방황이 시작된 가을에 덧붙였을 이 "감각"이라는 시제는 특히 관사 없이 쓰였다는 점에서 시인의 독특한 내적 감흥을 드러낸다. 더구나 시제가 방빌의 편지에 담겨 있는 "나의 좋은 신념, 희망, 감각, 시인들의 이 모든 것들"이라는 표현에서 온 것으로 판단할 때, 더욱 그러하다.

(18) 태양과 육체

방빌에게 보낸 1870년 5월 24일 자 편지에 들어 있는 시. 제목은 라틴어 "Credo in unam"이었다. 그해 가을 이 시가 『드므니 문집』에 실리면서 제목이 「태양과 육체」로 바뀌었다. 그리스 신화에 나오는 여러 에피소드가 담겨 있는 이 시편은 범신론적인 취향을 담고 있으며, 인간의 육체와 정신을 찬양하면서 새로운 세계의 도래를 노래하고 있다. 랭보의 고대 이교 문명에 대한 선호는 물론 당시 프랑스 시단을 지배하고 있던 방빌을 중심으로 한 파르나스 시파의 영향일 수 있다.

랭보는 「감각」과 「오필리아」 「태양과 육체」 세 편의 시를 방빌에게 보내면서, 파르나스 시파의 잡지인 『현대 파르나스』에 「태양과 육체」가 실리기를 간절히 원했다. 즉, 다른 두 편보다 바로 이 시편을 파르나스 시파의 잡지에 실릴 수 있는 작품으로 언급한 것이다. 이 시는 랭보가 위고의 「사티로스」나 방빌의 「신들의 유배」를 읽고 쓴 것으로 알려져 있다. 이런 영향 관계로 볼 때, 그리스 신화가 시의 직접적인 배경이 되고 있다는 것은 쉽게 짐작할 수 있다. 또한 랭보 주석가인 수잔 베르나르의 분석에 따르면, 르콩트 드릴의 「고대 시편들」과 뮈세의 「롤라」를 읽은 흔적이 명백하게 나타나 있다. 「태양과 육체」의 전반부가 「롤라」에 나오는 "그대는 대지 위의 하늘이 신들 한가운데에서/걷고 호흡했던 시대를 그리워하는가?"라는 뮈세의 질문에 대한 응답의 형태로 이루어진 것이 이를 말해주고 있다. 랭보의 이러한 응답 속에 그리스 시대에 대한 시인의 연민이 드러나 있다.

1부 9행: "베누스" — 우리가 흔히 '비너스'라고 부르는 미(美)의 여신을 말한다. 로마 신화 속 여신의 이름이므로 여기서는 라틴어식 발음에 따라 '베누스'로 표기한다. 그리스 신화에서는 '아프로디테'라고 불리는데, 이는 '바다의 파도 거품에서 태어난 자'라는 뜻으로 이름 속에 탄생의 비밀을 지니고 있다.

1부 16행: "목양신" — 사티로스의 또 다른 이름인 "판"을 말한다. 판은 목자들과 양 떼의 신으로 팬파이프인 시링크스를 최초로 만든 자이기도 하다. 상반신은 사람의 모습이고 다리와 귀와 뿔은 염소의 모습을 하고 있다. 그렇기 때문에 랭보는 판의 발을 "염소 발굽"이라고 칭하고, 입술로는 "맑은 시링크스"를 부는 모습을 그리고 있다. 판은 헤르메스의 아들로 아르카디아 지방에서 태어났고 이곳에서 숭배되었다. 아르카디아는 숲으로 우거진 옥토이며 지상 낙원으로 간주되던 땅이었다. 따라서 "사랑의 대찬가"가 울려 퍼지는 초록빛 대지인 것이다. 그렇지만, 이 사랑은 단지 정신적 사랑이나 평화만을 함축하지는 않는다. 사티로스가 판이라고 불릴 때는 음탕하고 장난이 심한 목신의 성격을 띠게 된다. 판이 나타나면 숲 속의 요정들은 공포에 휩싸였다. 즉 판은 세상을 지배하는 또 다른 욕정의 신인 것이다. 이 판의 죽음은 곧 기독교로 대체될 범신론의 종말을 의미한다.

1부 37행: "키벨레" — 제우스의 어머니 레아 여신의 로마식 이름. 신들의 어머니 혹은 위대한 여신으로 추앙되고 있다. 이 여신을 섬기는 사람들을 '코리반테스'라고 부르는데, 그리스 영웅 테세우스도 여기에 속한다. 힘의 상징인 두 마리의 사자가 이끄는 이륜마차를 타고 다니며, 풍요의 대지로 들어가는 문의 열쇠를 가지고 있다. 로마 시대의 그림을 보면, 그녀는 머리에 탑 모양의 관을 쓰고 있는데, 이것은 그녀가 보호하는 도시들을 나타낸다.

1부 44행: "아스타르테" —종종 미의 여신 베누스와 동일시된다.

2부 46~47행: "오! 고난의 길이구나,/또 다른 신이 우리를 자신의 십자가에 묶은 이래로" —신화 세계가 기독교로 대체된 이후 인간이 고난의 길을 가고 있다는 이 구절은 명백히 반기독교적이다. 그렇지만 이 표현만을 두고 랭보가 확고히 반기독교 시학을 갖고 있다고 단정 짓기는 이르다. 여기서 랭보가 파르나스파의 시학에 상응하는 시구를 의도적으로 선택한 것이라고 볼 수 있기 때문이다. 그렇지만, 어린 랭보가 앞으로 자신의 시를 어디로 이끌고 갈 것인지 암시하고 있는 것은 분명하다.

3부 65행~68행: "모든 그의 신들로부터 해방"된 새로운 인간이 "소생"하여 "천계를 탐색"할 시대가 올 것이라는 희망에는, 여러 시대의 변천을 노래하고 있는 신화의 시적 변용을 넘어선 랭보의 공리주의적 사상이 투영되어 있다.

3부 82행~116행: 새로운 인류의 "신앙"은, "왜"라는 것을 알게 된 "사유"와 여기에 바탕을 둔 "속죄"에 있다고 외치는 랭보의 이러한 철학적 사상은 위고의 『관조 시집*Les Contemplations*』에 영향을 받은 것이 명백해 보인다. 1870년 초 방빌에게 보낸 초판본에는 있었던 이 시행들이 그해 가을에 만들어진 『드므니 문집』에서는 모두 삭제되어 있다.

4부 120행: "칼리피기스" —베누스를 수식하는 일종의 별명으로, '엉덩이가 예쁜'이라는 의미다. 즉, '베누스 칼리피기스' 또는 '아프로디테 칼리피고스'라고도 불린다.

4부 123행: "아리아드네" —크레테 섬의 왕 미노스의 딸. 아리아드네는 미궁에 갇혀 인육을 먹고 사는 미노타우로스(몸은 인간이고 머리는 황소인 괴물)를 죽이러 온 아테네의 왕자 테세우스를 보고 첫눈에 반해, 테세우스가 미궁을 빠져나올 수 있도록 그에게 실타래를 준다. 이 실을 붙잡고 미궁에 들어간 테세우스는 미노타우로스를 죽인 뒤 실을 따라 다시 빠져나올 수 있었다. 그러나 아테네로 귀환하는 테세우스를 따라나선 아리아드네는 포도주의 신 디오니소스가 사는 낙소스 섬에서 테세우스에게 버림을 받는다. 해안에서 슬픔에 빠져 오열하는 아리아드네를 발견한 디오니소스가 그녀를 구한다.

4부 129행: "리시오스"—버림받은 아리아드네를 만나게 될 디오니소스를 가리킨다.

4부 131~135행: 올림포스 산에서 지상을 내려보다가 사랑하고픈 여인이 있으면 여러 동물로 변신하여 그 여인에게 접근하는 제우스의 모습을 묘사하고 있다. 제우스는 에우로페를 유혹할 때는 황소로, 레다를 포옹할 때는 백조로 변신했다. 에우로페는 페니키아의 왕 아게노르의 딸로서, 황소로 몸을 바꾼 제우스 사이에서 장차 크레테 섬의 왕이 되는 미노스를 낳는다. 레다는 스파르타의 왕 틴다레오스의 부인인데, 백조로 변신하여 접근한 제우스와 사랑하여 아들 둘, 딸 둘을 낳는다. 트로이 전쟁의 원인을 제공하는 헬레네와 트로이 전쟁의 그리스 총사령관 아가멤논의 부인이 되는 클리타임네스트라가 바로 그 딸들이다. 클리타임네스트라는 전쟁에서 승리를 거두고 10년 만에 귀향한 남편 아가멤논을 자신의 정부와 공모하여 살해한 것으로 유명하다. 아가멤논과 클리타임네스트라의 딸 들 중 한 명인 엘렉트라는 남동생 오레스테스를 시켜서 어머니 클리타임네스트라와 그녀의 정부를 죽임으로써, 아버지의 살해에 대한 대가를 치르게 했다.

4부 142행: "키프리스"—아프로디테가 키프로스 섬 해안에서 태어났기 때문에 그녀에게 부여된 별칭이다.

4부 146~148행: 제우스와 알크메네 사이에서 태어난 그리스의 영웅 헤라클레스는 제우스의 정실부인인 헤라의 미움을 받아 인간의 힘으로는 도저히 할 수 없을 것 같은 열두 가지 과업을 수행하면서 온갖 고초를 겪는다. 이 열두 가지 과업 중의 하나가 네메아의 사자를 죽이는 일이었는데, 헤라클레스는 칼, 화살 등 어떠한 무기로도 잡을 수 없는 이 사자를 목 졸라 죽이고 늘 그 가죽을 자랑스럽게 몸에 걸치고 다녔다.

4부 153행: "드리아스"—복수형은 드리아데스. 고대 그리스인들은 특정한 자연 현상에는 님프가 깃들어 있다고 여겼다. 드리아스는 원래 떡갈나무의 님프였는데, 점차 나무와 숲의 님프를 아울러 이르는 말이 되었다. 대부분의 다른 님프들과 마찬가지로 아름다운 여인의 모습으로 묘사되며, 아르테미스가 사냥할 때 따라다니기도 했다. 그리스 신화에서 최고의 시인이자 음악가인 오르페우스의 아내 에우리디케도 드리아스(또는 물의 님프인 나이아스)의 하나였다고 한다. 드리아스는 신의 영역에 속해 있으면서도 영원한 존재는 아니었으며, 단지 매우 오래 살았다고 한다.

4부 154~156행: 셀레네는 히페리온의 딸로서 달의 여신을 맡고 있다. 셀레네는 신들에게 영생을 구하다 결국 영원한 잠에 빠지고만 양치기 미소년 엔디미온을 사랑하여, 매일 밤 그가 잠들어 있는 동굴로 내려와 달의 은빛 광선으로 감싸고 애무하며 혼자만의 사랑을 베푼 뒤 다시 하늘로 올라가곤 했다.

(27) 오필리아

랭보가 방빌에게 보낸 1870년 5월 24일 자 편지에 쓴 시이다. 셰익스피어의 「햄릿」에 등장하는 오필리아를 소재로 하여 그려진 영국 화가 밀레이의 작품 「오필리아」에서 직접적으로 영감을 받은 이 시에는 편지 수신자인 방빌의 『여인상주』의 시편들로부터 몇 가지 표현이 차용되어 있다. 즉, 랭보의 초기 시에서 종종 보이는 것처럼 이 시도 모작에 대한 논의가 활발하다. 그러나 "모작에서, 문자 행위는 하나의 텍스트를 생산하는 데 목적이 있는 것이 아니라 하나의 이름을 사용하는 데 있다"(장루이 보드리, 「랭보의 텍스트」, 『텔 켈』, 1968)라는 지적이 말해주듯, 단순히 제목을 차용하고 그 제목에 포괄된 시적 대상들이 등장한다고 해서 곧 모작인 것은 아니다. 셰익스피어의 오필리아가 그녀의 죽음을 통해 하나의 비극적 상황을 종결시켰고, 밀레이는 어두운 필치의 화폭 속에서 그런 오필리아의 애절한 사연을 표현하여 성공했다면, 랭보의 오필리아는 죽음 너머 존재하는 다가오는 시의 예시자로 변모되어 있다.

1부: 다른 텍스트들에서도 드러나는 여러 요소들이 담겨 있으나, 시적 영감은 완전히 다르다. 먼 곳에서 울려 퍼지는 신비스러운 소리, 혹은 인간 역사의 변천을 가로질러 "천 년" 넘는 세월을 흐르고 있는 "검고 긴 강"은 시인에게 영원한 존재가 실재할 수 있다는 가능성을 던져준다. 오필리아에 대한 시각적 묘사의 한계를 넘어 여러 종류의 소리를 듣는 시인의 열린 감각은 보다 깊고 어두운 세계, 미지의 세계로 우리를 인도한다. 랭보는 시의 새로운 영역에 대한 탐색을 여성의 이미지를 통해 시도하고 있는 것이다. 이처럼 오필리아는 죽음 너머 "연가를 속삭"이는 영원한 생명체이며 "꿈꾸는 그 넓은 이마"는 무한한 사색의 깊이를 담아내고 있다. 검은 강 주변의 버들가지, 수련 등은 그녀의 운명을 셰익스피어의 오필리아인 듯이 슬퍼하지만, 오필리아가 깨우는 어린 새들은 가냘픈 날갯짓 소리로 응답하고, 새로운 생명의 탄생을 알려주면서 시의 창조적 주체로 변신되어 있다. "신비로운 노래 하나 금빛 별에서 떨어진다"라는 1부의 마지막 행이 산문시집 『일뤼미나시옹』에서 볼 수 있는 강한 시적 환기의 힘을 예고하듯이, 이 시는 죽음을 통해 기존의 시어를 부정함으로써 다가오는 또 다른 시를 우리에게 전달할 랭보 운명의 초벌과 같은 것이다.

2부: "눈처럼" 아름다운 오필리아가 "노르웨이의 큰 산맥에서 내려오는 바람"에 의해 생명을 다하는 모습은, 진부한 전설이나 동화에서 출발하는 언어와 그 개념의 아름다움과 결별하는 것을 의미한다. 랭보는 1872년의 자유시 중 「갈증의 희극」에서 "노르웨이의 방랑하는 유대인들이여/내게 눈을 얘기해다오/〔……〕/전설도 인물들도/내 갈증을 풀어주지 않았다"라는 구절로써 이런 시적 대상의 진부함 때문에 새로운 시에 대한 자신의 갈증이 해결되지 않았음을 선언한다. 이런 면에서 오필리아의 죽음에 관한 설명은 매우 암시적이다. 오필리아는 자신의 "거대한 환영"으로 죽었던 것이며, 자신의 언어를 소멸시켜버렸다. 이를 통해 그녀는 현세의 언어가 주는 한계성에서 벗어나 "무서운 무한"을 투시하는 일종의 투시자가 되는 것이다. 진정한 시적 상징 능력을 여인의 존재에 결부시킴으로써, 랭보는 그가 착상을 얻었던 텍스트들을 넘어선 것이다.

3부: "시인"은 새로운 생명체의 탄생을 우리에게 계시하는 의무를 지닌 자로 등장하고 있다. 결국 이 시인과 "너" 그리고 "오필리아"는 하나의 영혼 속에서 "꺾어두었던 꽃들"을 찾아 나서는 미래의 존재가 되는 것이다. 여성을 죽음이라는 모티프 속에 사장시키고 그 속에서 생명의 유한성을 넘어선 전율하는 아름다움을 창조해냄으로써, 시의 새로운 가능성을 찾아 나선 랭보의 도정을 엿볼 수 있다.

(30) 교수형에 처해진 자들의 무도회

1870년 10월에 랭보가 필사한 기존의 시편들과 새롭게 쓰인 시편들을 묶어 만든 『드므니 문집』에 처음 실린 시. 랭보가 방빌이나 고티에 등 파르나스파 수장들의 영향을 받아 쓴 여러 시편들 중의 하나다. 고티에의 「화형대와 무덤」에서 보이는 각운들이 이곳에 나타나 있고, 제목은 방빌의 「교수형에 처해진 자들의 발라드」로부터 차용되었다. 또한 '죽은 자들의 춤'이라는 테마를 다룬 시편들은 파르나스파의 잡지인 『현대 파르나스』에서 쉽게 볼 수 있었다. 예컨대, 아나톨 프랑스의 「죽은 자들의 춤」과 앙리 카잘리스의 「음산한 춤」 등이 그것이다. 그럼에도 불구하고, 랭보는 시에서 어휘를 과감하게 사용함으로써 새로운 이미지를 독특하게 창출한다. 1870년의 운문시에서 보기 힘든 이런 시적 창조성은 1871년에 쓰인 시편들의 가장 특징적인 요소가 된다.

4행: "살라딘" —12세기에 이집트와 시리아 지역을 아우르는 아유브 왕조를 세웠던 티그리스 지역 쿠르드 출신의 왕. 십자군 전쟁에서 잔혹했던 십자군들에 대비되는 온건하고 자비로운 군주로서 서방 세계에까지 그 명망을 드높였던 인물이다.

5행: "베엘제불" —구약성서 「열왕기 하」(10장 18절~27절)에 나오는 이교 신 바알을 가리키는 이름 중의 하나. 신약성서의 「마태오복음」 12장 24절, 「마르코복음」 3장 22절, 「루가복음」 11장 15절에서 악마들의 왕자, 마귀들의 우두머리로 나오고 있다. 밀턴이 그의 작품 『실낙원』에서 사탄 다음으로 지옥을 지배하는 최고의 권력자로 그리고 있는 이 베엘제불은 히브리어로 "파리들의 왕"이란 뜻이다.

11~12행: "가슴팍들은,/어떤 흉측스러운 사랑 속에서 오랫동안 서로 부딪치고 있다" —「앉아 있는 자들」을 연상시키는 시행. 랭보는 과감한 어휘를 통해 인간 신체의 기괴한 모습들을 독창적으로 표현해냈다.

이후의 시행들은 「앉아 있는 자들」과 「웅크린 모습들」의 시적 이미지와 크게 다르지 않다.

(33) 타르튀프의 징벌

오직 『드므니 문집』에만 들어 있는 시. "타르튀프"는 1664년에 초연된 프랑스 고전주의 희극작가 몰리에르의 작품명인 동시에 등장인물. 위선적인 종교인 혹은 종교로 포장한 위선자를 고발하는 내용으로 기독교단의 공격을 받았으며, 그 때문에 수차례 개작을 해야 했다. 이 작품의 상연 이후, '타르튀프Tartuffe'가 '위선자'라는 뜻의 보통명사로 바뀔 정도로 이 작품은 대성공을 거두었고, 지금도 지속적으로 공연되고 있다.

랭보는 이 시에서 몰리에르의 타르튀프를 등장시켜 자신의 반교권주의 사상을 드러내고 있다. 랭보의 이러한 사상은 1870년 전반기에 이미 그의 선생님이었던 이장바르와 친구였던 브르타뉴로부터 강한 영향을 받은 것으로 알려져 있다. 이에 따라 이 시는 1870년 전반기의 작품으로 분류될 수 있을 것이다. 이 시의 조소적인 어조는 「대장장이」 「물에서 태어나는 베누스」 등과 맥락을 같이하고 있지만, 타르튀프가 성직자인 양 "검은 승복"을 입고, 그 추한 입으로 "교리"를 늘어놓고 있다는 점에서, 어느 신학생의 시선을 통해 가톨릭 신부의 긴 옷인 "수단"에 감추어진 성직자의 마음을 비판하는 「수단 속의 가슴」과 비교될 수 있다.

5행: "기도합시다"—랭보는 여기서 라틴어 "Oremus"를 적었다. 몰리에르 극에서 타르튀프가 자주 던지던 말이다.

9행: "징벌"—제목에도 있는 이 단어는 위고의 『징벌 시집』을 연상시킨다. 위고의 시집이 주로 나폴레옹 체제를 비난하는 정치적인 이데올로기를 띠고 있다면, 랭보는 반교권적인 시각을 드러낸 것인데, 반제국주의 및 반교권주의라는 랭보의 운문시를 지배하고 있는 두 가지 시학은 기존의 사회 체제에 대한 항거라는 점에서 상호보완적인 시적 제재다.

14행: "타르튀프가 위부터 아래까지 벌거벗었네"—몰리에르 극의 3막 2장에 나오는 도린의 대사("저는 위부터 아래까지 벗은 그대를 보게 될지도 모르죠")에서 차용된 것으로 보인다.

(34) 대장장이

이 시의 부제로, "92년 8월 10일경"이란 날짜가 붙어 있지만 실제로 군중들이 튈르리 궁을 점령한 정확한 날짜는 1792년 6월 20일이다. 또한 이 굶주린 성난 군중들의 대표는 르장드르라고 불리는 푸주한이었다. 그는 군중에 떠밀려 루이 16세에게 혁명을 상징하는 붉은 보네(모자)를 강제로 씌웠다. 랭보는 이 시에서 그를 "대장장이"로 바꾸어 표현하고 있으며, 루이 16세에게 말을 건네는 형식(때로는 군중에게 외치는 그를 묘사하고 있다)으로 시를 진행하고 있다. 혁명적인 언사와 장대한 이미지들의 연결은 필경 위고의 영향을 받아 나온 것이겠지만, 이 시가 왕에 대한 깊은 반감과 군중들에 대한 뜨거운 연민이 서로 엇갈려 나오며 시적 효과를 극대화시키는 수사적 방식을 취하고 있다는 점에서, 랭보는 단순한 모작의 수준을 넘어 하나의 혁명의 시를 완성시키고 있다.

52행: "바스티유 감옥에 넣기 위한 쪽지들"—바스티유 감옥으로 사람들을 보낸다는 직인이 찍힌 작은 표.

74행: "전나무 잎을 흔들며"—전나무는 그 색깔 때문에 인민들의 힘을 상징한다. 혁명의 삼색 모자 리본이 없는 사람들은 이 희망의 색깔 하나가 들어가 있는 전나무 잎을 보네에 달았다고 한다.

89행: "검은 옷 입은 그대 사람들"—랭보가 고등학교 스승인 이장바르에게 보낸 또 다른 판본에는 '변호사'라고 적혀 있다. 따라서 이들은 검은색 옷을 입은 변호사 같은 법률가를 지칭하는 것으로 봐야 할 것이다.

91행: "엉터리 약품들로 그득한 작은 단지들"—머리에 바르는 포마드 병을 가리킨다는 견해도 있지만, 이 가짜 약병들은 국민들을 치료한다는 왕정 지배자들에 대한 조소적 표현으로 볼 수 있다.

92행: "인두세를 적절히 잘라내며 놀고 있는데"—국민들의 환심을 사기 위해 겉치레로 세금을 깎아주는 장면을 묘사한 것이다.

108행: "붉은 보네"—부드러운 천이나 털실로 만든 차양 없는 모자를 가리키는 프랑스어(bonnet). 평민들이 쓰는 이 "붉은 보네"는 프랑스 혁명의 상징이기도 하다. 여기서는 부르주아나 왕족이 쓰는 다른 형태의 여러 모자들과 구별하기 위해, 이 시행뿐 아니라 119행과 178행에서도 원어 발음을 그대로 차용했다. 피 흘리는 시장판의 넝마주이들(108행)과 자식들을 빼앗기고 울고 있는 노파들(119행)의 "보네"—「악(惡)」에 나오는 전쟁의 공포, 아들들의 죽음에 대한 걱정과 고뇌 속에 "낡아빠진 검은 보네 아래" 흐느끼는 어머니들(13행)을 상기시킨다—는 이 시편에서 중요한 알레고리를 형성하고 있다. 마지막 시행(178행)에서, 마침내 왕에게 이 "붉은 보네"를 집어 던지면서, 혁명을 완성시키고 있다는 점에서 더욱 그렇다.

112행: "저건 폭도들이오" ― 랭보는 1871년 봄 파리에 올라가서 파리 코뮌 전야에 『인민의 외침』이라는 신문을 읽었는데, 그 신문의 기고문에서 베르메르슈나 발레스와 같은 혁명가들의 글을 자신의 편지에서 언급한 적이 있었다. 그런데 발레스의 1869년 「인민」이란 글에는 "저건 인민이오"란 말이 반복되어 있다. 랭보가 발레스의 글을 읽었을 개연성이 있다는 점에서, 랭보의 "저건 폭도들이오"라는 반복적인 시구를 이해해야 할 것이다. 그런데, 우리가 "폭도"라고 번역한 프랑스어 "crapule"은 본래 악당이나 사기꾼을 집합적으로 가리키는 말이다. 귀족들이나 부르주아의 지배의 개념에서 볼 때, 그들의 체제를 파탄 내는 자들은 악당일 수밖에 없을 것이다. 랭보의 친구 들라에는 고향 도시의 중심가 광장에서 술 취한 어느 가난한 노동자가 주변 사람들로부터 조롱받으면서, 눈물을 흘리며 "난 악당이오"라고 되뇌던 장면을 재미 삼아 랭보에게 전해주었다고 증언했다. 들라에는 자신의 이야기를 듣고는 얼굴이 붉어지며 말이 없던 랭보가 후에 「대장장이」를 쓸 때 이 노동자의 비통에 찬 말을 떠올린 것으로 판단한다. 랭보가 "저건 폭도들이다"(혹은 "저건 악당들이다")라는 어느 민중가요의 가사로부터 영감을 받았다는 또 다른 견해 역시 어휘의 사회적 함의를 고려한 이와 같은 해석에 바탕을 둔 것이다.

137~139행: 서구를 지배해왔던 낡은 관념에서 벗어나, 새로운 지식에 대한 열망 속에서 "위대한 결과 〔……〕 위대한 원인"을 찾아내고 밝히게 될 "위대한 시대"의 도래를 의미하고 있는데, 이것이 시의 중심 테마라고 말할 수 있다.

178행: "붉은 보네를 집어 던졌다!" ― 주로 평민들이 쓰는 이 보네를 왕에게 던졌다는 것은 왕과 인민의 평등성을 강조하는 것이다. 프랑스의 대역사가 미슐레에 따르면, 혁명의 참가자들 한 명이 긴 막대를 이용하여, 왕에게 평등을 상징하는 이 "붉은 보네"를 건네주었고, 왕은 머뭇거림 없이 받아 들고는 어떤 여자에게 삼색 리본(삼색기)을 달라고 하여 이 보네에 달았다고 한다. 이때 인민들은 "폐하 만세"를 외쳤다는데, 이러한 붉은 보네가 왕에게 주어진 상황 속에서 장대한 시를 마감하고 있는 랭보는 의도적으로 "폐하 만세"란 외침을 외면하고 있다.

(43) "92년과 93년의 전사자들이여……"

이 시에서 랭보가 추앙하는 "92년과 93년의 전사자들"은 프랑스 대혁명기인 1792년 로렌 지방으로 쳐들어온 프로이센 군대로부터 공화국을 지키고자 목숨을 바친 사람들이다. 그 후 한 세기가 지나 1870년 보불전쟁이 발발했을 때, 랭보는 그것이 나폴레옹 3세와 그 도당들의 어리석은 정치적 모험에 불과하다는 것을 알고 있었다. 따라서 그들이 국민들을 선동하기 위해 1792년의 전사자들을 들먹이는 것은 그 숭고한 죽음을 조롱하는 것이며, 특히 그들이 탄압해온 공화주의자들에게 프로이센 군대와 맞서 싸우라고 호소하는 것은 정치적 위선일 뿐임을 지적하고 있다.

1848년 2월혁명으로 7월 왕정이 무너지자 루이 나폴레옹 보나파르트는 망명지에서 프랑스로 돌아와 공화주의자를 자처했다. 보나파르트파의 이러한 전술은 왕정 복고 시대부터 시작한다. 그들은 나폴레옹 1세가 대혁명의 가치를 옹호한다고 거짓으로 선전하며 일찍이 공화파로 위장하고 있었으며, 7월 왕정 시기에는 그의 조카인 루이 나폴레옹 보나파르트를 루이 필리프와 이 왕을 옹립한 부르주아들에게 가장 위험한 존재로 부각시키면서, 일종의 사회주의자로 비치게 만든 장본인들이다. 이렇게 공화국의 지지자로 위장하고 있던 보나파르트파는 제2제정하에서 본색을 드러내어 공화주의자들을 탄압하기 시작했으며 많은 사람들이 프랑스령 가이아나로 유배되었다. 이런 상황에서 자신들의 정치적 위신을 세우기 위해 보불전쟁을 일으킨 자들이 가소롭게도 과거에 제1공화국을 열었던 "1792년의 조상"을 운운하며 공화주의자들의 총궐기를 요구하는 모습이 어린 시인에게 풍자적 시를 쓰게 한 것이다.

『르 페이』지는 1851년 12월 2일 루이 나폴레옹 보나파르트의 친위 쿠데타 이후 그를 지지했던 드 카사냐크 부자(父子)에 의해 주도되고 있었다. 시의 서두에 인용된 문장은 그라니에 드 카사냐크의 아들인 폴이 쓴 7월 16일 자 기사를 랭보가 요약한 것이다. 이 기사는 공화파에게는 1792년을, 정통 왕조 지지파들에게는 복고왕정이 열린 1815년을 상기시키며, 그간의 역사 흐름을 보면 서로 동화될 수 없는 정치 세력들에게 다 같이 전쟁의 승리를 위해 일어나라고 선동하고 있다. 그보다 3일 전인 7월 13일에는 "나폴레옹 3세 정부는 나폴레옹 4세 정부가 나아갈 길에서 그 첫 발걸음에 방해가 될 수 있는 모든 돌멩이들을 거두어들여야 할 책무가 있다"고 역설하면서 제정의 영구한 번영을 위하여 전쟁은 절대적으로 필요하다고 궤변을 늘어놓았다. 랭보는 이러한 보수파의 대표적 신문을 조롱의 대상으로 삼음으로써 공화파의 견해를 대변하고 있으며, "1792년의 조상"에 대한 격렬한 찬사를 통하여, 80년을 사이에 둔 두 전쟁의 이질성을 강조한다.

7~8행: "**죽음**이, 소생시키려고,/묵은 밭고랑에, 씨 뿌려놓은 **병사**들"—신화의 담론에서 차용한 표현. 테베의 건립자 카드모스가 자신이 죽인 거대한 용의 이빨들을 밭에 뿌리자 땅에서 병사들이 솟아났고, 그 병사들 중에서 끝까지 살아남은 자들이 그와 함께 테베의 선조가 되었다. 이 시는 수많은 전사자들이 카드모스의 병사들처럼 죽음의 신에 의해 소생되어 새로운 공화국을 건립할 것이라는 희망을 드러내고 있다.

10행: "발미의, 플뢰뤼스의, 이탈리아의 **전사자**들"—랭보의 선생이었던 이장바르에 따르면 1870년 7월 18일 첫 수업이 끝난 후 랭보가 이 시를 전해주었으며 제목은 「발미의 전사자들에게」였다고 한다. 그러나 『드므니 문집』에는 제목이 없으며, 쓰인 시기와 장소가 "1870년 9월 3일, 마자스"로 되어 있다. 랭보가 '발미의 전사자들'을 제목으로 선택했을 가능성은 충분하다. 발미의 전투에서 프랑스가 승리를 기둔 것은 1792년 9월 20일이며, 그다음 날에 제1공화국이 선포된다. 한편 주르당 장군이 이끈 '플뢰뤼스 전투'는 1794년의 일이며, '이탈리아 원정'은 1791년부터 1796년까지 장기간에 걸친 것이었는데, 그 결과 이탈리아에 공화정이 수립되었다.

11행: "백만 명의 예수들"—공화국을 위하여 전사한 병사들을 예루살렘의 지식인들에 의해 십자가에 처형당한 뒤 부활한 "백만 명의 예수들"로 규정하고 있다. 그러나 랭보가 기독교적 은총을 염두에 두고 이런 시적 표현을 한 것은 아닐 것이다. 다만 예수의 부활의 이미지만을 차용한 것이다. 사실 랭보의 반교권주의는 예수 자체에 대한 거부보다는 문자 그대로 교권에 대한 거부이며, 기독교 교리의 허구성에 대한 반감이었다. 이렇게 프로이센 군인들에 대항하며 제1공화정을 위하여 죽어간 넋을 예수와 비교하면서, 왕당파나 보나파르트파에게 복종하게 되는 역사를 랭보는 통렬히 비꼬고 있다.

12행: "왕들 아래서 허리 굽은 우리들"—역사를 후퇴시킨 왕정 복고 시대부터 7월 왕정을 거쳐 제2제정에 이르는 모든 "왕들"에게 굴복한 채, 대혁명 이후 공화국을 위해 죽어간 "백만 명의 예수들"을 소생시키지 못했던 비겁한 자들, 그런 "우리들"에게 더구나 보나파르트파가 1792년의 위대한 전사자들에 대해 말하는 것은 랭보가 보기에 역사적 아이러니가 분명하다.

시 말미의 장소와 날짜: "1870년 9월 3일, 마자스에서"—『드므니 문집』에 나타나 있는 이 날짜는 랭보가 시를 필사한 시점이면서 동시에 제3공화국의 선포를 하루 앞둔 날이기도 하다. 아마 제2제정의 마지막 날이라는 점에서 시의 상징적 집필일로 선택되었는지도 모른다. "마자스" 감옥 또한 공화주의자들이 드나들었던 곳으로 동일한 상징성을 띠고 있다. "마자스에 있을수록, 공화국 안에 있는 것"이라는 빅토르 위고의 말처럼, 그곳은 제2의 바스티유 감옥이었다. 보나파르트라는 가문은 프랑스의 제1공화정과 제2공화정을 모두 무너뜨린 악의 상징으로 설정된 것이다.

(45) 음악에 부쳐

시인의 고향 샤를빌 역 광장에서 열린 군악대의 연주회를 배경으로 시골 부르주아들의 가식적이고 천박한 행티를 풍자적으로 묘사하는 시다. 시골 소읍의 속악한 문화와 인습적 사고에 대한 반항심이 젊은 시인의 갓 눈뜨기 시작한 성적 욕구와 결부되어 있는 점이 흥미롭다. 랭보 연구자들은 당시 연주회 일정과 프로그램을 조사하여 이 시가 1870년 7월 7일 이후에 쓰인 것으로 보고 있는데, 그의 선생인 이장바르의 증언이나 또한 군악대의 한가로운 연주회 풍경을 고려할 때, 보불전쟁이 발발한 7월 19일 이전으로 제작 시기를 한정해야 할 것 같다. 보들레르도 위고에게 보낸 「작은 노파들」의 3부에서 군악대의 연주회에 대해 말하고 있지만, 랭보가 시적 영감을 받은 것은 글라티니의 「겨울 산책들」로 보인다. 시의 두 가지 판본, 즉 랭보로부터 직접 받아 이장바르가 갖고 있던 1870년 7월의 원고와 랭보가 같은 해 10월 두에에서 필사하여 『드므니 문집』에 넣은 필사본을 비교해보면, 랭보의 시적 진보의 속도를 가늠할 수 있다.

6행: "**피리 왈츠**"—1870년 7월 7일에 있었던 음악회의 프로그램에 들어 있던 것인데, 보다 정확하게 말하면 "피리의 마주르카 폴카"이다.

8행: "시계 장식줄에 매달려 있다"—1870년 7월의 원고에는 "시계 장식줄을 보여주고 있다"로 되어 있다. "공증인"이라는 부르주아의 행동을 우스꽝스럽게 묘사했다.

10행: "부은 듯 뚱뚱한 사무직들"—향후 랭보가 쓰게 될 「앉아 있는 자들」의 출발점이 되는 존재들이다. 관습에 안주하는 자들의 상징이기도 하다.

10~12행: 여자들에 대한 시인의 독특한 관심이 드러난다. 특히 뚱뚱한 부르주아 부인들과 그 옆에 아첨 떨며 따라붙는 가냘픈 여자들을 덩치 큰 코끼리와 작은 조련사로 설정하는 시인의 재치를 엿볼 수 있다.

14행: "지팡이로 모래를 뒤적이며"—원어 동사 "tisonner"는 불을 쑤셔 일으키거나 뒤적거리는 행위를 의미하며, 회고한다는 비유적인 뜻으로 사용된다. 지난 "조약"에 대해 회상하며 "식료품" 상인들이 모래를 뒤적이고 있는 것이다. 그런데, 1870년의 시행은 '줄을 긋다'라는 뜻의 "rayer"로 되어 있다. 지팡이로 모래 위에 단순히 줄을 긋는 행위보다, 불 쑤시듯 뒤적거리는 것이 보다 더 깊은 시적 함의를 담고 있다.

15행: "조약들"—당시 독일의 여러 지방 정부들 간에 맺은 조약들을 의미하는 듯하다. 이 조약들이 향후 프랑스에 미칠 영향에 대해 "은퇴한 식료품상"들이 "진지하게 논"한다는 것인데, 곧 발발될 보불전쟁과의 연관성을 생각할 때 개연성 있는 추측이다. 랭보는 보불전쟁 당시의 편지에서 고향 도시 부르주아들의 궐기를 오히려 우스꽝스러운 것으로 간주하며 조소하기도 하였다.

19행: "오냉"—프랑스 발랑시엔 지방의 마을 이름. 이곳에서 담배 파이프를 많이 생산했다.

24~36행: 여자들이 남자들의 유희 대상으로 등장하며, 그것을 바라보는 "나"의 욕정이 점차 증대되고 있다. 「첫날밤」「소설」「겨울을 위하여 꿈을 꾸었고」「초록 선술집에서」「짓궂은 여자」 등의 랭보 초기 시에서 주요 테마였던 순수하고 어설픈 사랑에 대한 묘사를 여기서도 볼 수 있다.

36행: "내 입술로 다가오는 입맞춤을 느낀다"—이장바르는 랭보가 어느 날 수업시간 후 자신에게 여러 편의 시들을 보여주었는데, 이 시가 그중 하나라며, 시의 마지막 행이 수정된 과정을 설명한 바 있다. 즉, "그리고 내 격렬한 욕정이 그녀들 입술에 매달린다"라는 시구가 수줍은 학생의 겸손한 태도와는 어울리지 않는 과도한 표현이라는 이유로 이장바르가 현재와 같이 고쳐주었고, 랭보가 이를 받아들였다는 것이다. 그러나 수정되기 전의 것이 시의 전체적 흐름과 더 잘 어울린다고 생각된다. 이장바르의 수정으로 인해 시적 감정의 밀도와 긴장이 낮아진 셈이다.

(48) 물에서 태어나는 베누스

랭보가 1870년 8월 25일 당시 두에에 체류 중이던 이장바르에게 편지와 함께 보낸 시. 랭보는 "선생님께 몇 편의 시를 보냅니다. 제가 시를 지을 때처럼, 햇살이 내리쬐는 아침에 읽어보십시오"라는 말과 함께, 방빌에게 시를 보낼 때와는 달리 편지 속에 시들을 삽입시키지 않고 별도로 엮어 발송했다.

시의 원고가 이장바르의 손에 있었다는 점, 원고에 1870년 7월 27일이라는 날짜가 들어 있는데 이장바르는 그보다 앞선 7월 24일에 샤를빌을 떠났다는 점 등을 고려할 때, 이 시는 위의 편지에서 말하는 "몇 편의 시" 중 하나로 보인다.

이 작품은 여성에 대한 관능적 쾌락과 혐오감을 지극히 사실주의적인 감각으로 표현하고 있다. 어조는 「음악에 부쳐」에서 부르주아 여인을 빈정거리거나 젊은 처녀들에 대한 순진한 욕망을 토로할 때의 그것보다 훨씬 더 난폭하다. 특히 절대미의 상징인 "베누스"와 육체적 균형을 잃은 추한 창녀 "클라라 베누스"와의 격렬한 대조는 그 자체로 매우 기이한 느낌을 준다. 이 괴상한 베누스는 글라티니의 「음침한 동굴」에서 착상을 얻은 것으로 여겨진다. 이 시에는 팔에 "피에르와 롤로트"라는 문신을 새긴 여자가 묘사되어 있는데, 이는 그녀와 그 애인의 이름이다. 당시 창녀의 기둥서방들은 자신의 이름을 여자의 몸에 새겨 넣어 자신이 그 소유주임을 표시했다. 이 「물에서 태어나는 베누스」의 허리에서 읽게 되는 라틴어 이름 "클라라 베누스"는 아마 이 여자의 별명일 것이다. 그러나 문신이 팔이 아니라 허리에 새겨졌으며, 게다가 그것이 애인이나 기둥서방의 이름이 아니라 창녀 자신의 것이라는 점에 주목할 필요가 있다. 여자를 혐오하고 그 육체를 추한 것으로 믿고 있는 랭보로서는 거기에 남자의 이름을 넣고 싶지 않았던 것일까. 그러나 이 점을 랭보의 동성애와 연결시킬 수 있다는 생각은 성급한 판단이다.

아프로디테(베누스)는 우라노스의 잘려 나간 성기가 바닷물에 떨어져 거품과 함께 떠돌다가 서풍에 실려 키프로스 섬에 닿아 태어나게 되었다. 우리가 흔히 이 시의 제목처럼 '물에서 태어나는 베누스'라고 칭하는 것은 이런 탄생의 기원에서 연유하는데, 랭보는 아프로디테가 바닷물이 아니라 목욕탕 욕조에서 나오는 것으로 그렸으며, 파리스의 심판을 통해 지상 최고의 미인으로 등극한 여신을 "포마드를 잔뜩 바른 여자"로, 특히 2연과 3연에서는 육체적으로 혐오감을 일으킬 수 있는 추녀로 묘사하고 있다. 완벽한 미의 상징인 베누스를 육체적 균형이 깨져 있는 추한 창녀 "클라라 베누스"와 대조시킴으로써 시적 효과를 극대화한 점이 돋보인다. 애욕의 여신인 베누스의 탄생은 많은 예술가들에게 창작의 원천을 제공해왔고, 예술가들은 가능한 한 아름답고 성스럽게 그녀의 몸매를 그려냈으며 순수의 상징으로 삼았다. 이런 점에서 볼 때 이 작품은 신화의 패러디에 머무는 것이 아니라 기존의 모든 예술에 대한 도전인 것이다.

이 시기에 랭보가 시적 원천을 뛰어넘어 절대적 미의 추구를 지상 과제로 하는 순수예술론에 대한 완전한 부정으로 치닫고 있다는 점에 주목해야 한다. 『일뤼미나시옹』의 산문시에 이르면 랭보는 신화 담론과 시학에 대한 성찰에서 나오는 시구를 쓰게 된다. "사랑한다는 것은 프시케의 재난이었던가 힘이었던가"(「청춘」)라는 질문이 바로 그것이다. 에로스가 사랑하는 프시케에 대한 아프로디테의 질투와 박해를 암시하는 이 글은 천상의 미를 그 존재 이유로 삼았던 애욕의 여신 아프로디테의 소멸을 의미한다. 미와 서정을 추구하는 주관적 시의 파멸("재난") 속에서 다가오는 객관적 시의 동력("힘")을 얻어내는 랭보 후기 산문시의 중요한 테마를 아프로디테의 완벽한 미의 소멸로 그려낸 것이다. 랭보의 시에서 시어의 힘으로 신화 담론의 경계 확장이 성취되는 것을 우리는 확인하게 된다.

11행: "돋보기"—원어인 "loupe"는 본래 '종창'이나 '혹'이라는 뜻인데, 후에 광학 분야에서 혹처럼 둥근 유리인 돋보기라는 뜻으로 사용되었다. 물론 여기서는 일차적으로 "돋보기"라는 뜻을 지니지만, '종창'이나 '혹'이라는 원래의 의미가 배제된 것은 아니다.

13~14행: 시 전체를 압축하고 있는 시행들. 여자 육체의 관능미와 추악함이 "징그럽게 예"쁜 "커다란 엉덩이"란 표현 속에 교묘히 어울려 있으며, 특히 "항문에 돋은 종기"는 11행의 중의적인 낱말 "loupe"와 연관을 이뤄 여인의 육체의 병적 특성을 강조한다.

(49) 첫날밤

이 시는 판본에 따라 세 가지 다른 제목을 지니고 있다. 이장바르가 소장했던 원고에서는 「세 번 입맞춤의 코미디」였던 것이, 1870년 8월 13일 자 『라 샤르주』지에 발표될 때는 「세 번의 입맞춤」으로 줄어들었고, 가을에 필사된 『드므니 문집』에서는 「첫날밤」이라는 완전히 다른 제목이 붙여졌다. 이 시는 1870년 8월 25일 편지와 함께 이장바르에게 발송된 작품 가운데 하나라는 견해와, 보불전쟁 발발 전에 쓰인 다른 시들과 마찬가지로 어조가 가볍고 아직은 조롱과 풍자에 크게 기울어지지 않았다는 점에서 문제의 편지 이전에 이미 이장바르의 손으로 넘어가 있던 작품일 것이라는 의견이 서로 엇갈리고 있다.

8월 25일에 발송된 것으로 보이는 「물에서 태어나는 베누스」나 「니나의 대꾸」와는 어휘와 그 색채에서 분명히 구별되는 이 시의 제작 시점은 5월 내지 6월로 잡을 수 있으며, 그 후 랭보는 이 최초의 원고에 약간의 수정을 가하여 8월 13일 자 잡지에 실었고, 곧이어 8월 25일에는 어떤 이유인지는 알 수 없으나 수정되기 전의 원고를 이장바르에게 보냈으리라는 가설을 배제할 수 없다. 그러나 랭보는 「세 번의 입맞춤」에 "코미디"라는 용어를 덧붙임으로써, "반나체"인 여자와의 점차 노골적이 되는 입맞춤의 단계를 3막의 극 형식으로 강조하고, '창밖의 나무'라는, 밖에서 엿보는 관객의 설정을 정당화한다는 점에서, 8월 13일 자 잡지에 실린 것이 최초의 판본임을 짐작할 수 있다. 따라서 이 작품은 봄에 쓰인 것이 아니라 전쟁 발발 직후에, 「니나의 대꾸」와 거의 같은 시기에 쓰였다는 견해도 충분히 가능하다. 게다가 이 두 시는 모두 여인에 대한 사랑을 시도한다는 유사한 주제를 담고 있다.

(51) 니나의 대꾸

이장바르가 지니고 있던 이 시의 원고는 '니나를 붙잡고 있는 것'이라는 약간 다른 제목을 달고 있었으며, 그 하단에는 1870년 8월 15일이라는 날짜가 기입되어 있다. 이 시가 「물에서 태어나는 베누스」와 마찬가지로 1870년 8월 25일 자 편지와 함께 이장바르에게 발송되었으리라는 추정은 이 날짜를 근거로 한 것이다.

봄의 생명력이 새롭게 약동하는 자연 속으로 신선한 아침 햇살을 받으며 떠나고자 하는 "그"의 희망이 "니나"라는 여인에 대한 애욕과 어우러지는 도입부는, 어느 여름날의 행복한 방랑을 꿈꾸며 희망에 차 있는 1870년 봄의 시 「감각」을 연상하게 한다. 그러나 이 시에서 사용된 동사들의 조건법 시제는 벌써 이 희망이 완성될 수 없음을 뜻한다. 이 점에서, 시를 마감하는 "그럼 내 사무실은?"이라는 니나의 짧은 대꾸는 매우 복잡한 정황을 함축한다. 일차적으로 그것은 사무실에 갇혀 '새로운 세계'를 꿈꿀 수 없는 소시민 처녀의 가련한 처지에 대한 풍자와 고발이지만, 또 다른 면에서는 자신의 시적 열망을 스스로 부정해야 하는 랭보의 좌절감을 나타낸다. 봄날의 들판을 그리는 시어는 화려하나, 그것으로 한 여자를 유혹하지는 못한다. 대자연과 흠없이 결합하리라는 열망은 그 현란한 수사 속에서 이미 실패가 예견되며, 이러한 좌절감이 시인의 사랑을 이해하려 하지 않는 여자의 태도 속에 집약적으로 표현되어 있다.

이 「니나의 대꾸」를 비롯하여 1870년 여름 혹은 보불전쟁 발발 전후에 쓴 것으로 추정되는 시편들은 무엇보다도 여성관에서 봄의 시편들과 구별된다. 이제 랭보의 시 세계에서 여자에 대한 사랑은 비현실적인 몽상으로만 존재하며, 여자는 「첫날밤」의 경우처럼 가벼운 장난 내지는 '코미디'의 대상으로 격하되고, 여자의 육체는 「물에서 태어나는 베누스」에서처럼 혐오스러운 것이 된다. 이 시에서도 역시 여성을 비하하고 있는데, 「감각」의 마지막 행에서 읽을 수 있었던 자연과 시인의 일종의 성애적인 합일이 좌절된 곳에, 여성에 대한 환멸과 시인을 이해하지 못하는 사회에 대한 원한이 겹쳐 나타난다는 점을 특히 주목할 수 있다. 그러나 이 여성-자연의 생산력은 파리코뮌을 거치면서 탄생하는 1871년의 시편들에서 잠시 역사적 변혁의 힘으로 변형되어 나타난다는 점을 짚고 넘어갈 필요가 있다. 바로 「잔마리의 손」이 그것이다. 한편 이 시에서 여성-자연에 대한 믿음의 동요를 반증하는 생경하고 강렬한 색채들을 느낄 수 있는데, 이는 이후 랭보가 시도하게 되는 '투시자의 시학' 또는 '착란의 시학'의 맹아이자 잠재적 형태라고 이해할 수 있으리라.

(58) 놀란 아이들

1871년 6월 20일, 랭보는 출판사 르메르를 통해 『반란과 평정』의 저자 장 에카르에게 책 한 권을 보내줄 것을 요청하는 편지를 보낸다. 이러한 요청은 단 한 줄의 짤막한 추신의 형태로 덧붙여졌고, 사실상 「놀란 아이들」의 자필 원고가 이 편지의 전체를 차지한다. 원고 하단에 "〔18〕70년 9월 20일"로 적시된 바와 같이, 이 시는 1870년도의 작품이다. 그런데 에카르에게 편지를 발송한 '1871년 6월 20일'이란 시점은, 랭보가 드므니에게 1870년 가을 자신이 두에에 체류하며 정리하고 필사한 시들을 모두 불태워버리라고 강하게 요청한 지 불과 열흘밖에 지나지 않은 때이다. 결국 1870년의 작품들 중에서 오로지 이 시만 그 가치가 부정되지 않은 셈이다.

곧이어 가을, 랭보가 베를렌에게 보낸 두 통의 편지에 담긴 여러 시편들 중에 「놀란 아이들」이 포함되어 있는 사실이 이를 다시 증명하고 있다. 전적으로 거부되고 있는 1870년도의 시들 중에서 이 시만 저자 자신에 의해 보호될 만한 것인가 하는 의문은 지속적으로 제기되어왔다.

랭보가 1870년 가을의 시를 다음 해 6월에 필사하여 『반란과 평정』의 저자에게 발송할 때는 이미 5월 13일과 15일에 이장바르와 드므니에게 「처형당한 가슴」(「어릿광대의 가슴」의 원본)「파리 전가」「나의 작은 연인들」「웅크린 모습들」을 보내고, 6월 10일에 또다시 드므니에게 「일곱 살의 시인들」「교회의 빈민들」「어릿광대의 가슴」 등 사회의 현실적 상황과 관련된 중요한 여러 편의 시를 편지의 형태로 보낸 뒤였다. 그리고 방빌에게 8월 15일 「꽃에 관하여 시인에게 말해진 것」을 발송한 이후, 베를렌에게도 또 다른 것과 함께 이 시를 보냈던 것이다.

어린 시절의 시인의 모습이 담겨 있는 「일곱 살의 시인들」과 배고프고 가련한 자들을 소재로 반종교적인 사상을 표출하는 「교회의 빈민들」은, 한겨울 넝마를 걸친 어린아이들이 환기창을 통해 빵 굽는 자를 바라보며 새로운 영혼의 탄생을 즐기는 모습을 풍자적으로 그린 이 「놀란 아이들」과 어떤 공통점이 있음을 알 수 있다. 이들 시편에는 모두 소외되고 핍박받는 자들의 정신적이고 물질적 빈곤 상태에 대한 고발과 그것이 초극되는 세계에 대한 암시가 작가의 자전적 시각을 통해 표현되고 있다. 특히 랭보가 「일곱 살의 시인들」을 1870년 가을에 썼다는 이장바르의 기억에만 지나치게 의존하지 않더라도, 시적 감수성의 면에서 살펴볼 때 이미 1870년 가을에는 적어도 시의 윤곽이 잡혀 있었을 것이라는 이브 본푸아의 가설은 이 공통점으로 더욱 신빙성을 얻는다. 「교회의 빈민들」에 억압받는 계층에 대한 연민과 그들의 굴종적인 태도에 대한 분노가 반교권주의와 결합되어 있는 점을 감안한다면, 두에의 행복한 시절에 필사한 시편들을 모두 부정하면서도 이 「놀란 아이들」에 대해서만은 랭보가 애착을 버리지 않았던 것을 이해할 수 있다.

또한 제목 자체에 랭보적인 함의가 담겨 있다. 대부분의 주석가들이 언급하고 있듯이, "놀라게 하다effarer"라는 동사는 「오필리아」에서부터 시적 의미를 부여받고 있으며, 「목신의 머리」「웅크린 모습들」「파리의 향연」「일곱 살의 시인들」 등에서 여러 형태와 뜻으로 반복되고 있고, 특히 1871년 5월 15일 자 드므니에게 보낸 일명 '투시자의 편지'에서 스스로를 "놀란 가련한 자"로 칭함으로써 의미를 더했다. 1878년 영국 잡지에서 단순히 「가련한 어린아이들」이란 제목으로 소개되었던 것은 바로 본래의 제목을 영국 독자들이

제대로 이해할 수 없으리라 생각한 편집자의 의도적인 변형으로 보이는데, 이 시의 2행에 나오는, 대단히 랭보적인 시어인 "엉덩이cul"가 이 판본에서는 "등dos"으로 바뀐 것도 같은 맥락으로 파악할 수 있다. 자필 원고로는 『드므니 문집』의 것과 에카르에게 보낸 편지에 실린 것 등 두 가지가 있으며, 타인에 의해 복사된 것으로는 『베를렌 노트』가 있다. 들라에가 베를렌을 위하여 복사해 발송한 것이 얼마 후 베를렌 자신이 파리에서 복사한 것과 다르다면 이본(異本)의 수는 더욱 늘어난다. 이것들의 비교 검토는 시의 형성 과정과 시인의 시적 진보를 가늠하기 위해 필수불가결한 매우 중요한 작업이다.

26행: "가엾은 꼬마들"—자필 원고와는 달리 베를렌이 복사한 판본에는 "가련한 예수들"로 바뀌어 있다. 1870년 가을의 시에 특별한 애착을 갖고 지속적으로 관찰한 랭보 자신의 진전된 사고의 표현인 것이다. 또한 랭보의 반교권주의를 확연하게 드러내고 있으며 1871년도 시와의 연관성을 확인시켜주고 있다.

(61) 소설

「첫날밤」「니나의 대꾸」와 같이 여성에 대한 랭보의 어설픈 사랑이 담긴 시. 이와 함께 자유를 꿈꾸는 방랑자의 꿈도 담겨 있다. 말미에 적힌 "1870년 9월 29일"은 랭보가 두에에 체류하며 『드므니 문집』을 작성하던 시기와 일치한다. 말하자면 그가 고향을 떠나 파리를 거쳐, 그의 학교 선생님인 이장바르의 이모가 사는 두에로 인도되는 과정에서 겪었던 방랑의 체험을 담은 것으로 볼 수 있다. 그러나 1870년 후반기의 작품에서부터 나타나는 시어 혹은 시적 구문의 대담함이 아직 보이지 않는다는 점에서 1870년 전반기에 쓰인 것으로 분류하기도 한다. 특히 5행의 "상큼한 6월 저녁", 13행의 "6월의 밤!" 그리고 25행의 "8월까지"라는 표현은 랭보가 6월에 행했던 어느 방랑의 체험을 묘사한 것으로 판단하는 근거가 되고 있다. 그런데 왜 시의 제목이

「소설」일까? 우선 이 제목은 17행의 "미친 가슴은 소설들을 가로질러 로빈스 크루소처럼 방황한다"에서 온 것으로 보인다. 우리가 '소설'이라고 번역하는 프랑스어의 '로망'은 중세에는 라틴어가 아닌 로망어로 쓰인 서민들의 이야기를 의미했는데, 랭보가 여기서 단어의 본래적 의미에 집착하는 것은 아니나, 환상적이고 비논리적인 꿈의 이야기라는 뜻을 이 제목에 부여하고 싶었던 것 같다. "열일곱" 살의 청년이 행하는 모험은 소설 속의 로빈슨 크루소와 같은 것이며 이는 "미친 가슴"이 아니면 성취할 수 없는 "로망"적인 방랑임을 강조하고 있는 것이다.

13~14행: 「나의 방랑」을 연상시키고 있다.

15~16행: 「음악에 부쳐」와 같이 심리적으로 여성과 애무하고 있음을 표현한다.

18~20행: 시의 전체적인 분위기와는 다른 매우 독특하고 기이한 표현으로 이후에 다가오는 시를 예고하는 듯하다.

21~24행: 「음악에 부쳐」의 후반부와 동일한 시적 감각이다.

24행: "카바티나"—아리아보다 짧고 반복되지 않는 독창곡 혹은 고독한 선율의 짧은 멜로디의 곡.

(64) 악(惡)

『드므니 문집』에 들어 있는 시로, 앞의 두 연은 보불전쟁의 참상을 조롱조로 환기시키면서 죽어간 자들을 애도하고 있으며, 뒤의 두 연은 그러한 사회적 그리고 정치적 불행 속에서도 종교가 누리고 있는 호사를 풍자적으로 그리고 있다. 즉, 랭보의 반제국주의와 반교권주의가 동시에 드러난 소네트인 것이다. 마치 그림의 폭을 양분해 두 가지 모습을 그린 풍자화를 연상시킨다. 이것은 상상의 그림이든 실제의 그림이든 회화적인 평면 구성 속에서 시적인 구도를 만들고, 인간들이 유발시키고 있는 참화와 그에 뒤이어야 할 인류의 진보를 표출하고 있는 산문시 「신비」의 초벌과 같은 것이다. 문장의 생략과 절제 그리고 시어의 상징을 통해 시적 메시지를 세분화된 평면과 공간 속에서 급박하게 전달하고 있는 이 산문시에 비해 「악」의 시적 대상은 분명하고 따라서 그 긴장도는 훨씬 떨어지고 있다. 그러나 시인의 눈에 비친 1870년 여름 프랑스의 종교, 정치, 사회 현상을 풍자와 조롱으로 신랄하게 그려낸 점이 돋보이는 시다.

랭보가 비판하고 있는 것은 교회와 제정의 결탁이다. 즉, 전쟁과 죽음이 가톨릭 교권 강화에 유리하다는 일종의 반혁명적 신학을 겨냥하고 있는 것이다. 산탄이 하늘로 날아가는 소리를 "휘파람 불고"로 표현하고, 참혹한 전장에서 병사들을 "비웃는" 왕이 등장하며, 교회 내에서 한가롭게 어떤 "신"이 찬송가 속에서 잠을 자고 있는 모습 등은 시의 냉소적인 유머이다. 프랑스의 적은 더 이상 프로이센이 아니다. "왕"의 "무시무시한 광기"로 진행되고 있는 전쟁 자체이며 그 전쟁 속에서 화려한 제단을 자랑하는 가톨릭의 위선이므로, 시적 조롱과 냉소가 저항의 바탕이 되었다.

1~4행: "진홍색 혹은 녹색 옷 군대", 즉 교전 중의 프랑스와 프로이센 양 진영 모두 "왕"의 조롱을 받고 있다. 원문에서 대문자의 "Roi"로 표기되어 있는 "왕"이 나폴레옹 3세를 가리키든 혹은 프로이센의 왕을 일컫든 간에 시적 의미가 변하는 것은 아니다. 대혁명 이후 1870년 보불전쟁에 이르기까지 공화정, 제정, 왕정이 반복되는 역사 속에서 인류의 불행을 책임져야 할 모든 왕들을 포괄적으로 지칭하기 때문이다. 이 "왕"은 제단의 화려함에 즐거워하고 평화를 갈구하는 인간들의 찬송과 기도에 눈감고 있는 어떤 "신"(9행)처럼, 인간의 참화를 즐기고 조롱하는 존재의 상징이다. 특히, 원시에는 신 앞에 부정관사 "un"가 있는데, 이는 기독교의 신보다는 교황 등의 교회 권력자를 지칭하기 위한 것일지도 모른다. 랭보가 겨냥하는 것은 교황 지상주의이며, 이런 교권을 지지하는 지식인들에 의해 전쟁이 민중들에게 오도되고 있는 점이다.

5~8행: 원문으로 보면 어떤 신과 왕의 행위는 모두 현재형으로 표현되

고 있는데 오직 "자연이여! 저자들을 성스럽게 지었던 그대여……!"라는 부분에서만 동사가 단순과거형으로 되어 있다. 이것은 보불전쟁 직전에 쓰인 「"92년과 93년의 전사자들이여……"」에서 표현된, 제1공화국의 성취를 위하여 죽어간 병사들의 위대함이란 주제와 관련된다. 그렇다면 여기서 "자연"이란 바로 이 병사들을 "성스럽게 지었던" 공화국 그 자체가 되는 것이며, 시인은 "왕"과 "신"을 "자연"과 대비시킴으로써, 특히 그 "자연"의 역할에 관련된 두 행을 시의 중심부에 이음표를 사이에 두고 독립적으로 표현해냄으로써, 시적 효과를 더욱 극명하게 드러내고 있다. 자연에 직접 화법으로 말을 던지는 기법은 「골짜기에 잠든 자」를 연상시킨다. 즉, 7~8행은 「골짜기에 잠든 자」의 출발점이 되고 있다. "여름날, 풀밭에서" 죽어 누워 있는 병사들을 성스럽게 만들어주는 것은 자연이기에, 특히 이 두 시의 연관성은 강하게 드러난다. 또한 전쟁의 공포와 아들들의 죽음에 대한 걱정과 "고뇌 속에 움츠린" 채 "낡아빠진 검은 보네 아래" 흐느끼는 어머니들(12~13행)은 바로 이런 병사들의 어머니이며 앞서 나온 시 「대장장이」에서 자식 잃고 눈물 흘리는 보네를 쓴 "노파들"(118~119행)에 다름 아니다. 「악」에서는 분노와 증오가 직접적으로 표현되고 많은 병사들의 학살이 묘사되어 있으나, 「골짜기에 잠든 자」에서는 그것을 시적으로 승화시킨 표현주의적 색채가 돋보이며 제국에 대한 반감을 병사 한 명의 전사에 초점을 맞추어 간명하면서도 강렬하게 드러내고 있다.

9~14행: 전장의 폐허 속에 팽개쳐진 가련한 민중에게는 무관심한 교회가 제정 아래서 오히려 강화된 특권을 누리고 있음을 보여준다. 즉, 보나파르트파의 권력과 교권의 연합은 이렇게 악의 절정을 만드는 것이다. 랭보가 여기서 부유한 사람들과 화려한 제단에 대해서는 경멸의 웃음을 짓고 못본 체하며, 오직 동전 한 닢밖에 없는 가난한 자들, 전쟁의 참화로 겁에 질린 어머니들에게는 애정을 갖고 있는 신을 표현하고 있다고 해석해보자. 즉, 기독교 자체에 대한 비난이 아니라, "능직 제단 보" "거대한 황금 성배" 등의, 교회의 외형적 화려함과 그것에 집착하는 당시 교회에 대한 비판이 담겨 있다

는 것이다. 이러한 해석은 「악」을 반종교적인 시편이 아니라, 반교권주의적인 작품으로 간주해야 한다는 것인데, 이것은 「"92년과 93년의 전사자들이여……"」에서 공화국을 위하여 죽어간 병사들을 "어둡고 온화한 눈을 지닌 백만 명의 예수들"로 칭송한 맥락과 일치한다.

(65) 황제의 분노

스당 전투에서 패하여 프로이센 군의 포로가 된 뒤, 빌헬름쇠헤 성에서 억류 생활을 하고 있는 나폴레옹 3세의 풍자적 초상이라고 일컬을 만한 시이다. 시의 제작 시점은 이 주제와 관련하여 황제가 항복한 1870년 9월 2일 이후, 랭보가 두에에서 15편의 시를 필사하여 『드므니 문집』의 제1권을 만들고 다시 고향으로 돌아오는 9월 26일 사이로 추정할 수 있다. 이 시가 문집의 마지막 자리에 놓여 있고, 또한 시인이 몰락한 황제의 풍자화를 보고 이 시의 주제를 설정했을 가능성이 높다는 점에서, 제2제정이 몰락한 직후인 9월 초보다는 다소 시간이 흐른 뒤, 즉 9월 26일에 가까운 때에 쓰인 듯하다.

전쟁은 끝났고 공화국이 출범했다. 이 시는 몰락한 황제의 비참한 초상을 그리면서 역사의 교훈이 무엇인가를 분명히 전달한다. 감금된 나폴레옹 3세는 평상복을 입은 채 프로이센의 왕인 귀욤, 즉 빌헬름 1세의 궁전 뜰을 거닐며 자신이 거처하던 튈르리와 생클루의 궁들을 생각하고, 1870년 7월 19일 입법원에서 프로이센과의 개전을 선포한 "안경 쓴 공모자" 에밀 올리비에를 원망하고 있다. 1851년 12월 2일의 친위 쿠데타, 그리고 뒤이은 제2제정 선포 이후의 "20년간의 제 잔치판"이 막을 내린 가운데, 적의 왕궁에 감금된 그의 처량하고 비참한 모습은 "파르스름한 여린 구름" 같은 제정의 허망함 그 자체이다.

랭보가 '로마의 제왕'들을 일컫는 "Césars"라는 용어를 제목으로 선택한 것은, 로마황제정치주의와 보나파르티슴을 동일시하며 프랑스인의 정신에 각

인시키려고 했던 나폴레옹 1세의 시도에 대한 비판의 의미를 지닌다. 프루동이 『12월 2일 쿠데타에 의해 나타난 사회적 혁명』에서 소위 "로마황제정치주의"라는 개념의 진지함과 가치를 인정했던 반면에, 마르크스는 「루이 보나파르트의 브뤼메르 18일」이라는 글에서 보나파르티슴의 이러한 변신의 성공을 분석하며 비웃고 있다. 랭보의 초기 판본에서는 제목 속의 "황제"가 단수형(César)으로 잘못되어 있는 경우가 더러 발견되기도 한다. 이것은 "Césars"라는 복수형을 취함으로써, 나폴레옹 3세뿐 아니라, 모든 반혁명적인 부르주아 정부의 수반을 지칭하고자 했던 시인의 의도를 간과한 것이다. 또한 "분노"라는 말에 어울리지 않게 황제의 분노는 시에서 나타나지 않는다. "이로 담배를 물고 걸어"가는 자아 집착적인 황제는 여린 구름 같은 담배연기를 날려 보내며 분노를 접어둘 수밖에 없다. "말 없는 그의 입술" "집요한 회한"만이 그 분노의 찌꺼기를 보여줄 따름이다. 패배한 제왕의 저항이란 고작 역사의 흐름 앞에서 일시적이며 순간적인 감정의 발로에 불과한 것임을 랭보는 제목을 통해 암시하고 있다. 이는 완벽한 패망을 상징하며, 역사의 반복을 용납할 수 없다는 민중의 희망은 가련한 옛 황제의 초상을 보며 새로워진다. 공화정이 다시 세워졌다는 흥분을 표현하기보다는 추락한 거인의 모습만을 차분하게 그려내는 시적 안정감은 「"92년과 93년의 전사자들이여……"」와 「악」에서 보수파와 교회의 위선, 그리고 전쟁의 참화를 거대하고 요란하게 묘사하며 조롱과 냉소를 보낸 것과는 분명히 대비된다.

에밀 리트레가 프랑스어 사전을 간행하고, 텐 혹은 르낭이 풍부한 자료와 진보된 방법론으로 역사를 정확하게 주시했으며, 공업과 상업에 있어서 괄목할 만한 성장을 거두고 대외적으로는 군사원정을 통해 1815년 이후 추락해 있던 프랑스의 위신을 되찾았던 시기임에도 불구하고, 제2제정은 자유의 억압으로 인하여 사회 내부에 위험이 도사리고 있는 불안한 정치 체제였다. 후에 이 시대의 민중의 삶을 되살려낸 졸라가 그의 작품 속에서 잘 묘사하고 있듯이, 노동자들에게 파업권이 주어졌으나 그들의 생활은 매우 비참했고, 정치적으로 자유롭지 못한 일반 시민 계급은 쾌락에 빠져들었다. 많은 공화주의자들이 카옌으로 유배당하거나 국내에서 은둔생활을 할 수밖에 없었으며, 문학 장르에 있어서 소시민들의 관심 대상은 웃고 즐길 수 있는 통속극뿐이었다.

이런 "20년간의 잔치판"에 생트뵈브나 메리메처럼 적극적으로 목소리를 낸 작가들이 있는가 하면, 1859년 황제가 자신 있게 베푼 공화주의자에 대한 부분적인 사면도 거부하고 망명지에서 자유를 기다린 위고 같은 시인들도 있었다. "입김을 불어/자유를 꺼버려야지"라고 중얼거렸던 황제의 희망과는 달리 자유는 소생했고, 오래도록 망명 생활을 하던 위고도 귀국하게 된다. 정치적 굴레와 문학의 순수성 사이에서 갈등을 겪었던 작가들과는 달리 랭보가 1870년의 "시사시편"(1871년 5월 편지에서 한 말)들을 통해 보나파르트파에게 직접적인 비판과 풍자를 던질 수 있었던 것은 시대의 변화에 따라 문학의 자율성이 성취되고 있음을 말해주고 있다. 또한 이 시편은 지식인들에게 앞으로 프로이센의 지배를 탈피하여 진정한 민중의 공화국을 세워나가는 데 필요한 하나의 지표로 제시된 것이다.

이 작품은 기법이나 착상이 「악」과 유사하나, 불행한 역사에 대한 푸념과 조롱에 머물렀던 시의 테두리를 벗어나 역사의 반전이 긍정적으로 표현되어 있는 점이 특별하다. 랭보의 반제국주의적인 사상이 개인적 반감의 수준을 극복하고 시적 성숙과 역사적 성찰을 동반하기 시작한 것이다. 이러한 새로운 역사의식은 문학의 현실참여와 관련되고 1871년 파리코뮌에 관련된 시편들을 쓰게 한다.

1행: "꽃핀 잔디밭" —나폴레옹 3세가 억류된 프로이센의 빌헬름쇠헤 성의 잔디밭. 이곳의 꽃을 보면서 이 "창백한 남자"는 "튈르리 궁의 꽃"(3행)을 회상한다.

3행: "튈르리 궁" —나폴레옹 3세의 거처였으며, 오랜 기간의 왕정 및 제정의 상징적인 궁. 파리코뮌의 '피의 주간'(1871년 5월 21일~28일)에 코뮌주의자들에 의해 파괴된다.

5행: "20년간의 제 잔치판" —1851년 12월부터 1870년 9월까지 지속된 나폴레옹 3세의 통치기간.

12행: "안경 쓴 **공모자**"—제2제정의 재상이었던 에밀 올리비에를 가리킨다. 나폴레옹 3세와 함께 프로이센에 선전포고를 한 인물. 당시의 풍자화를 보면 그의 안경은 과장되게 강조되고, 두 눈은 사시로 그려져 있다. 과거 공화주의자였던 그가 나폴레옹에 동조하여 제국주의자로 변신함으로써, 역사를 직시하지 못한 그의 오류를 풍자하는 것이다.

13행: "생클루"—나폴레옹 3세 부부의 여러 거처들 중 하나. 위고 역시 그의 『징벌 시집』에서 생클루에서의 회동 및 그곳의 꽃핀 화단을 연상시키고 있다.

(66) 겨울을 위하여 꿈을 꾸었고

랭보는 이 시가 "열차 안에서, 〔18〕70년 10월 7일"에 쓰인 것이라고 시의 하단에 적고 있다. 당시 랭보가 벨기에나 프랑스 북부 지방을 여행한 감상이 시의 원천으로 보인다. 시의 마지막 두 삼행시절은 위고의 『관조 시집』에 들어 있는 「무당벌레」로부터 시적 영감을 받은 듯하다. 위고 시의 시적 화자는 랭보의 시와 마찬가지로 열여섯 살이며, 아름다운 여자의 눈같이 흰 목덜미에 입맞춤을 하고픈 욕망을 느낀다. 그러나 그녀의 목에는 무당벌레가 앉아 있고, 그가 "신선한 입술"의 여자에게 몸을 숙여 한 일은 입맞춤이 아니라 무당벌레를 잡은 것이었다. 물론 위고의 시에는 위고 특유의 자연과의 대화—무당벌레는 시적 화자에게 말하고 있다—가 시의 주요 테마라고 볼 수 있지만, 사랑과 동물(벌레 혹은 곤충)의 상관관계를 가볍고 흥미롭게 다루고 있다는 점에서 두 시편들의 공통점을 발견할 수 있다. 두 남녀 사이에 존재하는 "무당벌레"는 "거미"로, 그들을 바라보는 숲 속의 "꾀꼬리"는 열차 차창 밖의 "검은 늑대"로 바뀌어 있을 뿐이다.

그러나 단순과거로 표현된 위고의 시와는 달리, 이곳 시행들의 단순미래는 여행의 체험에 대한 회고가 아니라, 다가오는 방랑적 삶에 대한 희망을 뚜렷이 드러내고 있다. 즉, 제목이 의미하는 바와 같이 가을에 꾸는 '겨울을 위한 꿈'이다. 랭보는 다가오는 겨울에 경험할 사랑과 여행에 대한 가벼운 꿈에 젖어 있는 것이다. 그러나 꿈을 꾸는 현재는 행복한 것 같지 않다. 여행 중 "열차 안에서" 쓴 시가 열차 안에서 일어날 사랑에 대해 말하고 있기 때문이다. 현재의 랭보는 여인과의 사랑에 실패한 자이며, 여인과의 장난기 어린 행위는 오직 꿈을 통해서 가능한 것이리라. 1870년의 전반기 시에서는 볼 수 없는 12음절 시행과 6음절 시행이 순차적으로 등장하며, 정형이 아닌 자유 소네트라는 점에서 상당히 특징적이다. 또한 어둠 속의 차창 밖 풍경을 "검은 악마들과 검은 늑대들"로 묘사하는 데서 볼 수 있듯이, 랭보의 독특한 이미지 창출이 보이기 시작하는 시편이다.

(67) 골짜기에 잠든 자

『드므니 문집』 제2권에 실려 있다. 시의 하단에 "1870년 10월"이라는 날짜가 적혀 있어서, 일반적으로 이 날짜를 시의 제작 시점으로 받아들이고 있다. 이 시가 1870년 11월에 『아르덴의 진보』라는 신문에 실렸다는 설도 있으나 확인할 바 없다. 그러나 들라에의 증언이나 또 이 시기에 랭보가 자신의 텍스트들이 출판되기를 원했던 점에 비추어 볼 때, 조작된 주장은 아니라고 짐작된다. 더구나 이 신문은 랭보가 멸시했던, 예컨대 『아르덴의 소식』과 같은 보수적인 신문이 아니라 공화파 신문이기에 가능할 법한 이야기다. 이는 시의 제작 의도와 맞물려 있다. 이 시 역시 보불전쟁을 배경으로 하고 있으나, 「악」이나 「황제의 분노」와는 여러 가지 점에서 다르다. 우선 랭보는 그의 반제국주의 사상을 명시적으로 드러내거나, 비인간적이고 대규모적인 전쟁의 참화를 거대하고 요란하게 묘사하지 않는다. 두 발의 총탄을 옆구리에 맞고 햇빛이 쏟아지고 시냇물이 흘러내리는 평화로운 계곡에 쓰러져 누워 있는 어린 병사를 설정하고, 그 죽음을 통해 조용히 그러나 강렬하게 전쟁의 비극을 전달하는 것이다. 이 시가 전쟁의 참상에 대한 고발이라는 주제를 성공적으로 표현하면서도 높은 서정성을 지니는 것도 이 때문이다.

1915년 비가 쏟아지는 어느 날, 우연히 만난 여인이 앙드레 브르통에게 낭송해주었다는 이 시는, 그때가 제1차 세계대전 중이었음을 감안해보면 어쩌면 패배적 낭만주의를 이 『나자』의 작가에게 전해주었을지도 모른다. 그러나 브르통이 이 시를 낭독하는 여인과의 만남을 산문시집 『일뤼미나시옹』의 「헌신」에 담겨 있는 "주술적 힘"과 같은 것으로 언급한다는 점에 또한 주목할 필요가 있다. 말하자면, 누워 있는 병사의 주검은 전쟁의 패배를 의미하기보다는 소생의 언어를 기다리는 제단과 같은 것이다. 이 역할은 "자연"이 할 것이다. 랭보가 자연에게 외치는 장면은 이 시가 인상주의적 화폭을 넘어 언어의 주술적 힘을 노래하고 있다는 것을 보여준다.

1~4행: 시의 묘사에 도입된 회화적 인상주의는 시의 주제를 선명한 채색과 구도 속에 담아놓는다. 그림의 배경이라고 할 수 있는 이 첫째 연은 "초록 구덩이"의 어둠처럼 짙은 골짜기의 녹음 속에서 햇빛을 은빛으로 반사하며 빠르게 흘러내리는 시냇물의 역동성, 그 은빛을 누더기처럼 찢고 있는 잡초들의 자연적인 생명력, "햇살로 거품을 이는 작은 골짜기"의 생동감을 조화롭게 배치하고 있다.

5~8행: 관찰자의 시선이 더욱더 계곡에 근접한다. 한 병사가 목을 담그고 누워 있는 파란 물냉이의 신선함과 "햇빛이 쏟아져 내리는 초록 침대"의 평화로움이 시의 끝에서 드러나게 될 비극과 대조된다. 정적인 대상과 그것을 받치고 있는 자연의 동적인 생명력이 아직은 조화를 이루고 있으며, 이 대조와 조화를 통해 어린 군인의 모습은 행복해 보인다.

9~11행: 현장에 더 가까이 다가가 살피고 있는 셋째 연에서 어린 병사는 미소 짓는 얼굴로 잠들어 있다. "병든 아이"가 미소를 짓는다면 그런 얼굴일까. 시인은 병사의 죽음을 인정하려 하지 않는다. 생명을 가진 자로서 추워하는 병사를 자연이 따뜻하게 감싸줄 것을 기대하는 것이다. 붓꽃의 노란

색—랭보의 고향이며 시의 배경인 아르덴 지방에서는 붓꽃을 보통 "글라디올러스"라고 불렀다—은 바로 그를 감싸주는 따뜻함이며, 이렇듯 자연과 잠든 자의 육신은 합일의 과정을 밟고 있다.

12~14행: 랭보는 마침내 병사가 깨어날 수 없다는 사실을 인정한다. 시인은 정적 속에 잠든 자와 자연의 생명력을 연결시켜줄 "향기"에 병사의 코가 반응하지 않음을 시인하며, 옆구리의 "붉은 구멍 두 개"로 그의 죽음을 표현한다. 이 시-그림 속에서 그것을 바라보는 시선이 마침내 옆구리의 붉은 상흔에 멎게 될 때, 전쟁의 비극이 폐부를 찌르듯 강렬하게 전달된다. 특히 이 마지막 연의 시어들은 오로지 병사의 움직이지 않는 모습만을 묘사함으로써, 자연의 생명력과의 교류가 사라진, 그러나 한 인간의 생명이 절대적으로 자연에 귀일하는, 적막과 부동의 세계 하나를 완성한다. 시의 첫머리에서 생명의 어떤 근원처럼 보이는 "초록 구덩이"가 죽음의 "붉은 구멍"으로 전도되는 곳에, 자연과 합일하려는 열망이 죽음으로만 성취된다는 또 하나의 비극이 있는 것이다.

(68) 초록 선술집에서—저녁 5시

앞의 시와 마찬가지로 『드므니 문집』의 제2권에 들어 있는 시. 『현대 파르나스』지에 방빌의 「여가를 위한 열 개의 즐거운 발라드」가 실렸는데, 그중 하나의 제목이 「선술집 여종업원을 위한 발라드」였다. 그런데 이 시에 등장하는 "초록 선술집"은 실재했던 것으로 밝혀졌다. 랭보의 여행길을 추적한 로베르 고팽은 샤를루아에서 외벽을 녹색으로 칠한 집을 찾아냈는데, 시에서 언급된 "초록 식탁"처럼 내부의 여러 가구들도 초록이었으며 간판 역시 초록색이었다고 한다. "70년 10월" 어느 날 "저녁 5시"에, 벨기에를 횡단하며 방랑하던 랭보는 이 여인숙에 들러 잠시 희귀한 행복감에 젖어 있었던 것이 분명하다. 먼 거리를 걸어온 다리의 피로, 목마름과 배고픔, 그리고 보들레르의 「만물조응」에서 보게 되는 것과 같은 향기와 색채와 육체적 욕망의 화응이 이 행복감에 이바지하게 될 것 또한 당연하다. 본푸아는 가출한 소년 시인이 현실의 분열을 잠시 잊고 그 여행의 들뜬 환상으로 행로의 사건들을 생생하게 받아들이며, "진정한 삶"의 현전을 표현하는 이 시에 특별한 가치를 부여하고 있다.

1~2행: "내 반장화는 찢겨 있었지,/길거리 자갈돌에" — "터진 주머니", 방랑길에 걸맞게 헐어버린 외투, "커다란 구멍"의 "단벌 바지"가 언급된 「나의 방랑」과 동일한 시적 표현.

3행: "**초록 선술집에서**" — 랭보는 원서에서 이 단어들을 전부 이탤릭체로 씀으로써, 선술집의 간판임을 명시하고 있다. 따라서 시 제목 역시 '초록 선술집에서 벌어진 일'이라는 의미보다는 선술집의 이름 자체인 것이다.

6~7행: "벽 장식 융단의 아주 순진한 주제들을/바라보았지" — 선술집 벽에 걸려 있는 이 태피스트리에는 "순진한 주제들"이 그려져 있다. 이들은 서민이나 농부와 같이 평범한 민중일 것이며, 방랑자 랭보는 이들에 대한 연민에 사로잡힌다. 이와 같은 가벼운 방랑의 시에서도 그의 저항의식은 잘 드러나 있다.

11행: "채색 접시" — 이 '채색 접시'로부터 후에 나오는 『일뤼미나시옹』을 생각할 수 있을까? 이 시집을 일종의 '계시 시집'으로 간주할 수 있는 것은, 일부 시편들의 신비한 미래 전망이 채색판화 혹은 채색 접시와 같은 독립된 이미지들로부터 착상을 받은 듯 보이기 때문이다. 태피스트리와 같은 장식물 속의 그림도 그 대상이 될 수 있을 것이다.

14행: "늦은 햇살 하나로 금빛 물든" — 인상주의적 필치로, 초기 랭보 시의 특징을 볼 수 있다.

(69) 짓궂은 여자

카페에 대한 묘사를 포함한 시적 풍경이 1870년 10월에 쓴 앞의 시 「초록 선술집에서」를 상기시키고 있다. 이 시기의 랭보는 벨기에와 프랑스 북부 지방을 여행하길 즐겼고, 여기서 얻은 시적 영감이 이런 자유롭고 가벼운 시편들을 만들어낸 것이다. "벨기에 음식"이 담긴 접시를 들고 커다란 의자에 앉아 "행복하여 말도 잊은" 랭보의 모습, 이 주막에서 "일하는 여자"와의 사랑에 대한 야릇한 기대 등은 랭보의 최초의 시편들에 속하는 「감각」에서 드러낸 시인의 기대에 대한 실현인 셈이다. 그러나 랭보의 운명은 이런 감상적이며 가벼운 시에서 그 의미가 규정되는 것은 아니었다.

1~2행: "니스와 과일 향기 풍기는/갈색빛 식당"—식탁이나 의자들이 "니스" 냄새를 풍기고, 햇살이나 혹은 빛바랜 가구로 인하여 "갈색빛"인 이 식당은 「장식장」 혹은 「웅크린 모습들」과 같은 시편들에서 보이는 가구들에 대한 독특한 시적 묘사력을 예고한다. 그렇지만 아직까지는 "과일 향기"와 같은 청순함과 서정의 이미지에 머물러 있으며, 표현의 독창성과 기괴함이 보이는 것은 아니다.

3행: "음식"—본래의 단어는 'mets'이지만, 랭보는 "met"로 적었다. 이 의도적인 오식은 'mets'의 's'가 탈락되어야 1행의 "parfumait(향기)"와 정형의 각운이 시각적으로도 완성된다는 것을 염두에 둔 것이다.

4행: "넓은 의자에 눌러앉았지"—「음악에 부쳐」에 나오는 "의자에 허리의 둥근 살을 붙이고 앉은 〔……〕 부르주아"라는 시행과 동일한 동사(s'épater/épater)가 사용되었다. 음식 앞에 앉아 있는 마음 편한 방랑자의 마음도 순간적으로는 부르주아와 같은가?

14행: "내 뺨이 차갑잖아"—원문은 "une froid". 냉기, 추위를 의미하는 단어 'froid'는 본래 남성이므로 'un froid'가 정확한 것이지만, 랭보는 이 장소가 벨기에이므로 그 나라의 프랑스어 표현법을 따랐다.

(70) 사르브뤼크의 빛나는 승리

이 시에서 랭보는 1870년 8월 2일에 벌어진, 보불전쟁의 사르브뤼크 전투의 승리를 그린 벨기에의 판화를 중앙, 하단, 오른쪽 면으로 나누어 차례로 묘사하고 있다. 첫째 연에서는 전투에 승리한 황제의 당당한 모습을 그리고 있으나, 다음 연에서는 그림의 아랫부분과 오른쪽 면에 위치한 병사들을 무기력하고 다소 우스꽝스럽게 표현하고 있다. 이는 전투의 결과를 보는 황제와 병사들의 자세가 확연히 다르다는 것을 보여주고 있다. 이렇게 볼 때, 멋진 말을 타고 화려한 의장에 싸여 "아주 행복하게" 가고 있는 황제도 나 혼자만의 승리에 도취한 돈키호테와 같은 사람으로 묘사되어 있는 듯하다.

『드므니 문집』 제2권에 이 시가 필사되었고 하단에 "〔18〕70년 10월"이라는 날짜가 적혀 있었는데, 이때 보불전쟁은 이미 프랑스의 패배로 종결되어 있었다. 랭보는 대개의 경우 시를 필사한 날짜를 적어두는 습관이 있었기 때문에 시의 제작 시점이 10월이라고 단정할 수는 없지만, 이 판화를 시의 소재로 선택한 것은 전쟁에서 패배할—혹은 이미 패배한—황제에 대한 조롱이 그 목적이라고 볼 수 있을 것이다. "빛나는 승리" "폐하 만세"라는 표현은 반어적인 것이며, 판화의 찬란한 채색을 강조하고 있는 것은 전투보다는 말의 장식, 무기 및 복장의 색채와 같은 부수적인 면에서 시각적 효과를 내세우는 나폴레옹 군대의 행태를 비꼬는 듯하다.

또한 판화가 "35전"에 팔린다는 것은 전투의 승리에 특별한 가치를 줄 수 없다는 말과 다름없다. 보들레르는 전투를 묘사한 그림에 대하여 "생각해보면 이런 종류의 그림은, 거짓이며 아무 의미도 아닌 것을 내세우고 있다. '진정한' 전투는 한 폭의 그림이 될 수 없다. 전투로서 이해되고 결과적으로 흥미로운 것이 되기 위해, 그것은 일렬로 선 전투부대를 가장하면서 희고, 푸르고 혹은 검은 선박에는 달리 표현할 수 없기 때문이다"(『1859년 살롱』)라며 매우 부정적으로 평가하고 있다. 진정한 전투는 그림에 온전히 드러낼 수 없을뿐더러, 애당초 나폴레옹의 승리는 허망하게 없어지는 "파르스름한 여린 구름"(「황제의 분노」)에 불과한 것이었다.

1~4행: 승리한 전투의 현장에 황제는 당당하게 오고 있다. 그런데 황제가 타고 있는 "말"은 일상적인 어휘가 아니라, 어린아이가 즐겨 쓰는 단어로 대체되어 있고, 이 단어가 다음 행에서 역시 어린아이의 용어인 "아빠"와 각운을 맞추고 있는 것은 황제의 유치한 행동을 극대화하기 위한 것이다. 그는 "뻣뻣하게" 등장하면서, 우스꽝스럽게도 어떤 때는 제우스처럼 무서운 표정이고 또 다른 때에는 자식을 대하듯 온화한 얼굴인, 일관성 없는 모습이다. 그는 모든 것을 장밋빛으로 보고 있으며, 이 판단의 오류 속에서 느끼는 그의 행복은 결국 허위로 증명되리라는 것을 랭보는 풍자하고 있다. 더구나 랭보에게서 온화하고 행복한 얼굴은 억압자 혹은 위선자의 특징으로 등장하고 있다. 예컨대 「대장장이」에서는 민중을 억압했던 자들을 "우리의 온화한 대표자님들"로 조롱했으며, 「타르튀프의 징벌」은 호색의 마음을 정결한 검은 승복 속에 감추고 "행복한 모습"으로 길을 가는 "무섭도록" 부드러운 얼굴의 타르튀프를 묘사하고 있다. 이 "벨기에 판화"에서 말을 타고 승전의 현장에 등장한 황제는 민중의 억압자이며 위선자로 랭보의 시선에 포착된 것이다.

5~8행: 다양한 색채는 치열한 전투의 흔적을 담고 있지 않다. 졸병들의 북은 금빛으로 빛나고 그들의 대포는 붉은색으로 칠해져 있다. 이 장치들은 단지 그림의 장식이며, 나폴레옹의 체제를 선전하는 도구일 뿐이다. 더구나 군인들은 낮잠 자고 있다가, 황제가 다가오자 서서히 일어서고 옷을 다시 걸치는 패잔병의 모습이다. 이러한 군인상은 후에 「어릿광대의 가슴」에서 성적인 쾌락에 열중하는 얼빠진 졸병의 모습으로 보다 더 시학적으로 묘사된다. 또한 전투의 공로자와 같은 "위대한 이름"(또는 부대장이 호명하는 병사들의 이름에 대한 반어적인 표현)을 대는 부대장의 모습에 단지 넋을 놓고 있을 뿐이다.

7행: "피투" —1852년에 나온 뒤마의 소설 『앙주 피투』에 등장하는 왕정의 풍자가요 작사가였던 루이앙주 피투를 가리킨다. 1870년에 와서 이

"피투"란 이름은 순진하고 선량한, 나아가 멍청한 군인의 상징이 된다.

9행: "샤스포 총" —1866년부터 1874년 사이에 프랑스 군대에서 사용했던 소총의 종류.

9~11행: "뒤마네"는 다른 군인들과는 달리 혼자서 "황제 폐하 만세"를 외치는데, 이 말은 다음 연의 "뭐에 대한 건데"라는 보키용의 조롱적인 반응을 유발할 뿐이다. 또한 이 "뒤마네"의 외침은 이중적 의미를 지니고 있다. 부연하자면, 19세기에 '황제 폐하 만세를 외치다'라는 것은 비어로 '자위하다'라는 의미로도 쓰였는데, 이는 랭보의 소네트가 나폴레옹 3세에 대한 강한 적대감을 얼마나 강하고 효과적으로 나타내고 있는지를 잘 보여준다. 뒤마네가 들고 있는 샤스포 총은 보불전쟁에서 쓰였지만, 1874년 이후에는 다른 총으로 대체된다. 랭보는 스승인 이장바르에게 보낸 1870년 8월 25일 자 편지에서 이 샤스포 총을 가슴에 끼고 도시 입구를 지키는 "배불뚝이 자들"을 조롱하고 있다.

10행: "뒤마네" —우스운 군인의 전형으로, 피투와 함께 풍자화에 종종 등장한다.

12행: "군모"는 보나파르트파의 상징으로, 샤스포와 함께 반제국주의를 표출할 수 있는 시적 도구다. 더구나 이 군모를 "검은 태양"에 비유한 것은 혁명군의 모자인 "붉은 보네"(「대장장이」)와 대조된다.

13행: "보키용" —나폴레옹의 승리를 조롱하고 있는 이 병사의 이름은 『보키용의 랜턴』이라는 한 지방 신문의 이름에서 차용한 것으로 보인다. 반군사적이고 반교권주의적이었던 이 풍자 신문은 1867~1877년 사이에 샤를빌에서 많이 읽힌 것으로 알려져 있다.

14행: "제 엉덩이를 보여주며"— "보키용"의 이런 자세는 "뭐에 대한 건데……?"라는 말과 함께 황제에 대한 조롱을 강화한다.

(71) 장식장

1870년 9월과 10월에 만들어진 『드므니 문집』에 실린 시편들은 산책이나 방랑과 관련된 이야기, 혹은 반기독교와 반제국주의 같은 사회적 주제를 다루고 있는데, 오직 이 시만이 "장식장"이라는 집 안의 도구를 시의 소재로 삼고 있다. 그러나 「고아들의 새해 선물」에서 "침대" "벽난로" "윤기 나는 가구" "커다란 장롱" 같은 집 안의 여러 소품들이 이미 시적 소재가 되고 있었다. 특히 "신비한 것들"을 담고 있으며 "벌어진 자물쇠"의 입을 통해 "어떤 소리"가 나올 것 같은 "장롱"에 대한 묘사는 「장식장」의 시적 미래견(未來見)과 매우 닮아 있다. 추억을 상기시키는 낡은 것들로 채워진 이 가구들은 과거의 시간과 함께 앞날을 표현하는 새로운 언어가 태동하는 공간인 것이다.

5행: "낡고 낡은 것들" —여기서 장식장을 가득 채우고 있는 이 "낡은 것들"은 산문시 『지옥에서 보낸 한 철』의 "시적인 낡은 것"에서 단수형으로 다시 나타난다. 이 "낡은 것"은 부정되고 극복될 것이지만, 한 시절 "언어의 연금술"이라는 랭보 시학을 점하고 있었다.

8행: "그리푸스" —영어로 그리핀이라고도 불린다. 독수리의 머리와 날개를 갖고, 다리와 꼬리 부분은 사자의 형상을 띠고 있는 새. 아폴론 신의 보물을 지키고 있다.

9행: "메다용" —「고아들의 새해 선물」(102행)에서도 언급된 바 있다. 목에 걸 수 있는 원형 혹은 타원형 장식 틀을 의미한다. 이 안에 추모하거나 공적을 기리고자 하는 고인의 초상화, 머리타래 등을 넣고 장식장에 보관하기도 한다. 이 시편의 "장식장"은 이런 죽음의 이미지로 넘쳐흐른다.

(72) 나의 방랑(환상곡)

『드므니 문집』 제2권의 마지막 시편. "이 9월의 상큼한 저녁"이라는 표현을 근거로 1870년 9월 샤를빌 주변의 들판을 헤매던 시인의 기억에서 비롯된 시로 볼 수도 있고, 혹은 벨기에를 횡단해 두에에 다시 갔던 10월의 방랑을 회상하는 것으로 해석할 수 있다. 후자를 지지하는 주석가들은 우선 시에 언급되는 "septembre(9월)"가 시에 영감을 준 시점이라기보다는, 시행의 12음절을 맞추기 위하여 "octobre(10월)"—octobre를 쓰면 첫 음절의 모음 발음이 그 앞 단어의 de와 충돌함으로써, 시행이 11행으로 줄어든다—대신에 사용된 것이라고 주장하며, 랭보에게 가장 행복했고 시적으로 가장 풍요로웠던 10월의 여행과 이 시의 내용이 일치한다는 점을 환기시키고 있다. 사실 이 시의 환상적인 분위기 속에는 문학적 방랑의 행복감이 깊이 배어 있다. 집을 떠나 자유를 만끽하고 자연의 드넓은 공간에 몸을 맡긴 시인의 해진 외투는 이름만 외투일 뿐 사실 제 역할을 못하는 관념으로만 옷인 동시에 길 떠난 시인에게 "이상적인" 의상이 되며, 시인에겐 방랑의 길에서 만나는 모든 것이 시의 운율로 바뀐다. 저녁 이슬을 맞으며 시의 여신 "뮤즈"와 너나들이를 하는 시인이 밤을 맞아 찾는 숙소는 아름다운 별들이 "부드럽게 살랑대는" 하늘이며, 상상의 칠현금이 울리는 저 "기이한 그림자들"이 가득한 대자연이다.

시의 부제를 "환상곡"이라 붙인 것은 매우 타당해 보인다. 원문의 "Fantaisie"는 "환상" "공상" 혹은 그런 성격의 작품을 지시하는 말로 이해될 수 있겠지만, 중요한 것은 랭보의 시대에는 이 어휘에 오늘날처럼 경박한 것 또는 단순히 비현실적인 것과 관련되는 뉘앙스보다는, 신비의 개념이 더욱 강하게 들어 있었다는 점이다. 두 주먹을 주머니에 넣고 미지의 세계로 떠나는 방랑자의 시적 의지를 담은 시의 초반부에 이어, 중반부에서 방랑자는 점차 자연과 친숙해지면서 하늘의 별들이 "내 별들"로 다가오는 완전한 동화를 경험하며, 마지막 연에서는 "기이한 그림자들"이 자연의 무한한 공간을 뒤덮는 신비스러운 분위기 속에서 창조의 주체가 된다. 이 점에서 해진 옷이나 찢어진 신발의 고무줄을 칠현금처럼 당기는 일은 시인의 가련한 자태나 장난기를 말하기보다 가난한 자의 혼과 한없이 걷는 자의 육체적 리듬이 결합하여 이루어지는 시적 실천 그 자체인 것이다. 「나의 방랑」은 행복과 자유가 신비와 어우러지는, 적어도 초기 랭보의 시적 창조의 근원을 알려준다.

2행: "이상적으로"—이 부분을 "관념적으로"라고 번역할 수도 있겠다. 이 경우, 외투라는 "관념"만 줄 수 있을 정도로, 외투가 방랑의 길에서 다 헐어버린 상태를 의미할 것이다. 그러나 첫 행에 나오는 "터진 주머니"처럼 "또한" 외투의 상태가 방랑자의 매혹적인 모습에 어울리는 "이상적"인 것, 혹은 방랑 그 자체에 "이상적"인 것으로 되어버렸다는 의미로 볼 수 있다. 5행의 "단벌 바지에는 커다란 구멍이 하나", 14행의 "찢어진 신발"을 통해 시도되는 시적 효과 혹은 메타포도 이와 동일한 것이다.

3행: "뮤즈"—그리스 신화에서 나오는 시가(詩歌)의 여신 무사Mousa를 지칭한다. 그녀들은 모두 아홉 명이었기에 무사의 복수형인 무사이Mousai로 불리기도 한다. 제우스와 기억의 여신 므네모시네 사이에서 태어난 무사 여신들은 음악과 시가에 매우 뛰어난 재능을 보였다. 그중 한 명인 칼리오페는 아폴론과 결합하여 수금의 대가인 오르페우스를 낳는다. 호메로스와 헤시오도스 그리고 아폴로니오스와 같은 그리스 서사시인들 혹은 신화 작가들은 "노래하소서, 여신이여……" 혹은 "무사 여신들이여, 노래로 명성을 주시는 분들이여, 이리 오셔서 그대들의 아버지 제우스를 노래로 찬미하소서!" 등 무사 여신들을 부르며 노래를 시작한다. 자신들에게 시적 영감을 달라고 청하거나 충성 및 감사의 말을 표하면서 작품을 시작하는데, 방랑자 랭보가 뮤즈의 "충복"이었다는 것은 이런 의미에서 해석해야 할 것이다. 파르나스 시파의 수장인 방빌에게 1870년 5월 24일 세 편의 시를 보낼 때, 랭보가 언급한 여신도 무사 여신이었다. "저는 뮤즈 여신의 손길이 닿은 아이입니다. 〔……〕 저는 '뮤즈'와 '자유'라는 두 여신을 사랑하고 있습니다"라고 했던 것이다. 이 시에서 랭보는 뮤즈에 기대어 시를 읊고 있다. 시 전체는 이런 뮤즈로부터 영감을 받아 "낟알처럼 시의 운"을 따거나 거리에서 "운을 밟으며" 시를 읊조렸고, 감흥을 더하기 위하여 "칠현금"을 떠올리며 "나의 방랑"을 꾸려나간 랭보의 기원과 행적이 담겨 있다.

13행: "칠현금이라도 켜듯" —시는 곧 노래이고 노래를 반주하는 칠현금, 즉 리라는 매우 중요한 악기였다. 노래와 리라 연주에 뛰어난 신은 오르페우스이다. 어머니는 무사 여신 칼리오페이며 아버지는 저 유명한 아폴론 신이다. 서사시를 담당한 어머니와 리라 연주에 뛰어났으며 음악을 주관한 아폴론 사이에서 태어난 오르페우스는 누구도 당해낼 수 없는 음악의 재주를 부모로부터 받은 것이다. 1870년의 랭보는 "뮤즈"의 시적 영감과 오르페우스적인 시학에 빠져 있었다. 동시에 "내 얼마나 찬란한 사랑을 꿈꾸었던가!"(4행)라는 언술을 통하여 과거에 대한 회한의 감정을 드러내기도 했다. 1871년에 와서 랭보는 자신의 시학이 담긴 편지에서 "그리스에서, 시와 칠현금은 행동에 리듬을 주는 것입니다"(1871년 5월 15일 자 편지)라고 단언한다. 이제 단순한 오르페우스의 리라만으로 시를 반주할 수는 없으며, 시는 사회적 현상에 대해 말해야 하고, 그에 대한 책무도 함께 져야 한다는 시의 역사성에 랭보는 주목하게 된다.

(73) 까마귀 떼

이 시는 1872년 9월 14일 자 『문예 르네상스』지에 처음 발표되었는데 육필 원고는 아직 발견되지 않았다. 따라서 제작 시점에 관해 연구자들 사이에서도 많은 논란이 있는 시이다. 이 시는 1870년 가을의 『드므니 문집』에도, 그로부터 약 1년 후에 랭보의 시편들을 베껴 쓴 베를렌의 복사본에도 나타나지 않는다. 이는 이 시가 그 시점까지 존재하지 않았을 가능성을 말해주지만, 랭보가 이 시에서와 같은 정형시형을 1872년에는 더 이상 사용하지 않았다는 점을 감안한다면 1872년의 작품이라고 단정 짓기도 어렵다. 그럼에도 불구하고 「까마귀 떼」에 나오는 "사랑스럽고 멋진 까마귀 떼"(6행) 라는 표현이 1872년 5월의 시 「카시스의 강」에도 들어 있으며 더구나 이 두 시가 각기 까마귀들을 "군대"와 "숲의 병사들"로 지칭하고 있다는 점에서, 이 시들이 동시대에 쓰인 것으로 판단하는 견해도 있다. 그러나 「까마귀 떼」는 8음절 시행의 정형시로서 시구의 건너뛰기 등 어떠한 파격도 보이지 않는 반면, 「카시스의 강」은 11음절의 시행이 5음절 혹은 7음절의 시행과 짝을 이루고 있는 시편으로, 짝수음절로 된 시와는 근본적으로 다르다. 1872년의 여러 시행들이 그렇듯이 이 시 역시 홀수음절 시행으로 음악성을 추구하고 있으며, 연가 속에서 세상에 대한 작별을 노래했던 1872년의 랭보를 보여주고 있다. 또한, 정형적 운문인 「까마귀 떼」가 1870년 보불전쟁에서의 프랑스의 패배와 1872년의 개인적 좌절감을 비유하고 있다고 분석하면서, 결국은 1872년도의 자유 운문들과 거의 유사한 시점에 이 시를 위치시키고 있는 것도 논거가 약하다. 랭보는 자신의 패배를 프랑스의 패배와 견주고 있으며, 단지 시인의 패배는 "미래 없는 패배"라는 점에서 결정적일 뿐이다.

베를렌은 『저주받은 시인들』에서 「까마귀 떼」는 랭보에 의해 "거부되었거나 부인된" 작품이었다고 언급한 바 있다. 이러한 사실에 지나치게 중요성을 둘 필요는 없으나, 『드므니 문집』에 실린 시들의 가치를 스스로 부인했던 적이 있는 랭보로서는 충분히 그럴 수 있었으리라 판단된다. 그런데, "자신도 모르게" 잡지에 발표된 「까마귀 떼」에 대하여 랭보가 그 시적 가치를 부정한다는 것은 마르셀 뤼프의 지적처럼 "현재 자신의 정신적 경향과 더 이상 부합되지 않는 작품의 출판 앞에서 랭보가 나타낸 불만"(『랭보』)의 표현으로 볼 수 있다. 즉, 시사성 짙은 시에 대한 거부라고 볼 수 있다. 이 시의 문체와 감정이 초기시의 고답파적인 것인가 혹은 상징성이 깊고 내면적이며 개인적 성찰이 돋보이는 1872년도의 자유 운문시 계열에 속하는 것인가 하는 문제에 대하여 고려해볼 필요가 있다.

6행: "사랑스럽고 멋진 까마귀" —「까마귀 떼」가 최근의 전쟁에 관련된

현세적인 문제에 집착하고 있다면, 「카시스의 강」은 중세적인 신비로운 분위기로 독자를 이끌고 있다. 또한 전자는 첫째 연에서 까마귀들을 보내달라는 "주"에 대한 기원으로 시작하나, 나머지 세 개의 연은 모두 이 새들에 대한 명령으로 이루어져 있다. 즉, 랭보의 급박하고 격한 감정이 표출되어 있으며, 날카로운 까마귀들의 울음이 그 감정을 상징하고 있다. 그러나 역시 주님이 보내준 까마귀들의 소리에 천사 같은 목소리가 깃들어 있는 「카시스의 강」에서는 고적한 풍경이 차분하게 묘사되어 있으며, 단지 마지막 두 행에서 까마귀들에게 명령하는 형태를 취하고 있다.

13행: "엊그제의 주검들" — "프랑스의 들판"에 누워 있는 "엊그제의 주검들"은—1870년 보불전쟁에서 죽은 자들은 '어제의 주검들'로 불릴 수 있으므로—1792년도의 전사자들을 가리킨다는 연구자들의 견해가 있다. 「"92년과 93년의 전사자들이여……"」에서 제1공화국을 위하여 죽어간 넋이 1870년 전쟁을 일으킨 나폴레옹주의자들에게 이용당하는 현실을 지적했던 랭보는, 나폴레옹 3세에 의해 일어난 전쟁에 대해 일말의 애국심도 갖고 있지 않았으며, 오히려 여기에 참여하고 있는 고향의 소시민들을 증오했다. 보수주의자들과 부르주아에 대한 혐오가 결국 프로이센 군인으로 상징되고 있는 "의무를 외치는 자 〔……〕 불길한 검은 새"에게 "숲의 깊은 곳, 벗어날 수 없는 풀 속에,/미래 없는 패배가/묶어놓은 자들"인 프랑스인들이 받아들여야 할 보호와 구속을 역설적으로 외치게 만들었다고 생각한다면, 여기서 1792년의 성스러운 주검들을 작가가 다시금 환기시키고 있다는 의견도 검토될 만하다. 그렇다면 「까마귀 떼」의 시적 메시지는 조롱, 조소 그리고 역설로써 프랑스인의 각성을 촉구하는 것으로 볼 수 있다. 즉, 사회적인 현상에 대한 시인의 견해가 개입된 시로 볼 때, 이것은 개인적 내면 성찰이 나타나기 시작하는 1872년도의 시로서는 어울리지 않는다.

19~24행: "5월의 꾀꼬리들"은 1871년 5월을 암시한다. 저녁은 황홀하고 떡갈나무에는 꾀꼬리들이 있으며 숲 속은 풀로 울창하다. "미래 없는 패배"를 당한 제2제정의 정부와 파리코뮌을 진압한 티에르의 정규군에 비하면

프로이센 군인들은 오히려 "하늘의 성자들"이고 이들에게 파리코뮌의 투사들("5월의 꾀꼬리")의 존재를 인정하라는 염원을 표하게 된다. 분명 조롱이고 역설이다. "벗어날 수 없는 풀 속에" 묶여 있고 죽어 있는 자들은 보불전쟁의 패배자들이고 이들을 위해서 "떡갈나무 꼭대기"의 "꾀꼬리들"이 필요하다는 것은 파리코뮌의 역사적 필연성을 말하는 것이다. 「까마귀 떼」는 1870년의 보불전쟁에서 시작하여 파리코뮌으로 끝맺고 있으며, 따라서 정치적 사건들에 대한 실망과 좌절감이 개인적인 패배감으로 젖어들던 시기에 쓰였다고 추측해볼 수 있다.

(75) 앉아 있는 자들

랭보가 1871년 8월 하순경 베를렌에게 연이어 보낸 두 통의 편지 중 첫 번째 편지에 들어 있는 시. 그해 9월 베를렌이 서신을 통해 받았거나 직접 전달된 랭보의 시편들을 모아 작성한 총 24쪽짜리 필사본의 1~2쪽에 있었던 시이다. 이 필사본은 주로 베를렌의 손으로 정서되었지만, 랭보의 육필 시편이 몇 편 끼어 있는 것을 보면 랭보의 동의 내지는 요구에 의해 작성된 것으로 짐작된다. 1870년 말~1871년 초에 작성되었을 것으로 보이는 「앉아 있는 자들」이 첫머리에 배치된 반면, 1870년 가을의 「놀란 아이들」이 10~11쪽에 걸쳐져 있는 등 몇몇 예외가 있긴 해도, 대체적으로 시의 배열 순서를 제작 시기에 맞추려고 시도한 흔적이 보인다. 따라서 이 시가 특별한 자리를 차지하고 있다는 점은, 시의 중요성 혹은 가치에 대한 작가 자신이나 베를렌의 평가를 반영하는 것으로 해석될 수 있다. 후에 베를렌은 그의 저서 『저주받은 시인들』에서 이 시에 대해 장황한 설명을 늘어놓게 된다.

사실 「앉아 있는 자들」에는 시적 실천의 새로운 시도가 들어 있다. 무엇보다도 1870년의 시에서 부분적이고 간헐적으로만 사용되던 비일상적 어휘들이 여기서는 언어와 시상의 독창성을 보여주며 과감하게 구사된다. 기술용어, 문학용어 신조어를 거침없이 용해하는 기교적인 작시법이 기괴한 분위기와 희화적이고 공격적 이미지를 만들어내는 가운데, 제도와 인습에 안주하는 의자-인간들에 대한 비판과 야유가 놀라운 시적 환시로 결실을 보는 것이다. 연구자들의 일반적인 의견에 따라 이 시의 제작 시기를 1870~1871년 겨울로 잡는다면, 『드므니 문집』 이후 두 달 정도의 기간에 랭보는 급속한 시적 진보 내지는 개혁을 이룩한 셈이다. "앉아 있는 자들"은 전기적인 면에서 랭보가 드나들었던 샤를빌 도서관의 사서들을 가리키지만, 시학적인 면에서는 관습에 얽매어 주어진 삶 밖으로 한 걸음도 벗어나지 못하는 관료적 인간들을 가리킨다.

3행: "낡은 벽에 만발한 문둥이 꽃"—벽에 핀 곰팡이.

5~8행: 의자에 접붙여진 이 의자-인간들은 생물과 무생물 사이의 괴이한 중간종내기들이다.

10행: "퍼케일 천"—올이 곱고 촘촘한 면직물의 한 종류. 랭보는 이 단어로부터 동사 "percaliser"를 만들었는데, 강한 햇빛이 늙은이의 피부를 얇게 만든다는 의미로 사용했다. 이 동사는 안감용의 윤기 있는 면직물로서 책의 장정에도 쓰이는 '퍼컬린'에서 온 것이라는 견해도 있다.

15행: "오래된 햇살의 영혼"—의자를 만든 밀짚이 과거 들판에서 이삭을 품고 있을 때 받았던 햇볕을 일컫는다. 생명의 햇볕이기에 영혼이라는 어휘가 첨부될 수 있었으며, 여기서 랭보는 추한 모습으로 앉아 있는 자들과는 상반된 관점에서 의자를 표현하고 있다.

17행~20행: 의자-인간들은 고독한 감상주의자들이다. "녹색의", 다시 말하면, 감상에 젖은 "피아니스트들"이 뱃노래를 반주하듯 의자를 손가락으로 두드리고 있다.

19행: "바르카롤라"—이탈리아 베네치아의 곤돌라 사공의 노래, 혹은 그와 유사한 기악곡이나 성악곡을 가리킨다.

37~40행: 앉아 있는 자들과 의자들의 기괴한 사랑의 결실로 또 다른 기형동물인 "아기 의자들"이 태어난다.

(78) 목신의 머리

1871년 9월에 작성된 베를렌 필사본에 들어 있는 시. 이 시가 어떤 과정을 거쳐서 베를렌의 손에 들어갔는지는 밝혀진 바가 없다. 따라서 시의 제작 시점에 대해서도 의견이 다양하나, 이 시가 『드므니 문집』에 들어 있지 않다는 점을 고려할 때, 이 문집이 만들어진 1870년 10월과 베를렌이 이 시를 필사한 1871년 9월 사이에 쓰였다는 점은 분명할 것이다. 10음절 시행의 4행 연 세 개로 이루어진 간결한 형태를 볼 때, 12음절 시행을 선호했던 1870년도보다는 1871년에 쓰인 시로 간주된다. 다만 파리코뮌이 발발한 3월 이전으로 보는 것이 타당할 것이다. 왜냐하면, 파리코뮌 이후의 시는 강한 사회성을 담고 있는데, 「목신의 머리」는 그 주제가 자연을 신화적 주제로 풀어내고 선택된 어휘와 표현에서 아직 파르나스적인 색채를 엿볼 수 있기 때문이다. 이 작품은 목신이 숲 속에 숨어 있다가 요정들을 놀라게 하고, 다람쥐처럼 도망하는 모습을 묘사하고 있다. 「태양과 육체」가 목신을 신화에서 주어진 성격에다 랭보의 우주적 사랑에 대한 찬미를 곁들여 그리고 있는 반면, 이 작품은 인상주의적 기법에 따라 색채의 미가 독특하고, 간결한 어법과 비유는 시어의 힘이 신화의 담론을 극복할 수 있음을 보여준다.

5행: "놀란 목신" — "놀란"의 원어는 "effaré". 랭보가 「놀란 아이들」뿐 아니라 1870년의 여러 시편들에서 사용하고 있는, 매우 랭보적인 이 어휘는 시의 문맥에 따라 다양한 함의를 내포하고 있다.

7~8행: "검붉은 핏빛 입술은/나뭇가지 아래서 웃음을"—이 시행은 「모음들」의 "I, 자줏빛 옷감, 토한 피, 분노 혹은 속죄하는/도취 속의 아름다운 입술의 웃음"(7~8행)과 관련된다.

11~12행: "**숲**의 금빛/**입맞춤**" —랭보의 1871년 5월 '투시자의 편지' 수신자인 드므니의 「이삭 줍는 여인들」에는 "부재하는 자의 금빛 입맞춤"이라는 구절이 나온다. 시인 랭보는 1870년 8월 25일 이장바르에게 보낸 편지

에서 「이삭 줍는 여인들」을 읽었다고 말하고 있으며, 연이어 『금빛 숲』이라는 잡지를 언급하고 있다.

(79) 세관원들

랭보의 부탁에 따라 친구인 들라에에 의해 복사된 후, 1871년 8월 베를렌에게 보낸 편지 속에 들어 있던 작품. 1871년 9월에 만들어진 베를렌의 복사본에 들어 있다. 들라에는 랭보와 함께 1871년 7월 벨기에 국경을 넘어 담배를 사고 돌아올 때 세관원에게 검색당한 적이 있다고 증언한다. 「음악에 부쳐」에서 어떤 부르주아의 파이프 담배는 "밀수품"(20행)이었다. 이 시는 개인적 경험을 바탕으로 하고 있지만, 사회에 대한 반감 속에서 세관원들을 규제와 억압의 상징으로 규정하고 있다.

4행: "**조약의 군인**들" —1870년 9월 보불전쟁의 패배 이후 다음 해인 1871년에 독일과 맺은 조약을 의미하며, "조약의 군인들"은 독일군을 가리킨다. 「음악에 부쳐」에 나오는 보불전쟁 직전의 "조약들"과는 다르다.

5행: "어둠이 숲에서 침을 흘릴 때" —어둠이 숲에 깔리는 장면. 이런 방식의 자연 묘사는 「니나의 대꾸」 「나의 작은 연인들」에서도 볼 수 있다. 랭보가 선호하는 '침을 흘린다'의 원어 "baver"는 「타르튀프의 징벌」(4행)이나 「교회의 빈민들」(25행)에서 입으로 기도를 늘어놓은 행위를 부정적으로 표현할 때 사용되었다.

9행: "여자 목신들" —목신이 숲 속에서 놀라게 하는 요정들. 국경의 숲 속에서 밀수품을 갖고 들어오는 여자들을 세관원들이 고발하는 장면인데, 랭보는 의도적으로 신화적인 존재와 대척점에 있는 "근대 법"이란 용어를 선택하고 있다.

10행: "파우스트와 디아볼로" —구노의 오페라 「파우스트」, 외젠 스크립과 오베르의 코믹 오페라 「프라 디아볼로」("악마의 형제"라는 의미)의 주인공

같은 인물들을 말한다. 즉, 마법사들이나 건달들을 의미한다.

12~13행: 국경의 세관원들이 "젊은이들", 특히 여성의 몸을 상세히 뒤지지 못하고 손으로 툭툭 치며 대략 겉으로만 조사하는 모습. 그들은 "억제된 매혹"에 매달리고 있을 뿐이다.

(80) 저녁 기도

1871년 가을 파리로 올라온 랭보가 지인 레옹 발라드에게 육필 원고로 건네주었다. 베를렌의 필사본에도 이 시가 들어 있으나, 발라드가 지니고 있던 원고보다 나중 판본인 것으로 판단된다. 제목의 "저녁 기도"는 현실에 대한 매우 조소적인 표현이다. 이 숭고한 종교적 용어가 "갈색 하늘을 향하여 오줌 눈다"라는 표현과 극단적으로 대립되어 있는데, 이는 현실을 비판하고 종교를 조롱하는 것이다. 그러나 우리는 이런 정치 사회적 저항의식과 함께 랭보 시학의 상징성을 볼 수 있는 2연에 주목할 필요가 있다. "낡은 비둘기집의 뜨거운 배설물과 같은/천 개의 꿈들" "황금으로 붉게 물든 나무의 흰 속살" 같은 "처연한 가슴" 등의 표현은 시적 이미지의 극단을 담고 있으며, 암시적이고 상징적인 시적 전언을 위한 언어의 도구로 작용하고 있다. 또한 3~4연에서는 삼켜진 꿈들이 들이켠 맥주와 함께 배설되고 있는데, 꿈들이 처절하게 무너져내린 현실에 대한 극단적 조소를 보게 된다. 시인과 함께 독자들도 어떤 카타르시스에 빠지게 되는 것이다.

3행: "하복부와 목을 활처럼 구부린 채" —「앉아 있는 자들」에서 묘사된 추한 모습의 또 다른 표현.

3~4행: "강비에 파이프를/이빨에 물고" — "강비에"는 값싼 파이프 담배의 일종. 「황제의 분노」에서도 패배한 황제는 "이로 담배를 물고" 지난 세월을 회상한다. 또한 「음악에 부쳐」의 부르주아도 파이프를 물고 있다. 그렇지만 이곳의 "나"는 황제도 부르주아도 아니며, 1871년 랭보 자신의 모습(긴 머리

와 파이프 담배—첫 행의 "천사"가 긴 머리를 암시하고 있으며, 1872년에 랭보를 그린 베를렌의 크로키는 이런 용태를 보여준다)이다. 시학적으로는 사회에 패배한 저항자의 형상인 것이다.

5행: "낡은 비둘기집"—비둘기는 파르나스 시파의 진부한 상상체계에 속한다. 여기서 랭보가 "낡은"이란 용어를 사용하면서, 시파의 시대적 무용성을 강조한다.

12행: "히솝"—지중해 연안에서 많이 자라는 작은 풀. 루이 피기에의 『식물들의 역사』에 따르면, 약초와 향신료이며 박하 같은 향과 씁쌀한 맛이 있다. 성경에 나오는 "레바논의 서양 삼나무에서 히솝까지"라는 말은 '큰 것에서 작은 것에 이르기까지'라는 의미이다.

(81) 파리 전가(戰歌)

1871년 5월 15일 드므니에게 보낸 편지, 이른바 '투시자의 편지'에 들어 있는 세 편의 시 중 하나. 랭보는 스스로 이를 "시사적 시편"이라고 불렀다. 1871년 3월 18일, 파리코뮌으로 파리가 코뮌 군에 장악되자 정부 수반인 티에르는 베르사유로 피신한다. 베르사유 정부의 정규군은 코뮌 군에 대한 총공세에 앞서, 점령국 프로이센 군대의 도움을 받아 4월 2일부터 파리 근교를 포격하기 시작한다. 파리코뮌이 엄청난 희생을 치르고 몰락하게 되는 5월 하순의 '피의 주간'을 조금 앞둔 시기에, 이런 "시사적" 사건에 착상한 이 시는 정규군에 대한 야유와 정부 지도자들인 티에르, 피카르, 파브르 그리고 국민의회의 대지주 출신 반공화파들인 "시골뜨기들"에 대한 경멸과 경고를 담고 있다. 특히 베르사유의 정부 지도자들에 대한 묘사는 당시 유행했던 풍자화에 근거한다는 점에서, 하나의 "우스꽝스러운 데생"으로 간주한 「처형당한 가슴」과 동일한 시적 제작 과정을 밟고 있다. 다만 「파리 전가」는 그 시사성이 노골적이라는 점에서 차이가 있을 뿐이다.

1~4행: "비행"으로 번역한 원문의 "vol"은 '비행, 비상, 도망' 등의 뜻과 함께, '도둑질'이라는 뜻을 지닌다. 티에르와 피카르는 '도망자'이면서 민중의 재산을 갈취하는 '도둑'인 것이다. 베르사유를 지칭하는 "녹색 소유지"라는 표현이 보이고, 소유를 도둑질로 규정한 프루동의 신봉자들이 코뮌 기간 중에 중요한 역할을 했다는 점을 감안하면, 이 비행-도둑이라는 말장난은 매우 함축적인 의미를 지닌다. 말하자면 랭보는 이 부분에서 프루동의 "소유는 도둑질이다"라는 유명한 슬로건을 반복하고 있는 것이며, 동시에 티에르와 파브르 등 정치인들을 풍뎅이와 같은 곤충에 비유한 당시의 여러 팸플릿과 풍자화를 바탕으로 이들이 하늘로 날아가는 모습을 형상화하고 있는 것이다. 도망자들이 펼쳐내는 "찬란한 광채"는 반어적인 표현으로 해석되어야 할 것이다. 그들이 날아오른 "녹색 소유지 한가운데"라는 표현에서 우리는 두 가지 시어에 주목할 필요가 있다. 첫째, "녹색"이란 봄의 토포스이지만 동시에 랭보에게는 「물에서 태어나는 베누스」의 "녹색 관"처럼 부정적 존재가 나타나는 장소에 대한 색채일 수 있으며(티에르와 피카르라는 존재들이 등장하는 장소 역시 "녹색"인 것이다), 둘째, "한가운데"라고 우리가 번역한 "가슴, 심장"이란 의미의 "cœur"는 「처형당한 가슴」의 조롱받고 더럽혀진 "cœur"와 동일한 시적 정신에서 선택된 것으로 볼 수 있다.

5~8행: 정치인-곤충들이 "녹색 소유지" 위로 비행하여 "봄날의 물건들"을 "파종"하고 있다. 베르사유 정규군이 파리 근교("세브르, 뫼동, 바뇌, 아니에르"—이 지역은 베르사유가 있는 파리 서쪽에서 파리 안으로 들어올 수 있는 여러 갈래 길에 위치한다)에 석유 폭탄을 뿌려대는 소리가 들려오는 것이다. 랭보는 '피의 주간'을 앞두고 포위망을 좁혀오는 정규군의 공격을 기술하고 있지만 공격하는 자들은 "반가운 자들"이고, 그들이 파종하는 것은 죽음이 아니라 더욱 강한 새 생명의 씨앗이 될 것이다.

9~12행: 베르사유 정부의 정규군은 "칼"을 차고 "탐탐 북소리"를 내며 석유등("낡은 촛불 상자")도 없이 나아가는 존재들에 불과하며, 항해한 적도 없는 보트들을 타고 핏빛 호수를 가르고 있다. 이 "야만적 행진"(『일뤼미나시

옹』)에는 죽음만이 있을 뿐이지만, 랭보는 여기서 어린아이들의 노래 가사를 상기시키는 각운을 차용함으로써 정규군을 조롱하고 있다. "결코, 결코…… 나가본 적 없는 작은 배가 있었지"라는 옛 민요를 염두에 둔 표현이다. "붉은 물의 호수"는 코뮌파들이 장악한 파리를 암시하는 것으로 유추할 수 있다. 코뮌파 시인들의 노래에서는, 깃발 · 포석 · 거리 · 물 · 하늘 · 지평선 등 모든 것이 붉은색 일색이었다.

13~16행: 코뮌파들의 "소굴" 위로 쏟아지는 포탄은 "노란 둥근 보석"이기에, "홍에 젖는구나!"라고 말이 터져 나온다.

17~20행: "에로스"는 사랑을 위해 순박하고 아름다운 프시케를 납치하지만, 1871년 베르사유의 "에로스들des Éros"인 티에르와 피카르가 약탈하는 것은 "해바라기"이다. 「저녁 기도」의 "키 큰 해바라기들"은 시적 화자의 방뇨를 허락하는—기본적 욕구를 해소시켜주는 존재—다소 기이한 대상으로 표현되지만, 어느 풍자화에서는 강베타를 해바라기 모양으로 그렸고, 그를 "북부에서 남부까지 모든 지방에서 잠든 조국애를 덥혀주는" 태양-해바라기로 묘사하고 있다. 코뮌파인 공화파 정치가 강베타는 티에르를 피해 국민 정부를 이끌고 투르와 보르도에서 저항했던 자이므로, 티에르와 같은 항복주의자들이 납치하려는 바로 그러한 태양-해바라기 무리인 것이다. 19행의 "코로"와 각운을 이루고 있는 이 "에로스"는 '하찮은 사람들'을 뜻하는 'Des Zéros'로 대체된다 해도 시법에 어긋나지 않는다. 'Des Zéros'에 대한 은유는 「하찮은 것들의 승리」라는 풍자화에서도 나타난다. 이 그림에는 커다란 원탁 주위에 의자들이 놓여 있는데, 이 의자들의 등받이들과 목받침들이 모두 둥근 원형의 모양, 말하자면 숫자의 "제로"의 형상을 하고 있다. 이 풍자화는 코뮌파들에 대한 베르사유의 정치인들("하찮은 것들")이 말하는 소위 "승리"라는 것을 조소하고 있다.

또한 1871년 3월 7일 자 『라 샤르주』지에 실린 알프레드 르 프티의 그림 「위험에 처한 공화국」을 보면, 날개 달린 에로스가 그의 화살통을 옆에 놓고 어떤 여인을 유혹하고 있다. 가슴을 감싸고 자신을 보호하려고 애쓰는 그림 속의 이 여인은 신화 속 에로스의 연인 프시케가 아니라, 티에르라는 거짓 에로스 앞에 선 마리안Marianne, 즉 프랑스 공화국이다. "사랑"의 신 티에르는 프리기아 보네를 쓰고 있는 그의 여인 "공화국"에 수작을 걸고 있는 것이다.

19행: "이들은 석유로 코로의 그림을 그리는데" —코로는 파리 근교의 풍경을 유화로 그렸다. 베르사유 군대는 그 풍경에 석유를 끼얹고 있는 것이다.

20행: "급기야 제 군대를 풍뎅이 판으로 만드는구나" —풍뎅이처럼 웅웅거리고 폐해를 끼치는 베르사유 군대에 대한 암시.

21~24행: 비스마르크에게 나라를 넘기는 협상을 맡았던 파브르와 제3공화국을 거짓으로 유혹하는 티에르야말로 "**협잡대왕**의 측근들"이고, 이들은 피카르와 함께 신화 속의 카리테스, 즉 「우미의 세 여신」이란 제목의 풍자화에서 조롱받고 있다. "**협잡대왕**"으로 번역한 "Grand Truc"는 필경 속임수의 신이고 비스마르크를 뜻할 터이나, '대단한 거시기'라는 음탕한 의미를 지닐 수도 있고 코페의 시 「시르카시아의 전가」에 나오는 "Grand Turc"에 대한 말장난일 가능성도 있다. 코페의 시에서 "Turcs"는 시르카시아인들의 억압자이며, 또한 매춘에 관여한다. 지나가는 어느 프로이센 군인을 유혹하는 「창녀들 파브르 같은 여자」라는 제하의 풍자화의 의미도 이와 관련된다. 나라를 협장대왕에게 팔아넘기는 파브르가 "거짓 눈물"을 홍수(풍자화의 하단에 "홍수 장면"이란 조롱조의 글이 보인다)처럼 흘리는 풍자화는 1870년 9월 19일 페리에르에서 열린 비스마르크와의 협상에서 알자스-로렌 지방을 넘기는 파브르의 비굴함을 그리고 있다. 파브르는 억지 눈물로 국민을 속였으며, 그 역시 협잡꾼인 것이다. 랭보는 "후춧가루 도움 받아 코를 훌쩍거리는구나"라는 표현으로 가증스러운 악어의 눈물을 규탄하고 있다.

25~28행: 코로가 그린 붉고 드넓은 하늘이 있는 평화로운 풍경의 유화에 석유를 끼얹어 파리가 불바다가 되더라도, 랭보와 코뮌파들, 즉 "우리"는 그들을 지배할 수 있는 것이다.

29~32行: **"시골뜨기들"** —국민의회의 대지주 출신으로 공화정에 대한 반대파들을 가리키는 말이지만, 코뮌 참여자들은 베르사유 정규군을 '시골뜨기'라고 부르기도 했다. 이 "시사적 성가"의 프랑스어 제목에서 '파리의'라는 형용사 'Parisien'이 대문자로 시작하는 것에서 짐작할 수 있듯이 랭보의 '파리'는 이미 민중을 위한 성지로 자리 잡고 있었다. 코뮌의 승리를 선언하고 파리의 새로운 태동을 예견하고 있는 것이다.

(83) 나의 작은 연인들

드므니에게 보낸 1871년 5월 15일 자 편지에, 「파리 전가」에 이어 "두 번째 시편"으로 규정되어 있는 시. 1870년도 작품인 「물에서 태어나는 베누스」에서 시의 주제로 선택한 여성의 육체에 대한 조롱과 경멸이 여기서는 혐오와 분노의 고함으로 더욱 심화되어 나타나며, 또한 「첫날밤」이나 「니나의 대꾸」에서 볼 수 있었던 여자들에 대한 사랑의 시도는 이제 모욕적이고 역겨운 것으로 변질되었다.

처음 두 연은 비 오는 날 고무장화를 신고 나무 밑에 몸을 숨기고 있는 여자들의 모습을 보여준다. 빗방울을 말하는 "눈물의 증류 향수", 젊은 여자를 지칭할 수도 있는 "새싹 돋는 나무", 1871년도의 랭보가 자주 쓰는 낱말로 '침을 흘리다'라는 뜻의 동사 "baver", 그리고 여기서 "달무리"라고 번역한 "pialat" 등의 등장으로 다소 긴장된 독서가 요구되는 시행들이다. 게다가 비에 씻긴 "양배추 빛/녹색 하늘"과 "고무장화"에 묻는 "둥근 달무리"의 흰 얼룩들이 환상적인 분위기를 연출한다. 또한 그 속에서, 아마도 "못난 아가씨들"의 어설픈 태도를 나타낼 "무릎싸개를 부딪쳐보아라"라는 기묘한 명령이 호기심을 자극한다. 마지막 12연이 도입부와 동일한 분위기를 자아내면서 시의 테두리를 만들고, 그 사이에 여러 명의 "못난 아가씨들"이 차례로 등장하는 형식으로 시가 전개된다. 3연부터 5연까지의 시행은 과거형을 취하면서 시인의 개인적 체험을 이야기하는 듯이 보인다. "너는 날 시인으로 받들었지" "난 네 머릿기름 냄새에 구역질을 했지" 따위가 그것이다. 이 체험은, 6연의 "말라붙은 내 침이" "아직도 네 둥근 젖가슴/긴 고랑을 더럽히고 있구나!"라는 말에서도 확인할 수 있듯이 여자에 대한 멸시와 겹쳐지고, 8연부터는 우스꽝스러운 발레리나의 춤이 소개되면서 "감정의 내 낡은 단지들을/짓이겨 밟아라"라는 명령으로 감상적 시를 파괴하기에 이른다. 1870년 5월의 랭보는 「파리 전가」와 같은 현실참여적인 시를 추구하면서, 동시에 주관적이며 감상적인 수준을 벗어난 객관적이고 보편적 가치를 담을 수 있는 시어와 시적 표현을 탐구했다.

1행: "증류 향수" —꽃이나 허브로부터 얻는 증류수. 여기서는 비를 의미한다.

3행: "새싹 돋는" —원어 "tendron"은 "새싹"과 아울러 '아가씨'라는 의미도 지니고 있다.

4행: "달무리" —원어 "pialat"는 신조어. '새매 따위가 날카로운 울음소리를 내다'라는 의미의 "pialer"에서 파생된 명사로 본다면, 1행의 "눈물의 증류 향수"와 아울러 '눈물' 혹은 '눈물 자국'(여기서는 빗방울)으로 번역할 수도 있다. 그러나 그럴 경우 5행의 "유별난 달빛"과의 상관관계가 불투명해진다. 그런데 스위스 베른에서는 "pialat"가 '더미' '무더기'라는 뜻의 속어다. 이 의미를 선택한다면 '둥근 더미'가 될 것이며, 이 더미는 "유별난 달빛"이 지닌 것이므로 "달무리"로 보는 것이 가능할 것이다.

6행: "고무장화" —원어 "caoutchouc"는 '고무비옷'이라는 의미도 있지만, 여기서는 복수로 쓰였기 때문에 "고무장화"로 번역했다. '고무비옷'이라면 단수로 써야 할 것이다.

7행: "무릎싸개" —6행에 나오는 고무장화의 무릎 부분.

10행: "파란 머리" —보들레르의 「머리타래」에 "팽팽한 어둠의 장막, 파란 머리카락들이여/그대는 나에게 거대한 둥근 하늘의 푸른빛을 돌려주노라"라는 시구가 있다. 랭보가 이 시를 읽었을까?

13행: “너는 날 시인으로 받들었지”—시인으로 축성되었던 랭보가 여자들을 내치는 장면. 시 「소설」의 “그대는 사랑에 빠졌도다.—그대의 소네트가 그녀를 웃기는구나”에서는 시가 사랑의 매개였다. 여성에 대한 랭보의 변화된 시각이 확인된다.

19행: “이마날”—이마의 주름 혹은 이마로 흘러내린 기름 바른 가늘고 날카로운 머릿결. ‘칼날’에서 차용한 표현.

27행: “누더기 조각들”—원어는 “fouffes”. 프랑스 북부 지방의 사투리로 걸레나 누더기 천 조각을 의미.

(86) 웅크린 모습들

「파리 전가」 「나의 작은 연인들」과 함께 1871년 5월 15일 자 드므니에게 보낸 편지에 들어 있는 시로, 랭보는 이것을 “경건한 노래”로 규정했다. 제도와 인습에 안주하는 자들에 대한 혐오와 조롱이 시적 이미지의 기묘한 환상 속에서 이루어진다는 점에서 「앉아 있는 자들」과 동일한 성격의 시로 분류될 수 있다.

웅크린 모습의 주인공으로 “밀로튀스 수사”를 설정한 점에서 가톨릭 사제에 대한 랭보의 혐오가 강하게 드러난다. 또한 “찬장에는 무서운 식욕이 가득한 졸음으로/살짝 벌어진 성가대원들의 아가리들이 있다”라는 표현에서 볼 수 있듯이, 「장식장」(찬장과 같은 가구)과도 시적 정신이 상통하고 있다. 그러나 보다 시적인 표현으로 웅크리고 있는 자를 조롱하는 시의 마지막 대목, “접시꽃 같은 장밋빛 눈〔雪〕을 배경으로……/기이하구나, 코 하나가 깊은 하늘에서 베누스를 좇는다”에서 이 시는 「장식장」과 차별성을 갖는다. 여기서는 시어가 기묘한 이미지의 창출을 통한 조소의 극단성에 시적인 아름다움을 덧붙이는 언어의 환기적인 힘을 보여준다.

1행: “밀로튀스 수사”—랭보의 초기 판본들에는 “칼로튀스Calotus”라고 인쇄되었는데, 만약 랭보가 수정한 어떤 원고에 따른 것이라면, 랭보는 '성직자'라는 의미의 "calotin"과의 어휘적 연관성을 생각했을 것이다.

32행: "빛의 얼룩 만드는 달빛" —「나의 작은 연인들」의 도입부를 상기시키는 표현.

35행: "기이하구나" —길가에 앉은 방랑자 주위로 깔리는 "기이한 그림자들"(「나의 방랑」)처럼 저녁의 해괴한 분위기를 나타낸다.

35행: "베누스" — "깊은 하늘"의 금성과 이중적인 의미. 첫 4행 연의 가톨릭 수사가 늦은 아침부터 저녁에 이르기까지 종일 기괴한 모습으로 웅크리고 있은 뒤, 신화의 베누스를 좇는다는 것은 랭보가 의도적으로 반교권주의를 표출한 것으로 보인다.

(88) 일곱 살의 시인들

「교회의 빈민들」「어릿광대의 가슴」과 함께 1871년 6월 10일 자 드므니에게 보낸 편지에 삽입되어 있는 시. 이 편지에서 랭보는 1870년 가을에 만들어진 『드므니 문집』의 가치를 부인하는데, 이는 편지에 첨부된 세 편의 시가 1870년의 시와는 분명히 다른 성향의 작품임을 말하는 것이다. 랭보의 시적 사상을 응축하고, 작가의 운명을 예고하는 걸작으로 평가되는「일곱 살의 시인들」은 랭보의 작품 중에서 가장 자전적인 시편에 속한다. 억압자 "어머니"에 대한 말 없는 항거, 소년기의 비정상적인 이성애, 신에 대한 증오와 "작업복 차림의" 노동자들에 대한 연민, '미지세계'로의 출발에 대한 열망 그리고 새로운 시적 영감의 태동 등이 차례로 이어지는 것을 볼 수 있다.

이 작품에는 아름답고 독창적인 시적 표현이 넘친다. 지는 해의 마지막 광선이 저녁의 어둠을 가르는 "햇살의 만(灣)", 초원에서 바람에 일렁이는 들풀들을 은유하는 "빛의 너울" "황금 솜털들", 기생충들이 갉아먹은 나무들에 대한 괴이한 환청인 "옴 걸린 과목(果木)들의 들끓는 소리", 그리고 미지 세계의 신비로운 숲과 꽃을 지칭하는 "항성의 숲에 펼쳐진 육신의 꽃들"과 같은 시어는 한 '투시자'의 직관과 그에 대한 구체적 감각에 의해서만 얻어질 수 있으리라. 이 점은 방빌에게 보낸 8월 15일 자 편지에 삽입된 시 「꽃에 대하여 시인에게 말해진 것」이나 베를렌의 초청을 받고 파리로 향하기 직전에 쓴 「취한 배」처럼 1871년 5월 이후부터 베를렌과의 문학 방랑 이전까지 쓰인 시에 공통으로 나타나는 특징이다.

1행: "**어머니**"는 가톨릭의 교리에 따라 자식들을 엄하게 교육시켰던 실제의 랭보 어머니를 지칭하며 "숙제 책"은 학교의 책이 아니라, "성경"(46행)을 의미한다. 랭보는 여덟 살에 입학했는데, 이곳의 아이는 "일곱 살"이다.

13행: "햇살의 만(灣)"—그림자 혹은 어둠으로 싸인 빛의 깊숙한 부분. "어둠의 만"(「모음들」)과 대조적인 음영.

30행: "거짓말하는 시선"—아이와 어머니의 소통 부재에 대한 강한 표현. 가난하고 순진한 아이들(22~26행)과의 교류를 "불결한 연민"(27행)으로 판단하는 어머니의 '위선적인 시선'을 비판하고 있다.

33행: "숲이여, 태양이여, 강기슭이여, 사바나여!"—이국적인 풍경을 만들어내는 이 어휘들은 랭보가 1870년 8월 25일 선생님이었던 이장바르에게 보낸 편지에서 자신이 읽었다고 언급한 소설들의 배경이다.

34행: "삽화 있는 신문들"—『세계 일주』『풍경잡지』 등 당시 유행했던 신문 잡지들을 암시한다. 이 잡지들은 「취한 배」의 바탕이 된다.

60행: "그의 소설"—"소설을 지었다"(31행)고 하는 아이가 직접 쓴 소설인가? 그보다는 아이가 읽고 있는 소설을 의미할 것이며, "소설을 지었다"는 표현 역시 "황홀한 자유"에 대한 꿈을 언급하는 것이리라.

(92) 교회의 빈민들

드므니에게 보낸 1871년 6월 10일 자 편지에 들어 있는 시. 1870년의

「악」에서 볼 수 있었던 랭보의 반기독교적 사상이 다시 나타나고 있으나, 이번에는 "납빛 유리창으로 노랗게 물든 채"(27행) 꿈꾸고 있는 예수뿐 아니라, 그런 예수에게 "구걸하는 어리석은 신심을 침처럼 흘려대며"(25행) "끝없는 하소연"(26행)을 늘어대고, 호화스러운 종교의식을 행하는 강한 자 앞에서 "얻어맞은 개처럼 비굴한"(6행) 하층민들도 비판의 대상이 된다.

1~8행: 성가석의 호사로움과 그것을 바라보는 가난한 자들의 멍청한 시선을 대비시킨 후, 교회의 이 소외된 자들을 구체적으로 그려낸다.

9~24행: 배고파 보채는 어린아이를 안고 있는 여인들, 추위와 굶주림에 지친 술 취한 남자, 신음하고 웅얼거리는 한 무리의 노파들, 버림받은 간질병 환자들, 개들에게 이끌려오는 맹인들 등이 사실주의적 필체로 차례차례 묘사되고 있다.

25~32행: "구걸하는 어리석은 신심을 침처럼 흘려대며" 소란을 떠는 가난한 신자들의 "음울한 소극"과 "납빛 유리창으로 노랗게 물든" 예수의 초연한 태도가 대비되어 있다.

33~36행: 「음악에 부쳐」에서 묘사된 부르주아의 부인일 것 같은 부잣집 여자들의 가식적인 거동. 영양 과다로 "간이 병든" 부인들의 건방진 태도는 "수프로 연명하는"(13행) 가난한 여자들의 초라한 행색과 대비되어 시의 주제를 요약하고 설득력을 높인다.

(95) 어릿광대의 가슴

1871년 5월의 첫번째 시편인 「처형당한 가슴」을 살펴보자. 학교 스승인 이장바르에게 보낸 5월 13일 자 편지에서 랭보가 "판타지"라고 명명한 이 작품은 같은 해 6월 10일 드므니에게 보낸 편지에서는 여섯번째 행의 동사가 수정되고 「어릿광대의 가슴」이라는 제목을 달게 된다. 편지에 들어간 이 두 가지 판본 외에, 10월 파리에서 베를렌이 복사한 「도둑맞은 가슴」이라는 제목의 또 다른 판본이 존재한다. 랭보가 직접 다듬은 두번째 판본이 결정판이며, 베를렌의 복사본은 랭보의 견해에 따라 만들어진 것인지 판단하기 어렵기 때문에 하나의 이본으로 간주된다.

이 시는 8행시로서 첫 행이 넷째 행에서 반복되고, 첫 두 행은 마지막 두 행과 동일하다. 랭보에게서 "판타지"란 여러 의미가 있다. 우선, 1870년에 만들어진 「나의 방랑」에 "판타지"(「나의 방랑」의 부제. 이 책에서는 "환상곡"으로 번역)란 말이 부여되었고, 파리코뮌이 진행 중이던 1871년 4월 17일자 편지에서 랭보가 언급하는 "판타지"는 『인민의 외침』이라는 민중 신문 속에 실려 있는 혁명의 기고문 혹은 시편들을 지칭했다. 리트레 사전에 따르면, 미술 용어로 '판타지'는 "규칙에서 벗어나 자유롭게 상상력을 추구한 작품"이란 뜻이며, 아라베스크 무늬가 이에 속한다고 예를 들고 있다. 랭보가 이 시에서 "프레스코 벽화"를 언급하는 것은 이와 무관하다고 볼 수 없을 것이다. 또한 「어릿광대의 가슴」과 관련하여 랭보가 "우스꽝스러운 데생들의 모티프"를 언급한 것 역시 주목할 만하다.

이 시에 대한 해석은 다양하다. 가장 일반적인 것은 파리코뮌의 투사들이 있는 병영에서 겪은 역겨운 체험이 시의 바탕이 되고 있다는 견해다. '슬픈 가슴이 침 흘린다'는 것은 베르사유 정부의 정규군에 포위되어 있는 파리에서 투사들이 벌이는 바쿠스적인 향연에 대한 구역질을 암시하는 것이며, "선미"라는 장소는 흔들리는 배처럼 구토를 야기하는 극단적인 곳에 대한 상징일 수도 있다.

1871년 4월 말부터 5월 초까지 랭보가 파리에서 코뮌의 투사들과 함께 잠시나마 병영 생활을 했을 개연성이 있으며, 여기 나오는 "부대원들" "졸병 근성"은 그것을 반영한다. 말하자면, "씹는담배"를 씹고, 술과 음식으로 바쿠스적인 술타령을 벌이며 때로는 동성애적인 행위도 하는 무질서 속에서, 어린 랭보가 자신의 "도둑맞은 가슴"을 토로하는 것이다. 그렇지만, 파리코뮌에 대한 연민을 갖고 있던 랭보가 병사들의 구역질나는 삶을 기록하고 자신의 순수한 가슴을 그에 대비시키는 것은 사리에 맞지 않는다. 시의 배경을 단순히 파리코뮌에 국한시킨다면, 이 시가 담고 있는 시적 전언은 불합리하다. 이로 인해 '파리코뮌 전의 파리'로 시를 해석하는 시각이 있다. 말하자면, 파리에 프로이센 군이 입성한 이후, 2월 말에서 3월 초까지 파리를 다녀온 랭보의 체험을 담은 시편이라는 것이다. 베를렌의 복사본에 전사들의 성적인 "모욕"이 한바탕 웃음의 "야유"로, 바닷물에 의한 가슴의 "구원"이 단순한 "정화"로 약화되어 있으며, 병영이 아닌 뱃전임을 더욱 강조하기 위하여 방향을 조종하는 "키"라는 어휘가 등장한 것은 이런 모순을 해결하려는 노력일 수도 있다.

그를 둘러싸고 있는 일상의 삶을 위선과 도취의 향연, 하나의 코미디로 규정하고, 그 속에서 자신은 야유 받는 "어릿광대" 역을 하는 것으로 간주할 수는 없는 것인가? 상처 받은 "슬픈 가슴"이 구원받을 수 있는 시적 도구로 랭보는 바다의 이미지를 도입한 것이며, "선미"나 "물결"과 같은 어휘들은 이러한 시적 배경의 확장을 통해 이해될 수 있는 것이다. 바다의 물결이 오염된 가슴을 씻어준다는 알레고리는 향후 오게 될 「취한 배」의 기반이 되는데, 결국 이 시는 그의 운명을 예견하는 「취한 배」의 전조와 같은 것이다.

1행: "내 슬픈 가슴은 선미에서 침 흘리고"—주어(가슴)와 그것의 행위(침 흘린다) 그리고 행위가 이루어지는 장소(선미)를 드러내는 이 행은 시의 중심에 위치한다. 제목에 포함되어 있는 "가슴"이 주제어인 것은 의심할 수 없으며, 우리가 살펴볼 것은 '침 흘린다baver'라는 동사의 시적 함의가 될 것이다. 산문시에서는 전혀 보이지 않게 되는 이 어휘는 운문시에서 많이 발견된다. 유아적 행위인 침 흘리기는, 시 내부에서 여러 시적 대상들의 미성숙 혹은 사회에 대한 심리적 부적응과도 같은 부정적 이미지와 결부된다. 이것은 랭보 자신의 사회 및 종교에 대한 항거를 반어적으로 표현한 것으로 볼 수 있다.

1870년의 시편들을 보면, 먼저 「타르튀프의 징벌」에서는 '침 흘린다'가 시적 화자의 이빨 빠진 입에서 흘러나오는 거짓 신앙을 지칭하는데, 이런 의미는 「어릿광대의 가슴」과 함께 드므니에게 보내진 「교회의 빈민들」에서도 반복된다. 「세관원들」에서 "암소의 콧방울처럼 어둠이 숲에서 침을 흘릴 때"라고 한 것은, 시적 표현의 힘을 지니고 있다 하더라도 역시 "세관원들"의 어설픈 행위가 벌어지는 국경 숲 속의 어둠이 내리는 장면을 묘사한 것이므로 부정적으로 사용되었다. 타액의 분비라는 이미지는 성적인 상징으로 변화되어 「나의 작은 연인들」에서는 수액을 흘리는 식물에 비유되어 나타나기도 한다.

2행: "카포랄"—씹고 뱉는 담배의 일종. 17행의 "씹는담배"를 말한다. 한편 "카포랄"은 군대 계급의 하나인 '하사'를 뜻하기도 한다.

9~10행: "발기한 남근의 졸병 근성 깃든/그들의 모욕"—동성애에 대한 암시.

13행: "아브라카다브라"—주술과 같은 것.

18행: "어떻게 움직일까, 오 도둑맞은 가슴이여?"—더럽혀진 가슴이 정화되고 구원받아 다시 힘을 찾을 것인가에 대한 회의적인 질문. "끝없는 바쿠스적인 술판"(19행)이 지속될 것이라는 절망이 묻어 있다.

(97) 파리의 향연 혹은 파리가 다시 북적댄다

이 시의 육필 원고는 존재하지 않는다. 랭보가 1871년 여름(8월 하순경) 베를렌에게 보낸 편지 속에 또 다른 1871년 5월의 시편들(「나의 작은 연인들」 「첫 성체배령」)과 함께 들어 있으며, 1884년 베를렌의 『저주받은 시인들』을 통해 그 일부가 대중에게 알려지기 시작하였다. 이후 『라 플륌』지에 실리게 되는데, 이 판본부터 시의 말미에 '1871년 5월'이라는 날짜가 붙기 시작한다. 이 제작 시점이 랭보가 애당초 원고에 적었던 것인지 아니면 후에 출판사에서 넣은 것인지는 확실하지 않다.

만약 랭보 자신이 쓴 것이라면, 「파리의 향연」은 파리코뮌이 몰락하고 베르사유 정규군의 승리로 끝난 이후의 파리를 시의 배경으로 삼고 있음이 확연해진다. 하지만 '1871년 5월'이라는 날짜를 랭보가 썼다 하더라도, 시는 파리코뮌에 관련된 것이 아니라 보불전쟁 당시 프로이센 군에 의해 점령된 파리의 모습을 그리고 있다는 견해도 있다. 베를렌이 『저주받은 시인들』에서 이 시가 "피의 주간 직후에 쓰인" 시라는 점을 분명히 한 이후 랭보 연구자들은 베를렌의 견해를 부인하지 않았으며, 시의 내용에 의거하여 코뮌의 주요한 시편으로 해석해왔다.

그러나 마르셀 뤼프는 1968년 그의 저서 『랭보』에서 이 시가 어휘나 문체에 있어 파리코뮌에 관련된 시편들과는 구별되며, 내용 면에서도 랭보가 직접 보지 않고는 묘사하기 힘든 파리의 모습이 표현됐다는 점을 들어 이 작품은 프로이센 군에 함락된 파리를 그리고 있다고 주장했다. 1972년의 『랭보 전집』에 해석과 주석을 쓴 앙투안 아당 그리고 1973년에 나온 『랭보 시집』에 주석을 쓴 루이 포레스티에는 뤼프의 이런 견해를 따른다. 예컨대, "너희들을 떨쳐버리리라, 악질의 썩은 자들아!"(40행)라는 시구를, 보불전쟁이 끝난 후 파리로 다시 들어와 향연에 탐닉하며 제국의 도시로 파리를 환원시키는 부르주아에 대한 복수의 외침으로 보고 있는 것이다. 아당이 이 시의 원천으로 말하고 있는 외젠 베르메르슈의 「파리의 발라드」 역시 전쟁이 끝난 후 사회 엘리트 계층의 여인들이나 부르주아 부인들이 화사한 옷을 입고 파리 시내를 활보하는 모습을 조소하고 있다. 「파리의 발라드」는 3월 6일 자 『인민의 외침』에 실렸으며, 이 시기에 파리에 있었던 랭보가 4월 17일 편지에서 암시하고 있듯이, 이 작품을 접했을 개연성 역시 존재한다.

또한 수잔 베르나르는 이 편지에서 랭보가 명시하고 있는 르콩트 드릴의 시 「파리의 제전」을 「파리의 향연」과 비교할 수 있다고 언급했으며, 피에르 브뤼넬도 그 점을 지적했다. 그렇지만 수잔 베르나르는 「파리의 향연」을 파리코뮌 이후의 작품으로 간주하고 있다. 코뮌 이후에 돌아온 "시골뜨기들"을 묘사하며, 이들에 대한 파리의 복수를 외치는 랭보의 정신을 『징벌 시집』의 위고로부터 영향을 받은 것으로 보는 것이다. 랭보가 5월 15일 자 편지에서 이 위고의 시집을 언급하는 점이 이런 주장을 뒷받침한다. 브뤼넬은 수잔 베르나르처럼 시에 대한 전통적 해석을 따르고 있으며, 다만 보불전쟁 이후 파리로 입성한 프로이센군의 행진과 같은 보불전쟁에 관련된 기억 일부가 이 시에 겹쳐 묘사되었을 뿐이라는 것이다.

1~4행: 기차를 타고 파리로 몰려드는 이 "비겁자들"은 누구인가? 만약 이 시편이 보불전쟁에 관한 것이라면 프로이센 군일 것이며, 파리코뮌에 대한 것이라면 베르사유 정규군 혹은 코뮌 기간 동안 외곽으로 쫓겨났던 부르주아들이 될 것이다. 그런데 보불전쟁에 국한된 시편으로 해석한다면 파리로 다시 들어오는 자들이 부르주아라는 것은 부자연스럽다. 왜냐하면 그들은 프로이센 군인들에게 파리가 포위당하고 점령되었을 때 파리에 그대로 머물러 있었기 때문에, 새롭게 "기차역에 흘러"넘치도록 돌아온다는 것은 사실과 잘 부합하지 않기 때문이다. 베르메르슈가 「파리의 발라드」에서 조롱하고 있는 부르주아 여인들은 이 "성스러운 도시로" 귀환한 것이 아니라, 전쟁 후 질서가 다시 잡힌 파리 시내로 외출하여 '즐겁게' 산보하고 있을 뿐이다. 결국 "비겁자들"은 코뮌을 몰락시킨 후 대대적으로 입성하는 정규군(여기에는 랭보가 「파리의 전가」 마지막 연에서 말하고 있는 "시골뜨기들"이 포함되어 있다)을 말하는 것이다.

또한 "태양이 그 불타는 허파로"라는 표현은 1871년 초 혹은 3월의 광경보다는 태양이 더 뜨거워진 5월의 풍경 묘사에 합당한 것이며, 도시의 대로를 채웠던 "야만인들"은 프로이센 군인들을 말하고 있다. 이 "야만인들"이 3월 18일 파리코뮌이 결성되면서 파리의 대로를 점령했던 코뮌의 투사들을 가리킨다는 앙드레 기요의 해석은 별로 합당하지 않아 보인다. 둘째 연에 나오는 "어느 저녁/포탄들의 붉은색이 별처럼 총총했던"(6~7행)이라는 시행이 명백하게 「파리 전가」를 상기시키고 있다는 점에서, 이 시편이 파리코뮌 이후의 파리 모습을 묘사하고 있다는 해석이 더욱 설득력을 갖는다.

32~44행: 시적 담론의 발화자와 수신자와 관련하여 이 작품은 네 부분으로 나뉠 수 있다. 첫째 부분(1~32행)에서 파리로 들어오는 "비겁자들"에게 말을 하고 명령을 하는 시적 화자는 필경 시인이겠지만, 시인은 곧바로

텍스트에 드러나지 않고, 프랑스어의 "on", 즉 "우리"—파리를 바라보는 자들 혹은 이 작품을 읽는 자들을 모두 포함하여—로 객관화되어 있다. 그런데 이 32행부터 "비겁자들"에게 호통치는 "시인"이 등장하고, 두번째 담론의 틀이 시작된다. 시인은 마시고 구토하는 그 "승리자들"(28행)의 목덜미에 손을 얹고 그들에게 말을 한다. 직접화법의 형태로 되어 있는 이 언술은 『지옥에서 보낸 한 철』의 대화체를 예고하고, "독"을 마신 이 비겁자들의 몰골은 산문시집에 속한 시편 「지옥의 밤」을 연상시킨다. 그들이 향연에서 마신 것은 "독"이었고, "시인"은 그들을 심판한다. 부르주아들의 혹은 베르사유 정규군들의 지옥이 파리에 형성된 것이다. 파리 자체는 이들에게 짓밟히는 "여인", 남성들의 억압 속에서 희생된 채 자식을 목 졸라 죽일 수밖에 없었던 신화 속의 존재 메데이아와 같은 불행한 여인으로 그려진다. 따라서 "여인"의 항거, 복수에 대한 선언은 공적 영역에서 역사의 약자가 내세울 수밖에 없는 히스테리의 문화적 의미를 형성하게 된다. 시의 첫째 연에서 대명사로 등장했던, "la voilà"의 "la"는 지배 문명의 피해자인 "도시"이자 "여인"이고, 신화의 억압적 담론의 여주인공들인 메데이아 혹은 안티고네였던 것이다. 여기서부터 도시는 랭보의 미학으로 승화되고 있다.

45~60행: 시인이 직접 파리에게 말하고 있는 세번째 시적 틀에서, 미친 승리자들에게 겁탈당하는 매음녀 파리의 처절한 저항과 그 이후 다가올 역사의 "진보"가 규정된다. 적어도 보들레르 이후 '악의 꽃'이었던 매음녀는 사회의 진보적인 면에서 예술가들이 껴안아야 할 존재였으며, 시학적인 면에서는 현대성의 테마였다. 이제 "고통의 도시" "거의 죽은 도시"는 "진보"의 숨결 속에서 미래를 향하는 것이다. 파리를 여자에 비유하여 불의에 항거하는 인류의 모습으로 드높이는 부분은, '피의 주간' 동안 노동자 계층의 여자들이 거리에서 펼친 투쟁을 예찬하고 그녀들의 성스러운 "손"을 찬양하고 있는 「잔마리의 손」과 이 시의 연계를 짐작하게 하며, 여자에 대한 랭보의 변화된 시각을 말해준다. 즉, 1870년의 초기 시에서부터 「나의 작은 연인들」에 이르기까지 시의 주제로 선택되었던 여자들의 속물근성에 대한 때로는 감상

적이기까지 한 혐오감을 넘어서서, 여성의 존재 가치와 그 역할을 새롭게 인식한 것이다.

61~76행: "폭풍우가 그대를 숭고한 시로 축성하였다"(65행)라는 시행에서 보듯, 파리는 시(詩) 자체가 된다. 이 "선택 받은 도시"에 아름다움이 되살아났고 질서가 되돌아왔다. 역사의 진보에서 시인과 시의 역할, 그리고 그들의 관계 규정이 파리코뮌이라는 역사적 사건을 바라보는 랭보의 내면에서 하나의 시학으로 승화된 것이다. 시인의 "시구들은 약동"할 것이다.

(102) 잔마리의 손

베를렌이 『저주받은 시인들』에서 언급한 이 시는 원본이 분실된 것으로 여겨져왔으나, 1919년 한 연구자에 의해 자필원고가 발견되었다. 앞의 시에서와 마찬가지로 이 시에서도 랭보는 베르사유 군대에 맞서 싸웠던 파리코뮌 민병대의 전투를 찬양하고, '피의 주간' 동안 거리에서 싸우며 바리케이드를 지킨 노동 계층 여인들의 활동을 상기하고 있다. 랭보는 먼저 낭만주의 시인들이나 파르나스파 시인들이 여러 시에서 예찬했던 아름답고 섬세한 손에 관해 언급하고, 이어 여성 투사들의 손을 그와 대비시킨다.

4행: "후아나" — "잔"의 스페인식 이름. 그러나 잔은 이국 풍취의 낭만주의 문학에 등장할 법한 "후아나"가 아니다.

16행: "벨라도나" — 맹독성의 즙액을 가진 약초. 잔의 손에서 흐르는 "검은 피"는 벨라도나의 맹독과 같이 죽음과 관련된다.

23행: "켄가바르" — 특정 지역이나 도시는 없으나, 페르시아에 유사한 발음의 도시 켄가베르kengawer가 있다. "켄가바르"는 이 "아시아"(23행)의 도시인가?

33행: "등뼈가 구부러진 손" — 앞의 손들과는 다른, 여성 투사인 잔마리의 손에 대한 직접적인 언급이 시작된다.

39행: "라 마르세예즈"—당시 공화파 민병대들이 부르던 노래.

40행: "키리에 엘레이손"—가톨릭 성가 중 하나이다. 코뮌파들은 대체로 반교회적 성향이 강렬했다.

59~60행: "맑은 고리로/엮은 사슬이 소리치는 **손**"—정부군에 포로로 잡혀가는 민병대 여자들의 손. '피의 주간'에 약 2만 명의 코뮌 민병대들이 희생되었으며, 하루에 150에서 2백 명에 이르는 포로들이 손에 사슬이 묶인 채 네 명씩 줄지어 베르사유로 압송되었다.

(106) 자비의 누이들

1871년 8월에 편지와 함께 베를렌에게 보낸 여러 시편들 중 하나. 이 시는 1871년 4월 17일 드므니에게 보낸 편지에 "여인이든 사상이든, '자비의 누이'를 찾지 못하게 될 불쌍한 자들이 있다"고 쓰인 문장과 의미 면에서 유사성을 가지고 있다. 즉, "자비의 누이"를 '시인'이 지녀야 할 "사상"과 동의어로 보고 있으며, 시의 마지막 행에서는 이 존재를 "신비로운 죽음"과 동일한 위치에 놓고 있다. 랭보가 여성을 "내장 더미" "거대한 눈동자의 깨지 못한 맹인"으로 규정하고 있는 것은 「물에서 태어나는 베누스」 「나의 작은 연인들」에서부터 지속적으로 나타나고 있는 여성 혐오 혹은 비하로 보아야 할 것이다. 그러나 혐오의 대상인 "젖가슴을 지닌 자"가 '시인'이라는 "스무 살의 멋진 육체"를 지닌 자와 대비되고 있다는 점에서, 이 시는 특히 「나의 작은 연인들」과 시적 맥락을 함께하는 것으로 보인다. 이런 점에서 시의 제작 시점도 원고에 적힌 "1871년 6월"보다 약간 빠른 4월 내지 5월로 추측되기도 한다.

단순한 육체적 사랑의 대상인 여성 혹은 낭만주의적인 감성을 지닌 여성에서 사회개혁을 위해 투쟁하는 여성에 대한 선호로 랭보의 여성관이 바뀌고 결국은 여성을 하나의 시학 자체로서 품게 되는 것은 랭보 시의 중요한 변천이다. 말하자면 1871년 파리코뮌과 함께 시의 사회성을 자각한 랭보가 역사를 이끄는 '여인'을 시의 중심에 앉혔던 것이며, 「자비의 누이들」과 같은 시를 거쳐 산문시에 와서는 여성이 육체적 존재를 떠나 하나의 완전한 시학으로 대체된 것이다. 랭보 시의 난해함과 시적 전언(傳言)의 확장성은 바로 여기에 있다.

1~2행: "우아하고, 탄탄하고 강한 남자"가 나오는 보들레르의 『악의 꽃』의 한 시편인 「"이 벗은 시대들에 대한 추억을 사랑하노라,……"」와 관련 있는 듯하다. 특히, "갈색 피부의 청년"은 보들레르 시에 나오는 "포이보스"가 금빛으로 만들고 있는 동상들인 "벗은 시대들"의 남자가 아닐까? 신화의 담론 속 인물에 아름답고 건강한 남자 육신을 비유하는 것은 랭보의 산문시집 『일뤼미나시옹』의 시 「청춘」에서 반복된다. "보통 체격의 **남자**여, 육신은 과수원에 매달린 과일이 아니었던가,—오 어린 날들이여!—육체는 아낌없이 주어야 할 보물이 아니었던가,—오 사랑한다는 것은 프시케의 재난인가, 힘인가?".

4행: "페르시아의 어느 미지의 **정령**"—『천일야화』에 대한 회상. 『일뤼미나시옹』에서 시학적인 존재로 승화된다. "그는 거품 이는 겨울과 여름의 소음을 향해 열린 집을 만들었기에 애정이며 현재다. 음료와 양식을 정화시킨 그, 사라져가는 장소들의 매혹이며 머무는 곳들의 초인간적 열락인 그. 그는 애정이고 미래이며, 우리, 분노와 권태 속에 서 있는 우리의 목전에서 폭풍우 치는 하늘과 환희의 깃발들 속으로 지나가는 힘이고 사랑이다."(「정령」)

7~8행: "다이아몬드 침대 위에서 몸을 돌리는/여름밤의 눈물, 젊은 바다"—1870년 『현대 파르나스』지에 실린 방빌의 「오르페우스의 노래」에 나오는 "떨리는 빛살의 물결, 하얀 다이아몬드 강가에서, 목자의 항성들이 불타는 제 별 무리를 인도하네"라는 시구를 연상시킨다. 빛을 받아 물결이 다이아몬드처럼 빛나는 형상을 묘사하지만, 결국 은하수를 의미하는 것으로 보인다. 그렇다면 "다이아몬드 침대"는 이런 강줄기(은하수)이고, "여름밤의 눈

물, 젊은 바다"는 그 속을 흐르는 수도 없는 별들의 모습일 것이다.

8행: "여름밤의 눈물, 젊은 바다" — "갈색 피부의 청년"의 형상을 비유하는 데 사용된 이 두 가지 아름다운 표현은 산문시 「정령」의 "거품 이는 겨울과 여름의 소음"과 시학적으로 연관된다. "청년"과 "정령"은 한 인물일 수 있다는 점에서 더욱 그렇다. 산문시 「콩트」에서 우리는 "왕자"와 "정령"의 동일화가 이뤄지는 것을 보게 된다.

9~11행: "세상의 추악함 앞에서,/드넓게 분노한, 영원하고 깊은 상처로/그득한 제 가슴 안고 몸을 떨며" —산문시 「불안」에서 나오는 대기와 바다, 그 무서운 침묵의 파도를 통하여, 상처와 형벌과 고문을 향해 굴러가야 하는 극단적 "불안"에 청년은 몸을 떨며 "자비의 누이"를 찾는다. 1871년 5월 '투시자의 편지'에서 언급된 영혼에 대한 지독한 연마와 고문은 지속되고 있는 것이다.

13~20행: 극도의 불안과 분노에 빠진 "청년"이 찾는 "여인"의 "부드러운 연민"은 이제 "자비"가 될 수 없으며, 그녀는 "내장 더미" "젖가슴을 지닌 자"에 불과하다. 비록 육체적인 사랑으로나마 위안받고자 하나, 그는 "세상의 추악함"(9행)에서 벗어날 수 없다.

33~40행: "여인은 미지 세계를 찾아낼 것이리라! 그 사상 세계는 우리의 것과 다를 것인가?—그는 이상하고, 깊이를 알 수 없으며, 거부감을 일으키고, 그윽한 것들을 발견할 것이다. 우리는 이것들을 취할 것이고, 이해할 것이다"라고 '투시자의 편지'에서 언급된 여인들의 시학적 역할은 "검은 연금술과 성스러운 연구"로 오만함에 빠져 상처를 입은 "어두운 학자"의 헛된 희망이었던가? 그렇지만 그는 희망을 포기하지 않았다. "지독한 고독"에 잠긴 이 "어두운 학자" — "나뭇가지들과 빗줄기가 [……] 십자형 유리창에 와 부딪치"는 시간, 서재의 "어두운 안락의자에 앉아 있는 학자"(「어린 시절」)가 아니던가?—는 아직도 "광활한 종말, 거대한 꿈 혹은 산보"를 믿으며 새로운 사상을 기다린다. "자비의 누이"는 "신비스러운 죽음"을 통해서 다시 살아나, "병든 영혼과 사지"의 시인을 구원하리라.

(109) 모음들

프랑스 시 가운데 가장 많이 주석된 시들 중 하나이며, 랭보의 명성을 높이는 데에도 큰 공헌을 한 이 유명한 작품은, 랭보가 베를렌과 어울려 방만한 생활을 하며 파리의 카페를 드나들던 1872년 초에 쓰인 것으로 추정된다. 일부의 연구자들은 이 무렵 랭보가 색채와 음정의 관계에 대해 특별한 관심을 보이고 있던 보헤미안 음악가 카바네르를 만났을 가능성이 있다고 본다. 그는 일곱 개의 모음에 색채를 부여하고 다시 거기에 악보를 그려 음정을 붙인 시 「일곱 숫자의 소네트」를 써서 랭보에게 헌정했다. 랭보는 시의 원고를 나중에 『문예부흥』지의 편집장이 되는 에밀 블레몽에게 전해주었다. 그러나 이 육필 원고보다 몇 달 앞선 1871년 9월에 만들어진 베를렌의 복사본이 존재한다. 랭보의 원고와 베를렌의 복사본 사이에 큰 차이는 없으나, 후자의 제목에는 관사가 들어 있다("Les Voyelles").

랭보는 시의 첫머리에 A를, 마지막에 O를 배치하고 있다. 만물의 창조주는 전통적으로 '알파와 오메가'라는 말로 정의된다. 이 점에서 알파에서 시작하여 오메가로 끝나는 랭보의 이 시는 일종의 색채적인 우주론을 제시하고 있다고 할 만하다. 그렇다고 하더라도 이 우주론의 체계에서 왜 이런 모음이 이런 색깔을, 저런 모음이 저런 색깔을 지녀야 하는지는 알 수 없다. 랭보 자신이 이 시에서 "모음들"에 대해 "나는 언젠가 너희들의 잠재된 탄생을 말하리라"라고 쓰고 있으며, 『지옥에서 보낸 한 철』의 「착란 II」에서도 같은 뜻의 말을 하고 있다: "나는 모음들의 색깔을 발명했다!—A 흑색, E 백색, I 적색, O 청색, U 녹색.—나는 자음마다 그 형태와 움직임을 조절했고, 본능적 리듬으로, 언젠가는 모든 감각에 닿을 수 있는 어떤 시적 언어를 발명하리라 자부했다. [……] 그것은 우선 습작이었다." 랭보의 말을 믿자면, 그는 약속의 단계에 불과한 이 "발명"을 완성하지 못했으며, 또한 완성할 수 있는 일도 아니었다. 그가 자의적으로 부여한 모음의 색채에 대해 공감각 현상을 거론하는 것 이상으로 보편적 이론을 적용하려는 시도는 대부분 공론(空論)에 이르기 십상일 것이다.

랭보에 의해 제시된 이 모음들의 색깔을 설명하기 위해서, 보들레르가 『1846년 살롱』에서 언급한 뒤 그의 유명한 소네트 「만물조응」에서 부각시킨 공감각적 조응 현상을 당연히 참조해볼 수 있으리라. 다만 랭보의 '모음과 색채의 조합'이란 것은 보들레르의 우주를 구성하는 본질적 요소로서의 '단위체'와는 크게 다르다. 보들레르에 있어서 감각들은 상응하며 대우주로의 일체적인 확장을 이룩하지만, 랭보의 단어들은 모음에 따라 해체되고 각자 자음들의 움직임과 연결되어 새로운 색채의 존재들로 태동되는 것이다.

일부 연구자들은 해시시와 같은 마약의 효과를 거론하기도 하며, 일부는 랭보가 이 시를 쓰면서 낱말들이 각기 다른 색으로 채색되어 있는 알파벳 학습서를 회상하고 있었을 것이라고도 한다. 그곳에는 모음들로 시작되는 단어의 그림들이 「모음들」에서 주어진 색채와 동일한 색(단, I가 이 학습서에는 "노란색"임)으로 칠해져 있다. 또 다른 연구자 장구는 색채의 상징적 가치에 기초하여 비의적(秘義的)인 설명을 제시한다. 그는 "방사하는 생명력은 흑색에서 백색을 거쳐 적색에 이르며, 흡수되는 생명력은 적색에서 동일한 중간 항을 거쳐 흑색으로 내려간다"는 엘리파 레비의 말을 인용하고, 이에 의거하여 인간의 생명력이 A 흑색에서 E 백색을 거쳐서 I 적색으로 상승하고, 하강할 때는 E 백색이 아니라 U 녹색을 거친다는 것이다. 그는 이렇게 각각의 단계가 상징적 가치를 지닌다는 "색채의 변증법"을 시도한다. 한편 로베르 포리송은 각 모음을 나타내는 글자들이 여성 육체의 여러 부위의 형태와 일치한다는 점을 들어 이 시가 "성교 중인" 여자를 환기시키고 있다는 의견을 피력하기까지 한다. 이 주장은 모음의 색채를 소리보다는 형태에 대입시킨다는 점에서 흥미롭다.

1행: "U 녹색, O 청색"—원문에서는 "U vert, O bleu." O와 U의 순서가 바뀌어 있는 것은 모음 충돌(O bleu, U vert)을 피하기 위한 것이다. 1873년에 쓴 「착란 II」에서 이 모음들의 색채를 다시 언급할 때는 정상적인 모음의 순서(A, E, I, O, U)를 따라 언급했다. 이렇게 볼 때, 장구의 비의적인 해석의 결과인 "색채의 변증법"에는 큰 결함이 있음을 알 수 있다.

3~5행: "A, 〔……〕 그 번쩍이는 파리 떼의 털투성이 검은 코르셋,//어둠의 만."—원문에서 "파리"는 복수로 쓰고 있는 반면, "검은 코르셋"은 단수로 쓰고 있다. 따라서 이 코르셋은 파리들의 앞가슴을 닮은 코르셋으로 이해해야 할 것이다. 채색된 알파벳 교과서의 A 항목에는 "벌Abeille" "거미Araignée"가 그려져 있다. 이 곤충들이 랭보의 "파리"와 시학적 유추 관계를 설정한다고 볼 수 있다. 여기서 1872년의 작품인 「가장 높은 탑의 노래」를 보자.

> 이처럼 **초원**은
> 망각에 몸을 맡겨,
> 넓어지고, 꽃피어났구나
> 백 마리 더러운 파리 떼의
> 맹렬한 윙윙거림에
> 향으로 그리고 가라지로.

검은색은 죽음의 관념과 관련되고, 종교적 의식에 사용되는 "향"과 "파리 떼의 맹렬한 윙윙거림"은 동질화되어 있다. 망각에 던져졌던 "초원"은 이 향의 도움으로 넓어지는데, "무한한 사물들의 확장"을 허용하는 공감각의 하나, "초원처럼 초록빛 향기들"(보들레르, 「만물조응」)은 파리 떼가 몰려드는 "잔인한 악취" 아니 "부패한"(「만물조응」) 향기에 다름 아니다. 가라지로 꽃핀 초원은 결코 아름답거나 비옥하지 않지만, 희망은 남아 있다. 우주는 조화로운 것이기 때문이다. 그리고 장구의 해석과 같이, "A 흑색"은 상승하는 삶과 하강하는 삶의 출발과 종착을 감싸는 "어둠의 만"인가? A의 삼각형 모양이 파리의 코르셋을 닮았을 뿐 아니라, 여자 육체의 중심에 있는 "어둠의 만"을 연상시킨다면, 장구의 비의적인 해석이나 우주적 유추관계에 따른 분석과 관계없이, A는 검은색이 될 것이다.

5~6행: "E, 안개와 천막의 순결" — 흰색은 "순결"의 상징. 이 철자를 옆으로 누인다면, 형태적으로 강 위에 피어나는 "안개"이며, 세운 "천막"이고 "빙하들"의 정상이 된다. 또한 "하얀 왕들"인 여자의 젖가슴이며, 미풍에 산들거리는 산형화의 들판일 것이다. 음성적으로는 "순결" 및 "안개"의 원어 "candeurs" "vapeurs"의 "eu"는 모음 E의 발음을 담고 있다. 1872년의 시 「기억」에는 "산형화"의 초원과 함께 "하얀 천사들" "순결한 풀"이 묘사되어 있다. 산형화서(繖刑花序)로 피는 들꽃들은 보라색의 아주 작은 꽃을 중심으로 흰빛의 꽃들이 군락을 이루고 있다.

7~8행: "I, 자줏빛 옷감, 토한 피, [……] 아름다운 입술의 웃음" — "적색"은 이 '자줏빛 옷감, 피, 아름다운 입술'과 쉽게 연결된다. 그러나 "분노 혹은 속죄하는/도취 속의 아름다운 입술의 웃음"은 어떤 의미인가? 우선 "도취" "웃음"의 원어 "ivresse" "rire"의 발음에 "I"가 공통적으로 들어 있다. 의미상 도취는 분노와 속죄에 그리고 웃음에 관계될 수 있을 것이다. 누워 있는 여자의 육체로 본다면, A— "어둠의 만", E— "하얀 왕들", 여자 젖가슴, I— "아름다운 입술의 웃음"이 아래로부터 차례로 나타난다. 알파벳 학습서에는 I로 시작하는 '인디언 여자Indienne' '모욕Injure' 등의 단어가 적혀 있다.

9~11행: "U"— 형태적으로 파도를 형상한다. 여기서부터 "초록 바다의 신적인 진동"이, 바람에 일렁이는 잔풀들의 물결인 "방목장의 평화", 청명한 정신의 학구적인 이마에 새겨진 "주름살의 평화"가 "순환주기"로 찾아온다. 바다-방목장-학구적 이마의 "순환"은 사실 매우 랭보적인 어휘들의 조합이지만, 바다mére의 "E", 방목장pâtis의 "I", 학구적studieux 이마의 "U"의 산형화서인 셈이다. 또한 "U"를 설명하는 이 삼행시에는 "I" 발음의 반복이 돋보이며, 수많은 파동이 일렁이는 형상을 띠고 있다. 랭보에 있어서 초록은 분명 "평화" 혹은 청명함의 상징이다. 1870년 초기 운문시의 "초록 선술집"은 방랑자 랭보에게 행복과 휴식 그리고 사랑을 주었으며, "언어의

연금술"이 실패할 때면 그에게 "초록 여인숙"(「갈증의 희극」)은 결코 열릴 수 없을 것임을 1872년의 시는 예견하게 된다.

12~13행: "O" —나팔 소리가 나가는 부분의 둥근 형태. 그러나 왜 "청색"인가? 보들레르의 「머리타래」 중 "그대는 나에게 거대한 둥근 하늘의 푸른빛을 돌려주노라"라는 시구에서 동그란 형태와 푸른색의 조합을 볼 수 있다. 마지막 행의 "**오메가**"는 "보랏빛 광선"인데, 오메가의 "O" 자가 푸른색인 것은 이 보랏빛을 예고하는 어떤 상징적인 가치를 지닌다. 또한 나팔은 악기의 일종이다. 음악과 관련된 어휘들 중에서 오케스트라, 오르간, 오르페우스 등은 모두 "O"로 시작되고 있다. 그러나 그것들이 왜 청색인가에 대한 만족할 만한 답을 얻기는 사실상 어렵다. 해석들이 어떠하든 이 "지고의 **나팔**"은 「묵시록」의 나팔, 곧 최후의 심판을 알리는 나팔이 아닐까? 랭보의 이 "지고의 **나팔**"은 위고의 「최후의 심판의 트럼펫」과 비교될 수 있다. 언어의 연금술을 지향하는 이 시 속에는 종교적이건 비종교적이건 간에 어떤 묵시록적 분위기가 있는 것이 사실이다. 나팔의 "기이한 쇳소리" 이후, "**세상**과 **천사**들이 가로지르는 침묵"은 신적인 완벽한 침묵이 될 것이다.

14행: "**오메가**"—스베덴보리는 그의 저서 『천국의 놀라운 세계와 지옥에 대하여』에서 "천상의 천사들의 언어는 주로 O와 U의 모음으로 울리고, 영적인 천사들의 언어는 E와 I로 울린다"라고 했다. 고향에서 비의주의에 빠졌던 그의 지인 브르타뉴의 도움으로 랭보가 이 책을 접했을 가능성이 있다. 랭보는 이 지점에서 창조자를 염두에 두었고, '알파와 오메가'를 생각했음이 분명하다. 따라서 이 마지막 연은 "—오 **오메가**"로 시작하는 것이다. 스펙트럼에서 가시광선의 마지막 색채인 보랏빛으로 넘어온 것이다. 대문자로 쓰인 "**그이**의 **눈**Ses Yeux"은 일반적으로, 12~13행과 같은 문맥에서 '신의 눈'을 말하는 것으로 해석된다. 그러나 들라에나 피에르켕 같은 랭보의 친구들은 1871년 2월 파리로 랭보를 따라왔다는 "보랏빛 눈을 지닌 소녀"가 여기에 해당한다고 본다. 랭보 연구가인 부이안 드라코스트는 르콩트 드릴의 『고대시편들』에 나오는 시구를 제시한 바 있다. "말하시오, 가지보다 더 부드러운,

그녀의 신선한 웃음을,/그녀의 보랏빛 눈에 감도는 금빛 광선을.” 「모음들」의 마지막 3행은 신의 창조와 사랑의 신비를 함께 상기시키고 있다.

(110) “별은……”

베를렌의 복사본 노트에 실린 시. 이 노트에 “4행시”라는 말이 분명히 보이므로, 이 짧은 시편은 흔히 추측되어오듯 미완성 작품이나 어떤 시편의 부분이 아니라 완전한 하나의 작품이다. 「모음들」과 같은 면에 필사되어 있는 것으로 보아 두 작품은 동시대의 것으로 간주될 수 있는데, 뿐만 아니라 이 4행시는 「모음들」에서 말하고 있는 시론에 대한 하나의 시도라고 볼 수 있다. 이 시는 12음절 시행에서 각 6음절로 구성된 반구가 끝나는 지점에, 즉 여섯번째 음절에 색채 형용사가 위치하고 있다. 이 네 가지 형용사—“장밋빛” “흰빛” “다갈색” ‘검은색’—는 “별” “무한” “바다” “인간”을 수식하고 있는 것이 아니라 그 행위의 양태를 표현함으로써, 색채의 새로운 시적 의미를 노리는 듯하다. 더욱 상기 네 가지 존재들은 우주를 구성하는 주요 요소라는 점에서 시의 효과는 극대화되고 있다.

1행: “장밋빛으로”—이 색채뿐 아니라, 다른 세 색채(2, 3, 4행)들의 형용사는 동사와 어울려 부사적으로 사용되었다. 한 어휘의 특이한 용법뿐 아니라, 문장의 통사적 파격 혹은 ‘비틀기’는 산문시집 『일뤼미나시옹』에서 종종 나타난다.

2행: “무한은 네 목덜미에서……”—「오필리아」의 “무서운 무한이 네 푸른 눈동자를 놀라게 하였도다!”에서 볼 수 있듯이, “무한”의 개념은 거대한 시적 환영을 생산해낸다.

3행: “바다는 네 진홍빛 젖꼭지에서……”—「취한 배」의 “사랑의 쓰디쓴 적갈색들이 발효한다!”라는 시구와 동일한 시적 영감에서 나온 것이다.

4행: “**인간**은 네 무상(無上)의 옆구리에서……”—피에르 브뤼넬은 성서의 「요한복음」 21장 33절을 제시한다. 즉, 예수가 죽은 뒤, 군인들 중의 한 명이 "창으로 예수의 옆구리를 찌르자 곧 피와 물이 나왔다"라는 구절이 그것이다. 이 4행시가 종교적인 성찰보다 여성 육체의 우주적인 탄생을 외치는 것이라면, 『일뤼미나시옹』의 「미의 존재」에 나오는 "검은 상처들이 이 멋진 육신 속에서 터진다. 생명의 고유한 색깔들이 짙어지고 춤을 추며, 작업대 위에서 환영(幻影)의 둘레에 떠오른다"를 떠올릴 수 있다.

(111) "의인(義人)은……"

1871년에 필사된 베를렌 복사본에 따르면, 이 시는 "의인"이라는 제목을 갖고 있는 75행으로 이루어진 작품이며, 제작 시기가 1871년 7월이라고 한다. 그러나 베를렌이 복사한 시행들 중에서 현재 원고로 봤을 때 41~45행에 해당되는 시행들만 마지막 시절처럼 남아 있고, 처음 부분은 모두 뜯겨져 나가 버렸다. 베리숑이 베를렌 복사본과 같은 원고를 알게 되어 그의 판본에 45행 전체를 실어놓았다. 그 후 마르셀 쿨롱이 랭보의 자필 원고(여기에는 제목이 없다)를 발견했으며, 1957년 폴 아르트만이 그의 랭보 작품집에 10행(현재의 46~55행)이 추가된 새로운 판본을 제시했고, 지금 우리가 보고 있는 것이 바로 이 판본이다. 분명 베를렌은 41~45행을 마지막 시행으로 필사했는데, 그렇다면 랭보가 베를렌 복사본 이후에 46~55행을 추가한 것인지, 전체가 75행이라면 아직도 발견하지 못한 처음 20행을 랭보 자신이 삭제한 것인지 확실히 판단할 수 없는 의문점들이 남아 있다.

아무튼 최초의 원고에 있었던 시의 도입 부분—랭보가 삭제했다고 가정하더라도—을 모르기 때문에 지나치게 단정적인 해석은 옳지 않지만, 대체적으로 여기서 시인이 조롱하고 있는 "의인"은 "예수"라는 견해가 지배적이다. 세상을 이끌어갈 수 있는 자는 예수에 저항하는 "저주받은 자"가 되어야 한다는 것인데, 이는 랭보가 1870년도의 반교권주의에서 한 걸음 더 나아가 반기독교주의에 빠져들어 있음을 분명히 보여주고 있다. 그러나 1985년에 이브 르불은 이 "의인"이 예수가 아니라 제2제정 기간 중에 건지 섬에서 망명생활을 했고 보불전쟁으로 제정이 몰락한 이후 귀국한 빅토르 위고라고 완전히 새로운 주장을 했는데, 이 의견도 다수의 연구자들에게 받아들여지고 있다.

1행: "**의인**"—복음서에 예수를 지칭하는 말로 여러 차례 등장한다. 또한 최후의 심판에서 구원받을 만한 자들이 바로 "의인들"(「마태오복음」 25장 37절)이다.

3~5행: 사람의 아들이 재림하는 날에 "해는 어두워지고 달은 빛을 내지 않으며 별들은 하늘에서 떨어지고 하늘의 세력들은 흔들릴 것이다"(「마태오복음」 24장 29절)라는 구절이 연상되는 장면. 즉, "나"는 "너"에게 이런 날의 도래를 물어보는 것이다. 어두운 밤하늘 앞에 선 의인의 태도는 위고의 『관조시집』 여러 시편들에서 나타난다.

6행: "네 이마는 염탐당하고 있다"—원어 "épier"를 '가시 화관으로 두르다'로 해석해야 한다는 견해도 있다. 이것은 의인을 예수로 받아들인다면 타당성이 있는 말이다.

14행: "브르타뉴의 음유시인이여!"—의인이 건지 섬(브르타뉴 지방의 앞바다에 있는 영국령의 섬)의 망명자 빅토르 위고라는 주장을 뒷받침해주는 호칭. 그렇지만 피에르 브뤼넬은 단지 의인의 수염을 비유하기 위하여 차용한 것으로 본다.

15행: "**올리브 나무**의 울보여!"—올리브 나무가 있는 겟세마네 동산에서 기도하는 예수를 가리킨다. "아버지, 하실 수만 있으시면 이 잔이 저를 비켜 가게 해주십시오"(「마태오복음」 26장 39절)라는 세 번의 지속적인 이 간청은 "성배 속에 빠진 가슴이여!"(17행)란 시구와 함께 의인이 분명 예수를 가리킨다는 견해를 대폭 강화시키고 있다.

35행: "**저주받은 자**"—의인들과 대비되는 자이다. 그들에게 예수는 "나에게서 떠나 악마와 그 부하들을 위하여 준비된 영원한 불 속으로 들어가라"(「마태오복음」 25장 41절)고 말한다. 그러나 이 시에서 의인들과 저주받은 자는 성서의 경우처럼 선과 악으로 서로 구분되어 있지 않다.

36행: "난 지상에서 이렇게 소리쳤었고"—곧게 서 있는 의인을 향한 "**저주받은 자**"의 독설, 말하자면 예수에 대한 강한 반감의 표출이 첫 행부터 35행까지 이어졌다. 이제 그가 이마를 다시 들어보니 그의 입술에 담겼던 "지독한 아이러니"를 가지고 "유령은 도망쳐버렸다."(38~39행)

40~51행: 이 부분은 저주받은 자가 "어둠의 바람"에게 명령을 내려 의인들을 내치고자 하는 의지를 표출하고 있다. "그자를 가버리게 하라" "그자가 더러운 자비와 진보를 말하게 하라" 등이 그것이다.

55행: "너희 질그릇 배 속에"—명백한 성경 구절에 대한 암시이다. "보배로운 시온의 아들들 금으로나 값을 매길 수 있던 그들. 아, 어찌하여 옹기장이 손이 빚어낸 질그릇처럼 여겨지는가?"(「애가」 4장 2절)

(114) 꽃에 대하여 시인에게 말해진 것

방빌에게 보낸 1871년 8월 15일 자 편지에 들어 있는 시. 랭보는 파르나스파의 수장인 방빌에게 시를 전하면서, 정작 시의 내용으론 파르나스파의 시적 테마를 조롱하고 있다. 시의 제작 시점을 1871년 7월 14일로 적은 랭보는, 여기서 시인들에게 새로운 시적 영감으로 무장된 보다 객관적인 시로 향할 것을 요구하고 있다. 즉, "백합" "장미"와 같은 꽃들, "프랑스의 식물들"에 대한 사랑이나 그것들이 상징하는 아름다움에 대한 추구와 같은 고전적이고 비효율적인 주제를 떠나, 사회의 유용성과 관련된 예술작품을 생산해야 한다는 것이다. 랭보는 "의자가 될 꽃들"로 상징되는 문학의 시대적 효용성을 적시하고 있다. 이 시가 쓰이기 두 달 전인 1871년 5월 중순에 쓰인 '투시자의 편지'에서 전개했던 사상을 이번에는 시어를 통해 명시적으로 반복하는 것이다. 시의 근대성과 시대의 발전을 동일시한 작품으로, 이전의 작품들에서 볼 수 있는 종교적 혹은 정치적 체제에 대한 반감과 저항에서 벗어나 다가오는 시대에 요청되는 시인의 역할을 규정하고 있다는 점에서 매우 의미 있는 작품이다. 새로운 "식물학"을 12음절 시가 아닌 색다른 "형태"에 담아내야 한다는 것인 바, 이는 시인들에 대한 일종의 선언서라고 말할 수 있을 것이다.

5행: "사고"—사고야자나무의 수심에서 나오는 쌀알 모양의 흰 전분. 식용 또는 바르는 풀의 원료로 쓰인다.

7행: "종교적인 프로자"—가톨릭 미사 때 부르는 성가, 특히 합창을 의미한다.

9행: "케르드렐"—왕정주의 옹호자. 즉, 왕정의 상징인 백합의 수호자.

10행: "1830년도의 소네트"—1830년은 위고를 중심으로 한 낭만주의 운동의 하나였던 '에르나니' 사건이 벌어지고 7월혁명이 일어나는 해. 낭만주의가 절정에 이른 이 시기의 소네트를 일컫는다.

11~12행: "카네이션, 맨드라미와 함께/**음유시인**에게 수여되는 백합!"—백합, 카네이션, 맨드라미는 툴루즈에서 열렸던 문학 백일장에서 수상자들에게 수여되던 꽃들이다.

29~32행: 방빌의 「눈의 심포니」에서 끌어온 표현.

41행: "푸른 **수련**"—『현대 파르나스』지에 실린 망데스('투시자의 편지'에 "환상주의자"로 언급된 시인)의 「수련의 신비」에 대한 암시이거나, 보들레르의 「여행」에 나오는 "향기 나는 수련"과 관련된다.

45행: "아소카 오드"—"아소카"는 인도 신화에 나오는 나무. 망데스나 르콩트 드릴의 시에서 찾을 수 있는 이름. 랭보는 신화의 식물로부터 소재를 얻는 주관적인 시를 비판하고 있다.

52행: "풍뎅이"—풍뎅이는 「파리 전가」에서도 쓸모없이 소리만 내며 날아가는 부정적인 의미로 나온다. 진정 독이 담긴 "방울뱀"을 시에서 말해야 한다는 것이다. 새로운 삶으로의 재생을 위한 '독'이란 시적 테마는 1870년 5월 '투시자의 편지' 이후 1873년 『지옥에서 보낸 한 철』까지 랭보 작품에 지속적으로 나온다.

54행: "그랑빌" —『살아 움직이는 꽃들』의 저자인 데생화가, 풍자화가(1803~1847). 그랑빌은 이 작품에서 꽃들에게 인간의 용모, 인간들이 품고 있는 사악함과 정념을 불어넣었다. 랭보는 1870년 8월 25일 자 편지에서 조르주 상드, 샤를 노디에 등이 지은 『파리의 악마』의 삽화를 언급하면서 수신자인 선생님 이장바르에게 "그랑빌의 데생보다 더 바보 같은 것이 있었던 적이 있는지 좀 말씀해주세요"라고 그의 데생을 비판한다.

66행: "**땅가뢰**" —열대지방의 곤충. 르콩트 드릴이 그의 시 「밀림지대」에서 이 곤충을 언급하고 있다.

72행: "육각시(六脚詩)의 보아뱀" —집 잘 짓는 보아뱀처럼 육각시를 늘어놓지 말라는 의미.

79행: "바닷새의 똥" —구아노. 해조의 배설물이 퇴적하여 생긴 덩어리를 말함. 「취한 배」는 뱃전에 "황금색 눈의 험담쟁이 새들의 불평과 똥"(65~66행)을 싣고 있다.

93행: "포이보스" —그리스 신화의 아폴론의 또 다른 이름. 여기서는 태양을 가리킨다. 그렇지만 태양의 신 헬리오스와는 구별된다.

96행: "소렌토의 바다" —라마르틴 혹은 방빌의 시를 암시한다.

99행: "히드라" —열대지방에 사는 물뱀. 그리스 신화에서는 헤라클레스가 죽이는 데 성공하는 머리가 일곱 달린 괴물 뱀을 말한다.

100행: "맹그로브" —열대와 아열대의 갯벌이나 하구에서 자라는 목본식물을 이르는 말.

110행: "꼭두서니" —꼭두서닛과의 여러해살이 덩굴 풀. 산과 들에 자라며 어린 잎은 식용하기도 한다. 19세기에 프랑스에서는 군복 바지를 염색하는 데 그 뿌리가 사용되었다. 112행의 "우리의 군대를 위하여"라는 시구는 당시의 이런 염색 방식에 기인한다.

123행: "열 마리 당나귀가 실을 뽑으려 하는구나!" —이국적인 식물들에 대한 서정적이고 미학적인 취향만을 나타내던 파르나스 시파에 대한 비판. “의자가 될 **꽃**들을 찾아라”(124행)에서 볼 수 있듯이, 랭보는 여기서 식물들의 유용성을 지적하고 있다.

131행: “알페니드”—1850년경에 알펜이라는 사람이 발명한 화학적 구성을 일컫는데, 프랑스에서는 수저의 은도금에 사용되었다.

135행: “르낭”—『예수의 생애』(1863)의 작가. 철학자이면서 역사가이기도 하다(1823~1892). 『지옥에서 보낸 한 철』의 전(前) 텍스트라고 할 수 있는 『복음주의 산문』에 르낭의 『예수의 생애』를 암시하는 부분들이 나오는 것으로 보아, 랭보는 적어도 이 유명한 작품을 읽은 것으로 짐작된다.

135행: “수고양이 무르”—페트루스 보렐이나 발자크와 같은 많은 프랑스의 작가들에게 영감을 준 호프만의 작품(1820~1822). 긴 독일어 원제에서 “수고양이”라고 했기에 단순히 “고양이 무르”가 아니라 “수고양이 무르”로 번역해야 한다.

136행: “거대한 **푸른 튀르소스**”—그리스 신화의 디오니소스(로마식 이름은 바쿠스)를 숭배하는 마이나데스(디오니소스를 따르는 여자 광신도들)가 흔들며 춤을 추었던, 담쟁이 덩굴 혹은 포도나무 덩굴로 덮여 있는 지팡이. 보들레르의 산문시에도 「튀르소스」가 있다.

157행: “트레기에”—브르타뉴 지방의 도시. 위에서 언급한 르낭의 고향이기도 하다.

158행: “파라마리보”—가이아나에 위치한 도시. 시인이 “트레기에로부터 파라마리보까지”의 제반 사항들을 탐독해야 한다는 것은, 백합이 프랑스를 상징하는 것과 같은 관습적인 시 혹은 미학만을 추구하는 시에서 벗어나, 사회에 유용하고 인류의 진보를 이룰 수 있는 문학으로 나가자는 의미다.

159행: “피기에”—“아셰트”(160행) 출판사에서 나온, 『자연도감』이란 제하의 여러 책을 저술한 사람(1819~1894). 랭보는 이 책들 중에서 특히 『식물의 역사』(1865)를 암시하고 있는 듯하다.

(124) 첫 성체배령

1871년 여름 랭보가 베를렌에게 두번째 편지를 보낼 때 「나의 작은 연인들」 등과 함께 우송된 시편이다. 베를렌은 1884년에 나온 그의 『저주받은 시인들』에서 시의 네 행(57행~60행)만을 인용하면서, 시 정신을 "늙고 불경한 미슐레와의 불행한 만남"에서 나온 것으로 규정하고 있다. 그 후 1886년, 베를렌에 의하여 『라 보그』지에 시 전체가 실렸다. 베를렌이 1871년 가을 처음 이 시를 복사할 때에는 시의 제작 시점을 "1871년 7월"로 적었지만, 랭보의 고향 친구인 들라에에 따르면 랭보는 이 시를 1871년 5월 14일에 있었던 여동생 이자벨 랭보의 첫 성체배령에서 착상했다고 한다. 이 시는 1870년과 1871년의 시편들에서 보이는 특징들을 담고 있다. 즉, 교회의 가난한 자와 부자와의 대비, 남녀 사랑의 불가능, 범신론적 정신 등 여러 요소들이 있지만, 시를 지배하고 있는 것은 반기독교 정신이다. 첫 성체배령을 맞는 젊은 여인을 문둥병 걸린 병든 여자로 묘사하고, 교회의 이런 성스러운 의식을 그리스도와의 더러운 사랑으로 그리고 있는 이 작품은 아마도 랭보의 시편들 중에서 가장 무서운 그리스도에 대한 조롱을 담고 있는 것으로 간주할 수 있다.

2~3행: "땀내 나는 구두의/그로테스크한 검은 옷 사내" —교회의 사제를 가리킨다. '땀내 나는 구두'라는 표현은 "그로테스크"란 단어와 함께 사제의 추한 모습을 상징한다. 랭보는 「수단 속의 가슴」— "수단"은 신부의 긴 옷을 의미—에서 "난 더웠다. 내 발은 그의 시선 아래서 불타고 있었고, 땀에 흠씬 젖었다"라고 썼다.

4행: "시골 마을의 저 교회들" —랭보의 외가가 있는 아르덴 지방의 로슈라는 시골 마을의 교회를 가리킬 수 있으나, 복수형으로 되어 있다는 점을 볼 때 일반적인 작은 교회를 의미한다. 시골 교회 사제들의 행태를 비판하고 있다.

7행: "돌은 언제나 어머니 같은 대지의 냄새가 난다" — "색유리의 낡은 색채"(6행)로 인간을 오도한 교회의 장식에 대지의 순수와 영원성을 대비시키고 있다.

19~20행: "아이는 무엇보다 집에 빚지고 있다,/순진한 배려와 고달픈 봉사의 가정"—여동생 이자벨 랭보의 성체배령에 관련된 시편이라면, 이것은 이자벨이 살아온 가정의 모습일 것이다.

23~24행: 사제는 소사나무 그늘진 지붕 아래의 사제관에 머물고, 일하는 이는 뜨거운 햇볕 아래의 농부들이다. 교권에 대한 이런 부정적인 인식은 시의 후반부로 갈수록 격렬한 시어를 토해내게 한다.

57행: "아도나이"—구약성서에서 주 혹은 여호와에게 주어진 이름.

58행: "**이마**들"—대문자로 표기된 이 "**이마**들"은 그리스도, 성모마리아 그리고 성인들의 이마를 가리킨다.

64행: "**시온**의 **여왕**"—성모 마리아가 기도문들 속에서 불리는 여러 가지 이름 중 하나.

(133) 이 잡는 여인들

지금은 분실된 이 작품의 초고는 적어도 두 종류가 있었다. 하나는 베를렌의 부인 마틸드가 1872년 남편의 서류 사이에서 찾아낸 것이고, 또 하나는 랭보의 사망 이후, 랭보의 여동생 이사벨 랭보가 발견해 루이 피에르캥에게 전한 것이다. 이 시는 1883년 『루테티아』지의 10월 19일~26일 자에 이어서, 1888년 베를렌의 『저주받은 시인들』에 실렸다. "이 잡는 여인들"이 구체적으로 누구를 가리키는가에 따라 시의 제작 시점을 추정할 수 있다. 1870년 9월 랭보는 그의 선생님이었던 이장바르의 이모들 집으로 가서 여러 주를 보낸 적이 있는데, 이때의 체험을 바탕으로 쓰인 시라고 보는 것이 대체적인 견해이다. 그렇다면 "이 잡는 여인들"은 이장바르의 이모들이라 말할 수 있을 것이며, 따라서 이 시가 1870년의 가을에 쓰인 것이라고 판단할 수 있다.

또한 여인들에 대한 시적 묘사가 1871년의 시편들에 나타나는 현실의 문제에 투쟁하는 여인이나 미래를 여는 시학적 존재로서의 여인이 아니라는 점에서 이런 가설을 뒷받침하고 있다. 그러나 첫 연의 "아이"에 대한 묘사가 「일곱 살의 시인들」과 유사하며, 여인들은 「자비의 누이들」의 시적 이미지로 연결된다고 볼 때, 이 시의 제작 시점은 유동적이다. 더구나 이 원고가 1870년 가을에 랭보가 필사한 『드므니 문집』에 들어가 있지 않고 베를렌의 손에 있었다는 점에서, 1871년 후반기 파리에 체류하던 시절에 작성되었을 가능성도 배제할 수 없다.

(135) 취한 배

1871년 가을 파리에 도착한 랭보가 베를렌에게 직접 전해준 시. 따라서 이 시는 베를렌이 1871년 8월 말 편지와 함께 랭보로부터 받은 시편들을 필사한 24쪽짜리 노트에는 들어 있지 않다. 베를렌의 복사 노트에는 쪽 번호가 있으나, 「취한 배」의 필사본에는 번호가 없으며 특히 제목 상단에 저자의 이름이 있는 것으로 보아 베를렌의 복사 노트와는 독립적인 것임을 알 수 있다. 또한 여러 부분이 수정된 것으로 미루어 일부 연구자들은 랭보와 함께 필사가 이루어진 것으로 보고 있다. 이 시는 문단을 떠나 아프리카와 아라비아에서 생활하고 있는 랭보를 파리의 문인들에게 다시 알리고자 한 베를렌의 노력 덕분에 1883년 11월 2~9일 자 『루테티아』지에 처음으로 실리게 된다. 곧이어 1884년 『저주받은 시인들』의 랭보 편에 시 전체가 인용된다. 이 시는 일부 연구자들의 주장처럼 전적으로 베를렌의 기억에 의해 재생된 것이 아니라, 그의 오랜 친구인 레옹 발라드로부터 시의 필사본을 얻어 잡지에 실은 것으로 보인다. 더구나, 발라드에게 시의 복사본을 요구하면서 제목을 'Vaisseau ivre'로 말했던 베를렌의 기억력에만 전적으로 의존해서는 안 된다.

랭보는 이 시의 착상을 샤토브리앙, 에드거 앨런 포, 위고, 쥘 베른 그리고 보들레르와 같은 작가들의 작품들과 이국 풍경을 소재로 하고 있는 『풍경잡지』 『여행의 새로운 저널, 세계 일주』와 같은 여러 정기간행물들을 읽으면서 얻었으며, 시의 곳곳에서 그 영향 관계를 말할 수 있는 표현들이 눈에 띈다. 따라서 폴 발레리 등을 포함한 일부 논자들은 이미지들의 단순한 나열로 간주하면서 시의 의미를 격하했지만, 사르트르나 롤랑 바르트, 사뮈엘 베케트 같은 작가들은 랭보가 아직 바다를 보지 못한 때였음에도 불구하고 광대한 대양을 헤쳐 나가는 배를 시적 소재로 선택하고, 이 「취한 배」의 도정을 자신의 운명과 동일시하는 시인의 분방한 상상력과 투시력을 높이 평가했다.

3행: "**붉은 피부**"—인디언을 지칭함. 3~4행은 샤토브리앙의 『나체즈족』에 나오는 장면, 즉 "여러 색깔로 칠해진 기둥"의 곁에서 행해지는 붉은 피부 인디언들의 장례의식을 연상케 한다.

5행: "영국 목화의 운반자"—『풍경잡지』 제1권에 방직기계의 발명으로 목화 사용량이 늘어났고 특히 영국이 그루지야로부터 목화를 대량 수입하고 있다는 글이 실려 있다. 랭보는 이 잡지를 1870년 가을 이장바르의 이모들이 살고 있던 두에의 서재에서 보았거나, 혹은 다른 도서관에서 접했을 수도 있다. 『풍경잡지』는 1833년부터 시작하여 「취한 배」가 쓰인 1871년까지 총 39권이 발행되었는데, 그때까지 샤를빌 시립도서관은 이 잡지를 소장하지 않고 있었다.

11행: "밧줄 풀린 반도(半島)들"—『풍경잡지』 제38권(1870)의 「떠다니는 곶」에는 1718년 선원들이 지진으로 아프리카 대륙에서 떨어져 나온 어떤 곶을 보았다는 이야기가 담겨져 있다. 길이가 수십 킬로에 달하는 이 곶 부근에는 산과 숲이 있으며, 인간들과 야수들의 소리가 들려왔다는 것이다. 샤토브리앙 역시 미주리의 미시시피 강을 묘사하면서 강변에서 떨어져 나온 떠다니는 섬을 언급하기도 했다.

21~24행: "젖빛으로 빛나고" "사념에 잠긴 익사자……"—쥘 베른의 『해저 2만 리』(1870)에 이와 유사한 표현이 나온다. 노틸러스호가 인도의 벵골 만에 접근할 때, "젖빛" 바다에는 갠지스 강에서 흘러들어온 시신들 사

이로 "사념에 잠긴 어떤 익사자"가 떠내려가고 있었다. 『교육잡지』에 연재되었던 『해저 2만 리』의 마지막 회가 실린 것은 1870년 6월 20일이었으며, 단행본으로 나오는 것은 7월이었다. 곧 보불전쟁이 발발하여 랭보는 1871년 봄에야—랭보는 전쟁 직후의 편지(1870년 8월 25일 자)에서 샤를빌의 서점으로 새로운 책이 한 권도 오지 않는다고 불평하고 있다—랭보는 비로소 샤를빌에서 책을 접할 수 있었을 것이다. 불과 몇 달 전에 신비한 바다 탐험 소설이자 과학소설의 수많은 장면과 어휘들을 읽었으니 그것들이 이 시편에 담긴 것은 당연하리라.

32행: "나는 때때로 보았다, 인간이 본다고 믿었던 것을!" —인격화된 "취한 배"의 이런 오만한 외침은 노틸러스호의 네모 선장이 동승한 아로낙스 교수에게 던진 말이다.

33~35행: "낮은 태양이,/까마득한 고대의 연극배우들을 닮은,/보랏빛 기다란 응고물들을 비추는 것을" —이 시행은 "태양이 응고되는 제 핏속으로 빠져버렸다"라는 보들레르의 시구를 연상시킨다. 태양이 피 흘리듯이 붉은 색채를 남기면서 하늘 너머로 잠겨드는 이 형상에서 우리는 "보랏빛 기다란 응고물"을 생각할 수 있다. 그렇지만, 왜 그것이 고대 연극배우를 닮았을까? 랭보의 선생님이었던 이장바르는 수업 시간에 에우리피데스의 『사슬에 묶인 프로메테우스』를 번역해 공부한 적이 있다고 증언했는데, 프로메테우스가 불을 훔쳐 인류에게 가져다주었다는 점에서 그 연관성을 파악할 수 있다. 이 "응고물"은 수평선 끝에 걸려 있는 섬이나 암초의 기다란 형체로 볼 수 있으며, 그것들의 부동성은 굳어 있는 근엄한 표정의 고대 연극배우와 비유될 수 있다. 『해저 2만 리』의 노틸러스호가 남극을 향하는 장면을 보면 "빙하들은 멋진 자태를 하고 있었다"라는 구절에 이어 고대인들의 옷과 비슷한 수의를 걸친 유령들의 삽화가 들어 있다. "고대의 연극배우"는 이 삽화로부터 온 것일까?

40행: "노래하는 인광(燐光)들" —야광충이라고 불리는 미세 생물로 인해 바다는 인광처럼 빛나게 된다. 빅토르 위고의 『바다의 일꾼들』에 "바다를 불타게 하는 인광들"이라는 구절이 있다.

42행: "암소 떼 같은, 암초에 습격당한 거친 물결"—에드거 앨런 포는 『마엘스트롬 속으로 하강』이란 이야기에서 바다의 폭풍우 소리를 거친 물소 떼 소리와 견주고 있다. 43~44행의 "숨 가쁜 대양" "콧등"은 이와 연관해서 해석해야 한다.

43행: "마리아들의 빛나는 발"—종교적인 힘을 상징하는 것이지만, 위고의 『웃는 남자』에서 뱃머리에 조각된 금빛 마리아가 언급되는 것을 볼 수 있다. 마리아 옆에 초롱불이 하나 놓여 있는데, 이로 인해 마리아의 발이 빛나게 된다.

47~48행: "바다의 수평선 아래,/청록의 양 떼에 굴레처럼 걸려 있는 무지개"—『해저 2만 리』의 네모 선장은 "나는 해저의 내 숲 속에 살고 있는 사냥감들을 수중에 넣습니다. 내 양 떼들은, 넵투누스의 늙은 목자의 양 떼처럼 근심도 없이 광활한 대양의 초원에서 풀을 뜯습니다"라고 아로낙스 교수에게 말한다. 또 이런 해저 사냥에 초청되었던 교수는 바닷물에 햇살이 기묘한 각도로 투영되어 프리즘을 통과하듯이, "꽃들이나 바위들, 조가비들과 폴립 식물들"의 형상으로 분산되는 "태양 광선의 일곱 색들"에 대해 기술하고 있다. 수평선 아래의 양 떼들과 거기에 걸려 있는 무지개는 바로 쥘 베른의 상상력에서 빌려온 것이 아닐까? 그렇다 하더라도 무지개가 굴레처럼 양 떼에 직접 걸려 있다는 구절은 랭보의 매우 시적인 표현이다.

49행: "레비아탄"—성경의 여러 곳(「욥기」 3장 8절과 41장 1절, 「시편」 74장 14절과 104장 26절 그리고 「이사야서」 27장1절)에 기술되어 있는 머리가 일곱 개 달린 바다 괴물. 위고에 따르면 런던에서 건조된 일곱 개의 돛이 있는 거대한 범선의 이름이기도 하다. 위고는 이를 "바다에 떠도는 산"이라고 표현했다.

54~56행: "거대한 뱀들이,/뒤틀린 나무 등걸에서, 악취를 뿜으며 떨어지는"—『풍경잡지』 제1권(1833) 9쪽에 나오는 보아뱀이 등장하는 판화와 그 설명을 연상시킨다. 이 열대 왕뱀이 꼬리로 나무를 감고 있는 판화는 제

32권(1864)에도 나온다.

56행: "갈색 만(灣) 깊은 곳의 흉측한 좌초들을!" —원어는 "échouage". 얕은 수심으로 인해 꼬리가 뭍에 닿아 있는 배의 형상을 의미하는 단어로, 깊숙한 연안에 걸려 있거나 쓰러져 있는 배들의 보기 흉한 모습을 묘사하고 있다. 난바다에서 파도나 바람에 의해 난파되거나 침몰하는 "좌초"를 뜻하는 "échouement"과는 구별된다. 이 두 어휘에 대한 설명이 『풍경잡지』 제9권(1841)의 「해양 풍경 어휘」에 나온다.

58행: "이 노래하는 물고기 떼" —『풍경잡지』 제34권(1866)에는 "소리 내는 물고기들"을 언급하고, 이것은 "새의 울음소리처럼 일종의 신호나 부름"이라고 규정하는 글이 실려 있다.

59행: "꽃 피어난 거품들이 뭍 떠나는 나를 흔들어주고" —『풍경잡지』에 대한 영향은 단지 이국적인 풍경이나 동식물에 대한 설명에 머물지 않고, 이 잡지에서 소개하거나 담고 있는 새로운 어휘로 확장된다. "뭍 떠나는 나"로 번역한 원어 "mes dérades"가 그런 예의 하나이다. 랭보가 만들어낸 이 명사는 동사 "dérader"로부터 온 것이다. 이 동사는 『풍경잡지』 제8권(1840)부터 시작한 「해양 풍경 어휘」 소개란의 첫 시리즈에 정의되어 있다. 이에 따르면 배가 자의적으로 정박지를 떠나는 것이 아니라, "거친 바다 혹은 맹렬한 바람으로, 닻이 떨어져나가면서, 정박지로부터 밀려나가는" 현상을 가리킨다. 따라서 이 시행은 바다의 격한 파랑을 전제로 하는데, "꽃 피어난 거품들"은 이로 인하여 생긴 수많은 기포들일 것이다. 다음 행(60행)의 "형언할 수 없는 바람"은 이에 관계된다.

63행: "노란 흡반의 어둠의 꽃" —흡반 혹은 빨판이 달린 해초를 일컬음.

65행: "황금색 눈의 험담쟁이 새들" —샤토브리앙의 『나체즈족』에 조롱하는 새("mock-bird")가 나온다. 그러나 이 새들이 "황금빛 눈"을 가지고 있다는 것은 특이한 묘사다.

67행: "약한 줄" —바다로 힘없이 늘어진 배의 밧줄 혹은 63행에 나오는 "노란 흡반의 어둠의 꽃"과 같은 연약하게 흐느적거리는 해초류를 가리킨다. 그것들 너머로 익사자들이 떠내려가는 형상을 묘사한 것이 68행이다.

69행: "작은 만(灣)들"—원어는 "anses". 고트족 사이에서, 대문자로 시작하는 "Anses"는 로마인들의 전투에서 승리함으로써 반신(半神)으로 간주되었던 영웅들을 가리킨다. "작은 만들의 머리칼"은 이런 의미 속에서 쉽게 이해될 수 있다. 그러나 "머리칼"은 위의 시행들에게 지속적으로 언급하고 있는 해초류에 대한 또 다른 표현일 수 있다. "작은 만(灣)들의 머리칼 아래 길 잃고"라는 표현은 북대서양 서인도 제도 부근의 '사르가소 해'—'사르가소'는 갈색 해초류를 가리키는 말—를 3주에 걸쳐 "해초들 사이를 힘겹게 항해한" 『해저 2만 리』의 노틸러스 호를 연상시킨다. 특별한 조류의 영향으로 해초들이 군락을 이루어 항해에 큰 어려움이 있는 것이다. 버뮤다 제도로 둘러싸인 이 바다의 일부는 이 "작은 만"으로 불릴 수 있을 것이다.

71행: "모니토르 군함들과 한자의 범선들"—『풍경잡지』 제31권(1863)의 한 삽화에는 "모니토르"란 이름의 미국 군함이 등장한다. "한자"는 중세 시대 독일의 해양 도시들이 상업상의 목적으로 결성한 한자동맹을 일컫는다.

79행: "전기 섬광의 초승달 모양들을 점점이 두르고"—『해저 2만 리』의 네모 선장이 노틸러스호를 움직이고 있는 "전기"의 힘에 대해 설명했을 때, 아로낙스 교수는 "당신은 분명 인간들이 언제가 찾을 전기의 진정한 동적인 힘이라는 것을 찾아낸 것입니다"라고 선장을 찬탄한다. 이것이 바로 "미래의 **원기**"(88행)일 것이다.

81행: "베헤못"—성서 「욥기」(40장 15~24절)에 나온다. 무겁고 우둔하며 소같이 풀을 뜯는 하마. 성서에서 "레비아탄"과 함께 4대 신비한 동물로 언급되고 있다. 위고의 『바다의 일꾼들』에도 기술되어 있으며, 여기서는 위의 연에 나오는 "검은 해마들"과 관련된다.

81행: "마엘스트롬"—노르웨이 앞바다의 거대한 소용돌이. 『해저 2만 리』의 노틸러스호는 이 소용돌이에 휘말려 침몰한다.

98행: "목화 운반선의 항적을 제거"—앞에 가는 배의 물살을 없앤다는 것은 그 배의 뒤를 바짝 붙어서 항해한다는 뜻이다.

99행: "군기와 삼각기의 오만함을 가로지를 수도" —『해저 2만 리』의 가장 극적인 장면 중의 하나를 연상시킨다. "거대한 돛 위에 긴 삼각기를 날리고 있는" 영국 군함의 공격을 받은 노틸러스호는 강력한 추진력으로 "돛단배의 뾰족한 돛대처럼 이 군함의 중심부를 그대로 가로질러 통과해버렸다." 그러나 무참하게 군함을 침몰시킨 노틸러스의 종말도 멀지 않았고, 랭보의 '취한 배'도 이 지점에서 무너지고 있는 것이다.

[제2부 자유 운문시 1872]

(143) "내 마음이여……"

1886년 6월 7일 자『라 보그』지 제7호『일뤼미나시옹』의 산문 시편들과 함께 실려 있다. 랭보의 시 중에서 제작 시점을 분류하기 힘든 시편 중 하나다. 시형으로 볼 때 아직 정형시의 운율을 따르고 있으며, 1871년 5월 파리 코뮌의 실패에 대한 복수심에 세상에 대한 파괴의 외침이 나오고 있다는 점을 볼 때, 이 시는 랭보가 파리로 올라와 코뮌의 참여파들 혹은 '피의 주간'을 직접 경험한 자들과 교류하기 시작한 1871년 하반기에 쓰인 것으로 간주된다. 또한 파리에서 베를렌을 통해 만난 시인들이 파리코뮌 이후의 부르주아들의 반동적 행동을 증오하고 있었으므로 랭보는 그들과 분노를 나누고 있는 것으로 보인다. 그러나 "잉걸불의 뒤덮임" "불의 파도"와 같은 표현들이 그야말로 "지옥의 오열"을 동반하고 있다는 점에서 1873년『지옥에서 보낸 한 철』과 연관성이 보이며, 그렇다면 적어도 1872년 이후에 작성된 작품으로 판단되기도 한다.

제작 시점이 언제건 간에 시의 중심 테마는 실패한 혁명에 대한 복수이며, 묵시록적인 세상의 종말이다. 주제와 시형은 필경 1871년에 속하지만, 표현법과 시적 정신은 그 이후의 랭보를 말하고 있는 독특한 시편이다.

16~17행: "오 불의 파도여!//유럽이여, 아시아여, 아메리카여, 사라져라." ―묵시록적인 세상의 종말이라는 그 완벽한 파멸에서, 오직 '아프리카'는 제외되어 있다. 황제들의 권력과 공화국들의 정의가 반복된 역사를 성난 "황금의 불길"(8행)로 몰아넣은 뒤, 시인이 운명적으로 거처하게 될 미래의 장소를 예견하는 것인가?

19행: "우리는 짓밟히리라" ―파리코뮌 참여자들은 "복수"(5행)를 외치지만, 그들의 무기력한 욕망으로 인해 또다시 짓밟힐 것이다. 그러나 이번에는 "화산"이 폭발하고 "대양"이 휘몰릴 것이며, 우주가 분노할 것이다. 그들은 미지의 대륙을 향해 "낡은 대륙"을 떠나야 하리라. 묵시록적인 종말을 말하면서 새로운 문명의 도래를 꿈꾸는 랭보의 시학은 『지옥에서 보낸 한 철』의 「나쁜 피」를 떠올리게 한다.

22~25행: "미지의 흑인들이여," ―랭보는 1873년 5월 고향 친구 들라에에게 보낸 편지에서, 『지옥에서 보낸 한 철』의 전신인 "이교도의 책" 혹은 "니그로의 책"을 언급한다. 랭보의 시적 진전은 유럽의 지배 역사에 대한 비판으로 돌아선다. 백인들이 상륙하여 대포를 앞세워 "니그로"들에게 세례를 준다. 신성한 사랑만이 과학의 열쇠를 부여하지만, 그것이 필히 기독교의 사랑은 아닐 것이다. 그럼에도 그는 다른 니그로와 달리 구원받기를 희망한다. 갈등과 혼란의 연속이며, "그칠 줄 모르는 소극"(「나쁜 피」)이다. 그러나 이 소극을 버리고 나아가야 한다. 말굽 아래 깔려 죽을지라도, 타오르는 폐, 울렁이는 관자놀이, 어둠을 굴러가는 심장과 사지로 전장을 향해 떠나야 한다. 낡은 대지는 녹아내린다. 시의 이러한 결말은 서구에서 행해지는 삶 자체에 대한 포기를 암시한다.

(145) 눈물

이 시의 자필 원고는 두 가지가 존재한다. 하나는 「갈증의 희극」 「카시스의 강」 그리고 「아침의 좋은 생각」 원고와 함께 포랭에게 전해진 것으로, 루이 바르투의 소유로 넘어간 뒤 베리에 의해 1919년 메생 출판사에서 『대가들의 원고들』 속에 복사되어 나왔고, 또 다른 하나는 랭보가 베를렌에게 주었던 것으로 여러 사람의 손을 거쳐 피에르 베레스가 소장하게 되었는데 오랜 시간이 지난 뒤 1957년 랭보 작품집에 실리게 된다. 『일뤼미나시옹』의 원고들과 뒤섞여 1886년 『라 보그』지에 실린 판본은 후자의 원고를 바탕으로 한 것이다. 그리고 1873년 『지옥에서 보낸 한 철』에 삽입된 또 다른 판본이 있는데 이것은 처음 두 원고와는 매우 다른 형태이며, 1872년 시에 대한 반성을 담고 있는 산문시에 함께 실려 있다는 점에서 그 의미가 크다. "눈물"이라는 제목은 이 시가 어떤 슬픔이나 후회에 대해 말할 것임을 예고한다. 따라서 시인이 과거의 자신을 되돌아보며 회한의 눈물을 흘리고 있다는 해석이 곧바로 가능할 것이며, 이것은 시의 전언과 크게 벗어난 것은 아니다. 그러나 "눈물"이라는 단어에 관사가 생략되어 있고 단수형이라는 점에서 그 회한은 특정한 것임을 짐작하게 한다.

1~4행: 시인의 과거 행위가 일어난 장소를 묘사하고 있다. 우선 시인은 새, 양 떼, 마을 여자들로부터 먼 곳에 있다고 함으로써 목가적이고 서정적인 분위기를 배제하고 있다. 일상적 삶과 사랑으로부터 유리되어 있고 마치 시인만이 움직이는 유일한 생명체인 듯 새들의 존재도 잊힌 완벽한 고독의 장소가 그려진다. 이렇게 시인이 자신의 몸을 숨길 수 있었던 은둔처와 그것이 위치한 곳의 자연적 특성을 우리에게 말하고 있다. "부드러운 개암나무 숲" 속의 "히스 무성한" 이 은둔처는 "어떤"이라는 단어로 묘사되어 그 정확한 모습이나 위치는 드러나지 않는다. 결국 시인은 여기서 기억의 불투명성 혹은 윤곽이 모호한 인상주의적 풍경을 의도적으로 그려내고 있다. 붉은

보랏빛 작은 꽃이 피고 가지 많은 줄기가 있는 광야에서 자라는 키 작은 관목인 히스는 버려진 자연과 그 풍경의 상징이며 이 관목이 무성하다는 것은 시인의 은둔처가 인간의 발길이 자주 닿는 장소가 아니라는 것을 암시한다. 모든 생명체로부터 멀리 떨어져 있는 이 은둔의 장소는 다행히 "부드러운 개암나무 숲"에 둘러싸여 있다. 절대 고독이 감도는 곳이지만 주변의 숲은 온화함과 따뜻함의 감성적 분위기를 자아내고 있다. 시인은 상처받기 쉬운 부드러운 유년기의 중심에 있으나, 그 중심은 오히려 삭막한 시절로 메워져 있음을 말하는 듯하다.

삶의 불투명성과 지루함은 어느 하루의 오후 분위기로 압축되어 있다. 시인은 "훈훈한 안개"가 숲 속을 뒤덮고 있는 후덥지근한 오후에 와 있다. 이 기후는 셋째 연에 나오는 뇌우를 암시하는데, 삶의 또 다른 격정과 소용돌이 그리고 이후에 도래할 수 있는 새로운 세계에 대한 비전을 잿빛 하늘처럼 무겁게 드리우고 있는 듯하다. 그런데, 이 안개는 "초록빛"이다. 석양의 빛과 숲의 초록을 담고 있는 안개에 대한 이런 묘사 기법은 인상파 화가의 그림을 떠올리게 한다. 초록빛 계곡의 급박한 개울물과 그 수초들 위로 쏟아지는 현란한 빛의 조화를 수채화처럼 그린 초기 운문시 「골짜기에 잠든 자」는 모네의 작품을 연상시키고, 「초록 선술집에서」에서 묘사한 오랜 여행에 지친 자가 주막에 들어와 맥주잔을 앞에 놓고 피곤한 다리를 테이블 밑으로 쭉 뻗은 채 벽장식의 순진한 인물들을 바라보는 모습은 르누아르의 주제와 크게 다르지 않다. 그러나 죽은 자의 영원한 휴식처, 여행자의 쉼터와 같은 삶의 순수에 대한 열망을 담은 초기시의 "초록"은 1872년의 시에 와서 일정한 상징성을 띠게 된다.

5~8행: 5행의 "우아즈"가 강을 지칭한 것인지는 분명하지 않지만, 랭보의 외가가 있는 로슈 근처를 흐르는 아르덴 지방의 조그만 강이라는 견해가 전통적 랭보 주석 판본에서 받아들여지고 있다. 그렇다면, 그 "우아즈 강에서 내가 무엇을 마실 수 있었던가"라는 질문은 시적 힘을 잃는 것처럼 보인다. 강에서는 물을 마신다는 생각이 가장 먼저 합당한 답으로 떠오르기 때문

이다. 그렇지만 다음 행에는 마시는 물질과는 전혀 관계없는 세 가지 명사구(“소리 없는 어린 느릅나무들” “꽃 없는 잔디” “구름 덮인 하늘”)가 등장한다. 과연 우리는 이것을 질문에 대한 답으로 규정할 수 있을까. 물론 ‘느릅나무들을 마신다, 잔디를 마신다, 하늘을 마신다’에서 ‘마시다’라는 동사에 어떤 은유적 의미를 부여한다면 그러한 규정이 불가능한 것은 아니리라. 강 상류를 지칭하는 듯한 “젊은 우아즈 강”(5행)은 3행의 “부드러운” 또는 2행의 “초록빛”과 같은 청춘 또는 유년기라는 시니피에를 담고 있는 것인데, “어린 느릅나무”는 이것을 다시 확인시켜주고 있다. 즉, 시인의 유년기 특성이 이런 표현들로 규정되어 있는 것이다. 연약하고 상처받기 쉬운 이 시절은 강 상류처럼 삶의 본질에 가까이 있지만, 목소리가 없다는 불구적 성격을 동시에 안고 있다. 또한 꽃이 없는 잔디의 초록에는 꽃들의 색채와 향기가 결여되어 있고, 태양과 창공을 잃어버린 “구름 덮인 하늘” 역시 결핍의 상징이다. 이 참담한 박탈감은 1행의 “……로부터 멀리 떨어져” 있는 절대적 고독의 또 다른 형태라고 말할 수 있다. 1873년 판본에는 느낌표를 붙여서 이에 대한 한탄이 더욱 뚜렷하다. 그런데 이 6행의 세 요소들은 관사가 없다는 점에서 호칭으로 볼 수도 있다. 즉 ‘—소리 없는 어린 느릅나무들아, 꽃 없는 잔디들아, 구름 덮인 하늘아!—’라는 해석이 가능한 것이다.

7행: “무엇을 들이켰던가?”—한층 심화된 갈증을 묘사하고 있다. 허리에 호리병을 차고 은둔의 장소에 도달한 시인은 물병 주둥이에 입을 대고 단번에 갈증을 해소하려고 한다. 강가에서 물을 마시지 못하는 여행자의 고뇌, 그것이 바로 갈증의 은유적 형태인 것이다. 시인이 마신 것은 결국 “밋밋한 그리고 땀 나게 하는 황금빛 술”(8행)이다. 이마에 떨어지는 서늘한 밤이슬처럼 방랑자의 “힘 돋우는 술”(「나의 방랑」)이 아니며, 「아침의 좋은 생각」에서처럼 삶을 개혁할 수 있는 노동자에게 원기를 주는 “화주”는 더욱 아닌 것이다. 곧 뇌우가 쏟아질 후덥지근한 날씨의 강변 숲 속에서 오로지 땀만 흘리게 만드는 차갑지 않은 “밋밋한 〔……〕 황금빛 술”은 더 이상 “늦은 햇살 하나로 금빛 물든 거품”(「초록 선술집에서」)이 있는 맥주를 말하는 것은 아니며, "황금"에 대한 집착, 시인이 언어의 조작을 통해 도달하고자 한 연금술의 허무한 시도를 가리킨다.

9행: 시적 도정을 마무리하고 그 회한을 함축하고 있다. 자신의 삶을 정리해보면 "여인숙의 서툰 간판" 정도에 불과하지만, 그런 간판 역할이나 할 수 있었던가, 라는 패배적 탄식이 들어 있는 것이다. 쭈그리거나 무릎을 꿇고서 땀 흘리며 술을 마시는 자는 분명 여인숙의 좋은 간판이 될 수 없을 것이다. 방랑의 도정에서 시를 읊어내고, 밤하늘 아래서 별을 바라보며 잠을 청하던 방랑자의 순수 혹은 시의 순진한 환상은 이제 더 이상 존재하지 않는 것이다.

10행: 시의 대전환이 시작된다. 특히 11~12행은 현실의 풍경이 언어의 일상적 개념의 극단에서 재창조되는 시의 또 다른 탄생을 말하고 있다. 랭보 시의 정점은 여기에 존재한다. 산문시집 『일뤼미나시옹』에 담긴 여러 가지 풍경의 판화들은 그야말로 보석과도 같은 현대시의 응결체들인데, 이 한 편의 시에서 그 과정을 미리 압축하여 우리에게 제시하고 있는 셈이다. 1행부터 9행까지 모든 문장을 이끌었던 주어 "나"는 사라졌으며, 동사의 시제가 반과거에서 단순과거로 바뀌었다. 과거의 이야기는 또 다른 서술 방식 속에서 전개되는 것이다. 우리는 더 이상 안개 낀 흐린 하늘의 오후에 있지 않으며, 은둔처에서 아무런 희망 없이 갈증에 시달리는 존재만을 바라보고 있는 것도 아니다. 벼락을 동반한 소낙비가 "저녁이 될 때까지" 하늘의 모습을 바꾸어버린 것이다. 공간의 이동과 함께 시간의 변화가 뚜렷하며, 삶의 언저리에 고착되어 있는 이미지들은 뇌우와 함께 사라진다.

11~12행: "검은 나라들, 호수들, 장대들,/푸른 밤의 주랑들, 선착장들"—이제 "모든 가능한 풍경들"(「착란 II」)로 규정될 수 있는 것들이 들어섰다. 한 음절 혹은 단음으로 이루어진 어휘들의 급박한 흐름은 번개 속에서 순간적으로 드러났던 모습들을 사진의 음화(陰畵)처럼 찍어내고 있다. 이 음화들이 환상체이든 현실의 모습이든 이것들은 시인의 의도적인 시적 작업을 통해 태어난다. 모든 마법을 믿던 1873년의 랭보는 이 작업을 "단어들의 환

각”(「착란 II」)으로 설명했다. 그러나 이 환각 혹은 마법은 단순한 환상이나 상상의 결과물이 아니라, 시인의 명료한 의식과 시어에 대한 강한 장악력에 의해 태동된다. 아무런 관련이 없어 보이는 단어들은 의식적으로 선택된 것이다. “검은 나라들”은 음화의 배경이다. 갈증을 극단으로 몰고 간 강줄기가 아니라, “호수들”이 여기에 나타난다. 어둠 속에서 하늘을 향해 높이 솟아있는 호수 주위의 숲 속 나무들은 “장대들”이나 “주랑들”로 묘사되어 있다. “푸른 밤”이란 이미 비가 그쳤다는 것을 말한다. 습기 많은 오후의 괴로운 갈증과 뇌우가 쳤던 저녁의 급박한 희망, 그리고 환상적 풍경을 만들어내고 있는 밤의 깊은 적막은 기억의 순간들이 만들어내는 하루의 흐름이며, 이 과정 속에 랭보의 시와 삶이 압축되어 있는 것이다. 그리고 “선착장”이 나온다. 어디론가 떠날 수 있다는 이 시적 이미지는 11행~12행의 음화를 최종적으로 장식한다.

13행: 시인의 의식은 처음 위치했던 “개암나무 숲” 속으로 돌아온 듯하다. 기억의 순간성과 시적 창조력의 결합으로 생성된 뇌우와 음화들은 사라지고, 현실의 사물들이 시인의 청정한 시선 속에서 다시 반과거로 기술된다. “순결한 모래밭”이 숲 속에 혹은 숲의 주변에 자리하고 있다. 공간의 순수성은 “히스 무성한 땅”(4행)과 대립된다. 그 누구의 발길도 허용하지 않은, 아마도 “우아즈” 강변의 것일지도 모르는 이 모래밭으로 “숲의 물”은 빠져나갔다. 번개처럼 떠오르고 폭우처럼 쏟아지던 단어의 환기적인 힘이 순수한 현실의 대지 속으로 들어간 것이다. 이것은 “내 상상력과 내 기억들을 매장해야 한다”(「고별」)라는 선언과 함께 1873년의 랭보가 시에 등을 돌리는 과정과 유사하다.

14행: “얼음덩이”라는 단어가 계절의 혼란 혹은 하루 중 시간대의 혼동을 야기하고 있다. 지금까지 시간의 흐름은 오후(2행)에서 저녁(10행) 그리고 밤(12행)으로 진행되어왔고, “훈훈한 초록빛 안개” “땀” “뇌우” 등이 더운 계절을 암시하고 있었기 때문이다. 하늘에서 땅(“늪”)으로 떨어지는 이 “얼음덩이”가 우박을 지칭한다면, 과연 소낙비 내리는 계절에, 더구나 소낙비가 내린 직후에 이런 기상 현상이 가능한가, 라는 의문이 생긴다. 여기서 『일뤼미나시옹』의 「야만인」이 떠오른다. 이 산문시편에 나오는 "서리"와 "숯불덩어리들" "북극 화산과 동굴"의 병치는 모순을 넘는 시의 또 다른 완성이다. 존재하지 않는 "북극의 꽃"(「야만인」)이나 조화될 수 없는 여름 소낙비와 우박은 11~12행의 풍경들이 지나간 이후, 즉 "나날들과 계절들, 존재들과 나라들 이후에"(「야만인」) 태동되는 새로운 삶의 형태에서 오직 가능할 것이다. 1872년의 또 다른 시 「영원」은 바다와 태양의 혼합을 현재가 지워진 시공의 영원성으로 그렸다. 랭보는 더운 것(혹은 뜨거운 것)과 차가운 것의 충돌이나 혼재를 통해 시적 비전의 창출을 노렸던 것이다. 더구나 마실 수 없는 물이 고여 있는 이 "늪"으로 "얼음덩이", 차갑고 깨끗한 마실 수 있는 물, 다시 말하면 영혼의 각성을 노리는 순수와 차가움을 부어준다는 것은 매우 암시적이다.

15행: "그런데!"로 시작하면서, 앞선 시행들과는 다른 시적 흐름을 예고한다. 프랑스어로 '그런데'를 말하는 "or"는 '황금'이라는 전혀 다른 뜻으로도 쓰인다. 랭보는 여기서 이러한 이중적 의미를 잊지 않고 있다. 그렇다면, "황금이여!"라는 해석도 가능할지도 모른다. 오히려 이 단어 다음에 붙어 있는 느낌표가 후자에 더 개연성을 부여한다. 느낌표는 호칭에 어울리는 것이며, '그런데'의 "or" 다음에는 보통의 경우 느낌표를 사용하지 않기 때문이다. 6행의 관사 없는 존재들이 호칭으로 해석될 가능성과 마찬가지 이야기이며, 이 단어 역시 "or-"로 시작하고 있음을 주목해야 한다. 랭보의 언어 기법은 하나의 시학이었기 때문이다. 그러나 "황금이여!"라고 부르고, 곧이어 '황금 채취꾼'이란 표현을 통해 그것을 제3의 대상체로 위치시키는 것은 일관성이 결여된 것처럼 보인다. "조가비coquillage"는 이와 거의 동일한 의미의 "coquille"를 연상시키는데, 여기에는 또 다른 뜻인 '인쇄의 오식'이라는 시니피에가 숨겨져 있다. 따라서, "조가비 채취꾼"이라는 표현 속에는 '언어의 연금술'이라는 시학을 통해 어휘의 오류를 만들어내는 실패한 시인이라는 뜻이 동시에 들어 있는 것이다.

16행: 새로운 것의 창조에 대한 갈증에 오랫동안 시달렸던 "나"는, 그것을 해소할 방법의 탐구에는 애당초 관심이 없었고, 현재도 그 후유증을 앓고 있다는 의미다. 마실 강줄기를 두고도 그는 허리에 찬 "호리병"에만 의지했던 것이다. "마시는데 나는 관심도 없었다니!"라며 자신에 대한 놀라움이나 분개 혹은 탄식을 드러내는 이유는 바로 여기에 있는 것이다. 그러나 1873년의 『지옥에서 보낸 한 철』에 담긴 판본은 "울면서, 나는 금을 바라보았다—그런데 마실 수 없었다.—"라는 독립된 시행으로 이 시를 마감한다. 황금이 있으나 그것을 "마실 수" 있는 기법에 대한 탐구는 시인의 꿈에 불과했다는 것을 1873년의 랭보는 선언하고 있다.

(147) 카시스의 강

두 가지 필사본이 존재한다. 하나는 랭보가 친구 포랭에게 준 것으로 여러 판본들의 텍스트로 사용되고 있으며, 또 하나는 베를렌을 위한 필사본으로 1886년 6월 21일 자 『라 보그』지 제9호에 산문시집 『일뤼미나시옹』과 함께 실린 것이다. 여기에는 제목도 날짜도 없으며, 시행의 첫 문자가 대문자로 되어 있지도 않고, 구두점도 생략되어 있다. 랭보 연구자들은 후자보다 전자에 신뢰를 표명했기 때문에 현재의 랭보 시 판본에는 전자의 텍스트가 실려 있다.

1~6행: 『라 보그』지 판본에는 제목이 없지만, 첫 행의 "카시스cassis"는 소문자로 되어 있다. 이것은 카시스가 어떤 장소가 아니라, 강의 성격을 규정하는 수식어라는 의미이다. 카시스는 까막까치밥 나무 또는 그 열매로 만든 진한 빛깔의 술이라는 뜻인데, 그 열매는 검붉은색을 띠고 있다. 따라서 "**카시스의 강**"이란 강가 숲의 그림자(둘째 연을 보면 강변에 전나무 숲이 있음을 알 수 있다)로 혹은 바닥의 퇴적층으로 인해 검게 보이는 강을 뜻한다고 해석할 수 있다.

그렇지만 포랭 판본을 보면, 제목과 첫 행에서 **"카시스의 강"**은 "카시스"뿐 아니라 "강"이라는 두 개의 명사가 모두 대문자로 되어 있다. 대문자라면 분명히 어느 지역을 가리킬 것이다. 이런 이름을 지닌 곳으로 남프랑스 마르세유 근처의 작은 읍이 있는데, 여기에 있는 한 중세 성이 무너진 흔적은 둘째 연의 시적 분위기와 잘 어울린다. 그러나 그곳에 그러한 강이 있는지, 혹은 이 남쪽 지역에 전나무가 있는지는 의심스럽다. 랭보의 친구인 들라에는 이 강이 아르덴 지방의 뫼즈 강으로 흘러드는 스무아 강이라고 지적했다. 랭보 연구자인 수잔 베르나르는 이 지역의 거대한 숲 속에 중세의 성을 상기시키는 성과 망루가 있다는 점을 강조하면서 그의 견해에 동조하고 있다. 랭보는 이 "카시스의 강"을 흐르는 것이 아니라, "굴러간다"라고 표현했다. 강물이 바닥의 돌멩이들을 굴릴 정도의 빠른 속도로 굉음을 내며 흐르는 것을 표현한 것이다. 지금 계곡에는 전나무 숲이 거대하게 움직일 정도로 바람이 몰아치고, 수많은 까마귀들이 강을 따라가며 물줄기의 굉음과 함께 소리치고 있다. 일상적 삶의 공간과 완벽히 차단되어 있으며, 세상의 끝처럼 느껴지는 계곡에서 "아무도 모른 채" 굴러가는 이 강이 현실에서 어디를 말하고 있는지는 더 이상 중요한 것이 아니다.

> 오솔길은 가파르다. 구릉들은 금작화로 덮여 있다. 대기는 움직이지 않는다. 새들과 샘물은 얼마나 먼 곳에 있는가! 앞으로 나가면, 그건 오직 세상의 끝이리라.
>
> —「어린 시절」

『일뤼미나시옹』에서 랭보가 이렇게 말한 것과 같이, 우리는 그곳이 어디인지 알 수도 없거니와 알 필요도 없다. 그곳은 시가 도달하는 궁극적인 장소이고, 시가 더 이상 우리의 운명을 번역해낼 수 없는 한계를 드러내는, 말하자면 시의 생성과 파멸이 동시에 이루어진 존재론적 장소인 것이다. 이곳의 풍경은 매우 근원적이다.

7~8행: 중세의 성터로 시인이 나아간다. 그곳은 전쟁터였다. 전사들의 함성이 들리는 듯하고 주검의 역겨운 냄새가 살아나는 듯하다. 바람이 분다. 먼지로 덮여 있던 어두운 추억의 잔해들이 꿈틀거리고 시인의 의식 속으로 들어온다. 시선이 가닿았던 첫째 연의 강줄기와 계곡과 전나무 숲은 이제 전장으로 바뀐 것이다. 시가 이루어지는 공간이 죽음의 장소로 바뀌는 순간이다. 망루와 넓은 정원을 갖춘 중세의 성은 신비와 역사를 동시에 드러내고 있다. 여기에서 시인은 "결함 없는 영혼이 어디 있으랴"(「"오 계절이여, 오 성(城)이여……"」)라고 묻는다. 모든 영혼에는 결함이 있고 상처가 있다는 것을 시인은 무너진 성을 바라보고 확인하는 것이다. 산책자 랭보는 카시스의 강변에 있는 어느 성터에서 그 질문을 생각했을지도 모른다. "역겨운 신비"를 담고 있는 망루와 허망한 정원만이 남아 있는 성터에 서서 그는 굉음 내며 흐르는 강줄기와 함께 덧없이 사라지는 추억의 잔재들을 보고 있는 것이다. 기억을 이겨내는 바람이 "방랑하는 기사들의 죽은 정념"을 들려준다. 기억과는 관련 없는 그러나 존재했던 어떤 것들에 대한 슬픔과 죽음을 우리에게 말해줄 수 있는 바람은 "상쾌"한 것이다. 랭보는 이것을 통해 시에 접근할 수 있었기 때문이다. 그렇지만 산문시에 와서 빈 여인숙, 폐허의 성채 앞에 선 랭보의 허무는 정점에 이른다. 그가 오랜 고통과 연구 끝에 만난 것은 결국 언어의 힘이 소멸된 세월의 잔해들뿐이다.

> 붉은 길을 따라 빈 여인숙에 도착한다. 성관은 팔려고 내놓았다. 겉창은 뜯겨져 나갔다. [……] 정원 주변, 관리인들의 오두막에는 사람이 살지 않는다. 산울타리는 아주 높아 살랑거리는 우듬지만 보일 뿐이다. 게다가 안에는 볼 것이 아무것도 없다.
>
> —「어린 시절」

붉은 진흙 길을 따라 도달한 성채의 빈 여인숙. 겉창은 세월로 뜯겨져 나갔고, 주변의 오두막에도 사람들이 없으며, 생 울타리의 우듬지가 바람에 흔들리는 황량한 성관. 완벽한 단절의 시학이다. 이 시에는 등장인물이 없다. 주로 자신에 대해 말하는 시의 낭만주의적 색채를 거부해서가 아니라, 랭보가 아무것도 말하지 않고 아무것도 지시하지 않는 시로 향하는 도정에 있기 때문이다. 빈 여인숙, 폐허의 성관, 높은 산울타리와 그 위로 보이는 우듬지…… 언어의 힘이 닿을 수 있는 한계에서 마지막 호흡을 하고 있는 존재들이다.

13~18행: 첫째 연은 시의 생성과 소멸이 이루어지는 시인 마음속의 장소를 보여주고 있지만, 그 장소의 묘사는 일단 객관적이다. 둘째 연에 오면, 그 풍경에 보다 근접한 시인의 시각이 포착한 세밀화가 그려진다. 그렇지만 그 세밀화는 단순히 외부 모습만을 담고 있는 것이 아니라, 그 형상들이 간직한 시간과 역사의 지층을 말하고 있다. "역겨운 신비"는 지층 속의 비극과 파멸과 죽음으로부터 나오는 것들이다. 그런데 이 지층을 드러내주는 것이 "바람"이었다. 계곡 높은 곳에서 강변의 전나무 숲으로 내려 부는 바람은, 과거의 공간 속으로 들어가 이 강변에서 벌어졌던 중세의 전쟁을 우리에게 전달한다. 그렇지만 시인은 바람이 참 상쾌하다고 외쳤다. 이 시점에서부터 시인이 시의 전면에 나타나기 시작한다. 이 셋째 연은 시인이 시의 형국을 주도한다. "걷는 자가 저 살 울타리 너머 바라보도록 하라"고 명령하는 것이다. 우리가 볼 수 없는 것, 그래서 언어로 표현할 수 없는 것을 시인은 보는 것이다. 풍경에 대한 관찰자에서 그 내면을 통찰하는 투시자로 변신하는 순간이다. "주님이 파견하신 숲의 병사들,/사랑스럽고 멋진 까마귀들"과 "교활한 농부"가 대비되면서 시는 끝난다. 까마귀 떼는 계곡의 강줄기를 동반하며 소리치고 있다. 이 "천사들의 목소리"는 시를 구원한다. 랭보는 아마도 동일한 표현이 나오는 「까마귀 떼」를 회상하면서 이 시구를 사용했을 것이다. 이 까마귀들은 "천사들의 목소리"로 우리에게 다가와 농부를 쫓는다. 농부의 "늙은 몽당팔"은 전쟁에서 불구가 된 모습이나 못생긴 짧은 팔을 의미할 것인데, 보통 후자라고 생각한다. 또한 이 늙은 팔은 1873년에 언급되는 "낡은 시학"을 써내려가는 손을 상징할 수도 있을 것이다. 산책자 랭보는 상쾌한 바람 속에서 과거의 죽음을 딛고 새로운 세계를 보고자 했던 것이다.

(149) 갈증의 희극

「눈물」이나 「카시스의 강」과 마찬가지로 랭보가 친구인 포랭에게 원고를 전해준 시로, 랭보가 1872년 초 샤를빌에 돌아와 있던 시절에 쓴 것으로 추정된다. 시 제목의 "희극"이란 단어가 암시하고 있듯이, 5부로 이루어진 이 시는 "나"와 타인들 간의 대화 혹은 독백의 형식으로 되어 있다.

1. 조상들

"달과 녹음의/차가운 땀"으로 덮여 있는 저 다른 세상에서 돌아와, 선조들은 "나"에게 말을 한다. 그들이 "나"의 갈증을 인식하고 포도주, 사과주, 우유, 독주, 차, 커피 등을 권유하며, 지하의 포도주 저장소, 물이 있을 숲속, 성채를 감고 도는 해자의 물길로 안내하지만, "나"는 이를 거부한다. 갈증을 풀 수 없는 랭보의 운명적 한계를 보여주고 있다. "나"는 「눈물」의 "우아즈 강"을 연상시키는 "야생의 강"으로 가길 희망한다.

2. 정신

이 부분은 신화적 배경 속에서 펼쳐진다. 물의 요정들도, "순결한 파도"에서 태어난 베누스도, 전설적인 유대인들도 나의 갈증을 해결해줄 수 없으며, "나"는 헤라클레스가 죽였던 물뱀 히드라와 같은 광적인 갈증에 시달린다. 랭보는 「물에서 태어나는 베누스」에서 미의 여신을 추악한 여인으로 묘사한 적이 있다. 많은 예술가들에게 창작의 원천을 제공해왔던 이 여신에 대한 부정적 입장은 모든 예술에 대한 도전이었다. 여기서도 랭보는 베누스의 무기력을 지적하고 동시에 "광적인 나의 갈증"을 "노래꾼"의 "대녀"(여성으로 표현한 것은 프랑스어에서 '갈증'이란 단어가 여성명사이기 때문이다)로 규정함으로써, 그의 갈증이란 것은 결국 새로운 시학의 도래에 대한 염원임을 암시하고 있다.

35행: "전설도 인물들도" — "물의 요정들" "베누스" "방랑하는 유대인들"의 신화와 전설 그리고 그에 관련된 인물들을 일컫는다.

3. 친구들

친구들에게 말하는 형식의 Ⅲ부는 보다 전기적이다. 압생트에 취해 있는 파리의 "친구들"에게 반기를 들고, "도취란 무엇인가, 친구들이여"라며 명시적으로 묻는다. 여기서 우리는 파리의 예술을 거부하며 '악의 꽃'과도 같은 '썩은 물의 연못'을 선호하는 랭보의 자학적 혹은 악마적 시학을 볼 수 있다.

43행: "비테르" —식전에 마시는 쓴맛의 술. 랭보는 베를렌의 부름을 받고 올라간 파리에서 예술가 및 문인들, 즉 그의 "친구들"과 함께 이 술을 자주 마셨다.

46행: "압생트" — 쑥의 줄기와 잎으로 만든 독주. 이 술의 환각 작용으로 인하여, 19세기 후반 파리의 많은 예술가들이 즐겨 마셨다.

4. 가련한 꿈

여기부터는 랭보의 독백이다. 그는 자신의 운명을 매우 자조적으로 예견하고 있다. 꿈을 포기하고 보다 만족스럽게 죽어갈 나라를 찾는 랭보에게 "초록 여인숙"은 문을 열지 않는다. 여인숙은 그가 닿을 수 없는, 현실을 넘어선 공간이며, 그에게 문을 열어주지 않는 폐쇄적 자리로 규정되어 있다. "초록 여인숙은 결코/내 앞에 열려 있을 수 없으리라"는 단언은 고단한 삶의 무게가 수채화의 초록빛으로 가벼워질 수 없으며, 그 색채는 하나의 향수이고 하나의 근원으로 돌아갔다는 말과 다름없을 것이다. 역사의 위대한 순례자라도 이제 닫힌 안식처의 문턱을 넘을 수 없는 것이다. 결국 이는 "초록빛 안개"(「눈물」)와 같은 하나의 짙은 장막이며, 1870년도의 "초록 선술집"은 추억으로 남을 뿐이다. 현실에서 시인이 마실 진정한 음료는 존재하지 않는다. 존재들은 갈증에 시달린다. 그러나 이 욕구를 풀어줄 수 있는 것은 없다. "나무토막들"과 "끔찍한 크림"들이 덮여 있는 "연못 속에서 썩고 싶다"는 반어적 희망은 1872년 시의 일관된 주제인 것이다. 애당초 「취한 배」의 당당한 항해가 실패로 끝나면서 시인이 바란 것은, 1872년의 운명을 예감한 듯 오직 "검고 차가운 늪"에 불과했고, 자전적 성격이 강한 작품 「기억」은 앞으로 나아가야 할 그의 작은 배가 죽은 물속의 "진흙탕"에 발이 묶였음을 묘사했다. "어떤 고도"에서 만족하게 죽고 싶은 시인의 이 "가련한 꿈"은 『지옥에서 보낸 한 철』의 「고별」에서는 강한 의지로 표출될 것이다. 그것이 비록 가난한 몽상에 머물지라도, 기독교 문명을 떨치고 행복하게 삶을 떠날 이름 모르는 오래된 도시에 대한 희망은 지속되는 것이다.

5. 결론

산비둘기, 물짐승, 나비까지, 시인은 세상의 미물들조차 모두 목말라한다는 인식에 도달하게 된다. 삼라만상이 모두 갈증에 시달릴 때, 시인은 새벽 숲 속의 보랏빛에 싸여 눈 녹듯이 소멸되는 운명을 꿈꾼다. 시의 완벽한 승화이며, 삶과 문학의 합일에 대한 시적 메시지라 할 수 있다.

74~75행: "여명이 이 숲에 가득 채우는/저 축축한 보랏빛에 싸여"—"오른쪽에서는 여름날의 새벽이 이 공원 구석의 나뭇잎들과 안개와 소리를 깨우고, 왼쪽 비탈들은 그 보랏빛 어둠 속에 축축한 길 위의 수천 갈래 빠른 바퀴자국을 잡아두고 있다"라는 『일뤼미나시옹』의 「바퀴자국」을 강하게 연상시킨다.

(154) 아침의 좋은 생각

1872년 파리의 생활을 환기시켜주는 시편으로, 그해 6월 친구 들라에에게 보낸 편지와 짝을 이룬다. 랭보는 그 편지에 "새벽 3시에 촛불이 흐려진다. 모든 새들이 나무들 속에서 동시에 지저귄다. 끝났다. 더 이상 일할 것이 없다. 아침 첫 시간, 이 형언할 수 없는 시간에 포착된 하늘, 나무들을 난 바라보아야 했다"라고 썼는데, 편지 속에서 그려지고 있는 랭보 자신의 모습과 이 시의 소재가 매우 흡사하다. 또한 향후 나오는『일뤼미나시옹』의「새벽」과도 시적으로 일맥상통하다는 점이 흥미로운데 그 첫 부분은 다음과 같다. "나는 여름의 새벽을 끌어안았다. 궁전의 정면에서 움직이는 것은 아직 아무것도 없었다. 물은 죽어 있었다. 어둠의 진영은 숲길을 떠나지 않고 있었다. 생생하고 따뜻한 숨결들을 깨우며, 나는 걸었다. 돌들이 쳐다보았으며, 날개들이 소리 없이 일어났다. 첫번째 유혹은, 신선한, 엷은 빛으로 벌써 가득 찬 오솔길에서, 내게 제 이름을 말하는 한 송이 꽃이었다." 이 세 텍스트에서 새벽은 밤샘 작업 이후 찾아오는 삶의 신선한 움직임이 넘치는 "형언할 수 없는 시간"이며, 어둠이 다가오는 빛으로 점차 쫓겨나가듯, 시적 작업—어쩌면 진정한 삶과 배치되는 행위이리라—이 현실의 변질되지 않는 노동으로 대체되는 가장 본질적인 시점으로 규정되고 있다.

첫째 연에서 어둠이 걷히며 새벽은 언어의 잔치인 지난밤 축제의 열기를 발산시킨다. 세상이 아직 잠들어 있는 새벽 시간에 랭보의 시선은 벌써 깨어나 일거리로 움직이기 시작한 파리의 모습을 포착하고 있다. 둘째와 셋째 연은 노동자의 신성한 모습을 묘사하고 있다. 랭보의 시선은 목수로 대표되는 노동자들에 가닿는다. 이 "거대한 작업장"은 "가짜 하늘"인 인위적 공간이 배제된 신성한 곳이다. 파리를 떠나 저 넓고 황량한 아프리카의 대지에서 노동에 전념하게 될 랭보 자신의 운명을 예고하고 있는 것이다. 또한 헤스페리데스, 베누스, 바빌로니아 등과 같이 그리스 신화나 고대문명을 상기시켜주는 존재들은 기독교 문명에 대한 랭보의 반감을 드러내주기에 충분하다.

6행: "헤스페리데스의 태양"—헤시오도스에 따르면, 밤은 잠을 낳았으니, "사랑의 잠"(2행)은 합당하게 보이는데, 더욱 중요한 것은 헤스페리데스가 밤의 여신 닉스의 딸이라는 것이다. 제우스와 테미스, 혹은 아틀라스와 헤스페리스의 딸들로 알려져 있는데, 이것은 후기 신화 이야기꾼들의 견해이고, 그리스 신화의 신들의 족보를 최초로 세워놓은 헤시오도스의『신통기 *Theogonia*』를 읽어보면 헤스페리데스의 출생은 완전히 다르게 나온다.

밤은 가증스러운 운명과 검은 죽음의 여신과
죽음을 낳았다. 그녀는 또 잠을 낳고 꿈의 부족을 낳았다.
그다음 어두운 밤은 신들 가운데 어느 누구와도 눕지 않고
비난과 고초를 낳고 또 헤스페리데스들을 낳으니,
이들이 바로 저 유명한 오케아노스 저편에서
아름다운 황금 사과들과 그런 열매들을 맺는 나무들을 돌본다.

따라서 "헤스페리데스의 태양"이라고 함은 어둠에서 태어나는 여명의 태양을 말할 것이다. 많은 연구자들이 '서쪽의 요정들'이라는 뜻의 헤스페리데스가 거주하는 곳은 서쪽, 즉 "오케아노스 저편"인데, 왜 랭보는 아침에 동쪽에서 뜨는 태양을 보고, "헤스페리데스의 태양"이라고 불렀는지 혼란스러워했다. 신화의 담론을 통해 이 불투명한 시구의 의미가 밝혀질 수 있으며, "헤스페리데스의 태양"을 향해 일하고 있는 목공들을 헤라클레스와 같은 일꾼으로 해석하는 것도 가능하다.

헤라클레스의 열두 과업 중 하나는 헤스페리데스가 라돈이라는 용의 도움을 받아 지키고 있는 황금 사과를 가져오는 일이었다. "헤스페리데스의 태양"을 이 황금 사과에 대한 상징적 암시라고 본다면, 태양(황금 사과)을 향해 신성한 노동에 임하는 목수와 헤라클레스의 동일화는 설득력이 있다. 이 황금 사과는 헤라가 제우스와 결혼할 때 대지의 여신 가이아로부터 받은 황금 사과나무의 과실이다. 그런데 헤라클레스는 세상의 서쪽 끝인 오케아노스 옆 아틀라스 산기슭에 있는 헤스페리데스의 정원으로 가는 길을 알 수가 없었다. 그래서 바다의 신 네레우스에게 물어 그 정원에 이르는 길을 가는데 도중에 많은 난관에 부딪힌다. 또한 헤라클레스는 제우스로부터 불을 훔쳐 인간에게 가져다준 죄목으로 카우카소스 산 바위에 쇠사슬로 묶인 채 날마다 독수리에게 간을 뜯기는 프로메테우스에게 가서, 그 독수리를 죽이고 프로메테우스를 해방시킨다. 프로메테우스는 그에 대한 보답으로 헤스페리데스의

정원에 이르는 방법을 알려주었다. 마침내 그곳에 도달한 헤라클레스는 라돈을 죽이고 황금 사과를 가져오는 데 성공한다. 따라서 「아침의 좋은 생각」은 바로 헤스페리데스와 목공들의 대비를 통해 다가오는 새로운 세상을 말하고자 한 것이라 볼 수 있다. 헤라클레스가 인간을 위해 고초를 겪고 있는 프로메테우스를 해방시킨 영웅이라는 점에서 더욱 그러하다.

13행: "바빌로니아 어느 왕의 신하들"—화려하고 거대한 건축 공사를 했던 바빌로니아 왕을 의미하며, "값진 장식 판" "도시의 부" "가짜 하늘"과 같은 용어로 이런 공사를 비유하고 있다. 이는 고대문명에 대한 조롱이 아니라, 현대 부르주아 계층에 대한 공격일 것이다. 랭보는 『일뤼미나시옹』의 「도시들」에서 바빌로니아 왕들의 이름인 "네부카드네자르"를 언급하고 있다. 구약성경 다니엘서에 나오는 네부카드네자르 2세가 유명하다. 그는 유대를 점령하고, 바빌로니아에 성벽을 쌓았으며 공중정원도 만드는 등 여러 업적을 남겼다.

15~16행: 랭보는 새벽부터 작업대에 선 노동자들에게 연민을 드러내고 있으며, 베누스의 연인들과 그들을 대척점에 놓는다. 베누스의 본래 남편은 대장장이 신 헤파이스토스였으니, 미의 여신이 작업장의 노동자를 돕는 것은 당연하리라. 루이 16세에게 새로운 세상의 도래를 선언하는 용감한 「대장장이」는 애당초 신화에서 차용했는지도 모른다. 그에게는 베누스 여신이 있었기에.

17행: "**목동들의 여왕**"—누구를 말하는가? 기도문에서 '선지자들의 여왕' 혹은 '성처녀들의 여왕'으로 표현되는 마리아에 대한 암시라는 견해가 있지만, 베누스(금성)의 별칭이 "목자의 별"인 것을 고려하면 결국은 여신 베누스를 의미하는 것이다.

(156) 인내의 축제

5월의 깃발들

랭보가 리슈팽에게 전한 시. 1872년 5월, 랭보는 베를렌을 포함한 파리의 모든 예술가들에게 실망하고 있을 뿐 아니라, 새로운 시에 대한 포부를 안고 이 현대성의 도시로 올라온 자신에게도 절망하고 있다. 그는 오직 다가오는 여름에 시인으로서의 운명의 마지막 소진을 기대할 뿐이었다. 사냥꾼의 함성은 랭보의 초기 시 「오필리아」에서부터 나타나는 시적 소재이다. 드넓은 숲의 저 먼 메아리는 우주의 광대함을 상징한다. 이 깊은 공간으로 인간의 허약한 함성은 사라지고 "영성"의 노래가 날아오르고 있다. 하늘과 바다, 삼라만상이 상응할 때, 랭보는 한줄기 빛에도 쓰러지는 허약한 존재로 퇴락된다. 그리고 "자연" 속에 들어가 그의 "불운"이 자유롭기를 희망할 뿐이다. 그가 집착하는 시의 세계와 대척점에 존재하는 자연은 제 나무들 가지에 "5월의 깃발들"을 매달고 생의 또 다른 모습들을 펄럭이고 있다.

8행: "창공과 물결이 영통한다"—하늘과 바다의 혼재를 노래하는 「영원」을 상기시킨다. 그러나 「영원」과는 달리 이 시편에서는 두 존재가 "영통"한다는 것은 종교적 의미를 부여한 것인데, 이는 "보리수"(1행), "영성의 노래"(4행)와 관련된다.

26행: "이 불운이 자유롭기를"—태양, 조상, 가족에게도 웃음 짓지 않고 그들의 예속을 받지 않은 채, "불운"이 자유롭고 순수하게 남아 있기를 바란다.

가장 높은 탑의 노래

장 리슈팽이 원고를 지니고 있던 시. 1873년 『지옥에서 보낸 한 철』의

「착란 II」에 「아침의 좋은 생각」에 이어 필사되어 있다. 1872년 5월에 제작된 다른 시편들과 마찬가지로 파리 생활을 실패로 규정하는 이 작품은 랭보의 전기적 상황을 담아내고 있다. 그렇지만 랭보가 「착란 II」에 이 시를 삽입시킬 때, "나는 여러 가지 연가를 불러 세상에 이별을 고했다"라고 적고 있다. 세상을 향한 고별의 연가인 이 시편은 본질과 진실의 밖에서 게으름으로 인해 청춘을 상실한 젊은이의 탄식과 새로운 시간의 도래에 대한 그의 희망을 동시에 드러내고 있다. 랭보는 파수꾼처럼 "가장 높은 탑"에 위치하고 있다. 중세의 망루를 연상시키는 이 탑은 "고귀한 은둔"의 장소이기도 하다. 그렇지만, 그의 "불건강한 갈증"은 여전히 지속되고, "더러운 파리 떼"가 윙윙대며, 들판에는 "가라지"가 무성하다. 이 폐허의 공간에는 1871년 시에서부터 보인 더러움의 시학과 1872년 시의 특징인 대지의 원초적 황량함이 동시에 존재하고 있다. 여기서 랭보는 "두려움도 고통도" 떠나버린 하늘을 바라본다. 이곳의 시간 밖에서 이루어질 새로운 삶의 성취를 희망하는 것이리라.

1~6행: 삶을 상실한 청춘의 게으름을 한탄하고, 또다시 열정에 들뜰 시대를 기다리는 시인의 절망과 열망이 동시에 담겨 있으며, 이 "연가"의 마지막 시절을 장식하면서 시를 감싸고 있다. 랭보는 「착란 II」에서 "나는 심한 열병에 사로잡혀 게을렀다"고 고백하고 있다. 1873년의 판본에서는 5~6행만이 후렴구로 남는다. 후렴구나 소박한 노래는 1872년 시가 갖고 있는 리듬의 근간이며, 랭보가 이런 연가를 통해 세상에 대한 이별을 노래한 것은 분명하다. 이 노래의 후렴구는 이렇다.

> 와야 하리, 와야 하리
> 마음을 앗아버릴 그 시간이

두려움과 고통의 시간도 사라지고, 오직 불건전한 갈증만이 혈관을 어둡게 하는 그의 영혼 속에 새로운 열망의 시간이 도래할 것인가? 랭보의 이 노래는 과거의 열병에 시달렸던 시절에 대한 이별과 함께 희망의 언어가 담긴 시라고 말할 수 있다. 말하자면 1872년 5월에 제작된 다른 시편들과 마찬가지로 파리 생활을 실패로 규정한 이 작품은 랭보의 전기적 상황을 담아내고 있는 것이다.

17~18행: "불건강한 갈증" —1872년의 랭보를 괴롭히는 시학적인 갈증. 「눈물」「갈증의 희극」의 테마이며, 「허기의 축제」로 여기에 배고픔까지 가세한다. 그해 6월 친구 들라에에게 보낸 편지에서 랭보는 파리 생활에서 겪고 있는 갈증을 호소하며, 순수한 방랑 생활을 했던 "벨기에와 아르덴 지방의 강이 그립다"고 말한다.

28행: "무수한 독거!" —베를렌과의 관계에 대한 얘기라는 자전적 해석보다는 실패하고 절망한 영혼의 고독을 의미한다.

29~30행: "성처녀 마리아에게/기도하는 것인가?" —이 질문은 랭보가 기독교에 의지하고 있다는 의미가 아니라, 기독교에 대한 회의를 말하는 것이다. 1873년의 판본에서는 이 부분이 완전히 삭제되어 있지만, 결국 "높은 탑"에 갇힌 자를 과연 종교가 해결할 수 있는지 의문을 가지고 있었던 것이다.

영원

랭보가 장 리슈팽에게 전해준 시. 1873년 『지옥에서 보낸 한 철』의 「착란 II」에 삽입될 때는 다음과 같은 설명이 앞서 언급되어 있다. "마침내, 오 행복이여, 오 이성이여, 나는 하늘로부터 푸른빛을 떼어냈는데, 그것은 지금 검은빛이다. 나는 '자연'의 빛 그 황금 불티가 되어 살았다. 기쁨에 겨워, 나는 될 수 있는 한 우스꽝스럽고 어리둥절한 표현을 골랐다." 파리의 예술에 실망한 랭보에게 "태양과 함께 가버린 바다"가 나타난다. 과거 그의 「취한 배」가 난파한 "바다"는 그 무엇도 볼 수 없는 완벽한 어둠과 불타는 낮 사이에 존재하는 시간의 영원성으로 다시 드러난 것이다. 수평선 너머로 가라앉는 태양이 파도 위에 만들어내는 "비단결 잉걸불"은 랭보의 시적 시선을 달

구고 있다. 여기에서부터 시인의 "**의무**"가 발산된다. 아직 "희망"도 "솟구치는 태양"도 기대할 수 없는 시간이지만, 영혼의 "고통"을 통해 앞날을 보는 통찰력을 얻을 가능성이 이 잉걸불 속에 담겨 있다. 인내의 "학문"에는 필경 고통이 수반되는 법이기 때문이다. 「5월의 깃발들」에서 언급된 하늘과 물결의 상응이 여기서도 시의 중심 테마이며, 실망과 실패의 감정에 휩싸인 랭보의 파수꾼적인 불안한 시적 영혼이 역시 지속적으로 보인다.

말하자면 이 시를 포함한 1872년의 시들은 실패의 시학을 통한 "언어의 연금술"에 대한 시도로 간주될 수 있는 것이다. 파수꾼은 지켜야 할 것과 도래하는 것을 동시에 내다보고 있기 때문이다. 1873년 「착란 II」에서는, 바다가 태양과 함께 "가버린" 것이 아니라, 태양과 바다는 서로 "뒤섞여" 있다. 이 찰나에서 무한으로 연결되는 시간적 고리를 되찾은 것은 '광기의 궤변을 모두 다시 말할 수 있는 체제'를 갖고 있다는 랭보의 시학이다. 이 시학을 통해서 미지의 세계를 찾아 끝까지 가야 하는 것이다. 공포와 위기와 허약함 속에서도 시인은 호메로스의 오디세우스가 행했던 그 장대한 여행을 "어둠과 소용돌이의 나라, 키메리아의 끝까지"(「착란 II」) 완수해야 한다.

1~8행: "불타오르는 낮"의 뜨거운 태양이 바다 표면을 "비단결 잉걸불"로 만들며 존재했다. 그것이 바다와 함께 사라지자 "영원"이 다가온 것이다. 희망은 없으며, 의무와 학문과 고통이 확실할 뿐이다. 영원을 되찾은 "파수꾼 영혼"—이 영혼은 아직도 '높은 탑'에 있는 것일까?—은 이 밤과 낮의 격렬한 대비와 조화를 그의 운명처럼 노래해야 한다.

18행: "솟구치는 태양도 없다"—원문은 "Nul orietur". 라틴어의 "orior(일어난다)"에서 온 것으로, "새벽도 없다"라는 의미이다. 또한 "나의 이름을 경외하는 너희에게는 의로움의 태양이 날개에 치유를 싣고 떠오르리니"(「말라키서」 3장 20절)라는 성서 구절에 "orietur"가 들어 있는 것으로 보아 종교적인 함의도 담고 있다.

황금시대

이 시는 랭보를 결국 "도취와 광기"에 이르게 한 "천사 같은, 여러 목소리"에 대해 말하고 있으며, 때로는 이 목소리에게 직접 말을 건네기도 한다. 여러 목소리들은 파리의 문인들의 것이고, 천사 같은 목소리의 소유자는 베를렌으로 볼 수도 있다. 그렇지만 랭보의 시편들 중 난해한 작품에 속하는 이 시를 이해하는 데 전기적 분석은 도움이 되지 못한다.

우선 우리는 이 천사의 목소리에게 던지는 "세상은 사악하다/〔……〕/살아라, 그리고 불길에 던져라/알 수 없는 불운을"이라는 시의 전언에 주목해야 한다. 이것이 1872년 시학의 본질이기 때문이다. 운명의 "불운"은 늘 랭보의 것이었고, 이 어휘는 그의 시를 지배하는 정신이었다. 「5월의 깃발들」에서 자유롭기를 희망했던 그 "불운"은 불길 속으로 사라짐으로써 그 모호성이 사라진다. 현실에서 촉지되는 운명의 고통이야말로 그가 가야 할 시적 도정인 것이다. 1872년을 아수라에서 보낸 랭보의 지독한 고백을 담고 있는 『지옥에서 보낸 한 철』은 언어의 세계가 담고 있는 이러한 불운에 대한 존재론적 인지의 시편들인 셈이다. 특히 랭보의 "계절"은 일상적으로 연속되는 시간의 한 부분이 아니라, 그의 삶 자체이며 "성"이라는 공간에서 시간의 뒤안길을 거니는 환영적인 시적 개념인 것이다. 이 계절과 성의 내면으로부터 내뱉어진, '알 수 없는 불운을 불길에 던져버리라'는 치열한 명령은 랭보 시의 전체를 지배하고 있는 것이며 또한 현대시에 던져진 처연한 메시지인 것이다. 시의 제목이기도 한 "황금시대"는 천사 같은 목소리와 함께하는 노래—주관적 예술의 노래—속에서 성취되는 것이 아니라, 저 시간 너머로부터 우리에게 다가오는 어느 "시대"의 어느 "멋진 성"에서 이루어지는 것이다. "그대의 삶은 얼마나 맑은가"라는 독백은 랭보의 운명이 죽음으로 종결될 때까지 그가 추구한 명제였던 것이다. "성"은 결국 랭보에게 문을 열지 않았던 것이리라.

11~12행: "그것은 물결일 뿐, 초목일 뿐,/그리고 그것은 너의 가족이

다!”—물결, 초목은 파르나스파의 시적 특징을 가리킨다. 시인은 경쾌하고 능숙한 솜씨의 주관적인 예술의 노래에서 벗어나야 한다고 주장한다.

27행: “독일어의 어조로”—랭보 친구 들라에는 랭보가 이 부분에서 보불전쟁 때 파리를 점령했던 독일인들의 어조를 조롱하고 있다고 말한다. 그렇지만 독일 오페라를 생각할 수 있다.

33~34행: “아! 멋진 성(城)이여!/그대의 삶은 얼마나 맑은가!”—삶이라는 시간적 개념이 “성”이라는 공간에 들어와 존재한다. 현실로부터의 도피를 꿈꾸는 1872년의 랭보에게 성채란 가장 좋은 시적 테마로서의 장소였다. 랭보는 현재로부터 중세로, 근대 도시에서 어떤 오랜 영지의 성채로 이동시켜주는 시어의 환기적인 힘에 의지하고 있다. 노디에와 네르발로 이어지는 “성”과 방랑에 대한 전통적 개념이 여기서는 보다 강한 시적 상징성을 띠고 있는 것이다.

(164) 젊은 부부

랭보가 친구 포랭에게 원고를 직접 주었던 시로, 1895년 『랭보 전집』에 처음 실리게 된다. 시의 제작 시점은 랭보가 파리를 떠나기 직전인 1872년 6월 27일로 원고에 적혀 있다. 랭보로 인하여 베를렌의 부부 생활에 상당한 혼란이 있었음은 잘 알려진 사실이다. 따라서 “젊은 부부”는 베를렌-마틸드를 의미하고, 이 부부의 가정을 귀찮게 하는 “못된 쥐”는 랭보 자신을 말하는 것으로 볼 수 있다. 반대로, 베를렌-랭보의 짝이 “젊은 부부”이고 베를렌의 부인 마틸드가 “요정” “정령” “못된 쥐” “도깨비불”로 묘사되었다는 해석도 가능하다. 그렇지만 이 시는 「장식장」「웅크린 모습들」「앉아 있는 자들」의 또 다른 변형인 듯하다. 가정 내부에 존재하는 여러 물건들의 혼잡한 배치들, 그 안을 드나드는 환영적인 존재들, 기묘한 이미지들의 창출, 유추 관계의 혼란과 같은 여러 시적 특징들이 이를 말해준다. 여기서도 가정이라는 제도와 인습에 안주하는 자들에 대한 혐오와 조롱이 시적 이미지의 기묘한 환상으로 나타난다고 볼 수 있다.

7~8행: "구석구석 망사를/제공하는 것은 아프리카 요정"—이곳은 상자들과 궤짝들로 어지러운 랭보의 방이기 때문에, "망사"는 거미줄로 볼 수 있다. 그렇지만 랭보와 베를렌 사이를 훼방하는 베를렌의 부인 마틸드와 "아프리카 요정"을 동일시하는 것은 신중해야 한다. 이 시에는 "꼬마 도깨비" "귀신들" "물의 정령" 등이 등장하고 있는데, 이것은 동화 같은 기묘한 환상의 세계를 말하고 있기 때문이다.

9~10행: "불만스러운 대모들, 여럿이 들어온다,/빛 자락 따라, 찬장 속으로"—여러 "요정"(8행)들이 불만스럽게 찬장 속으로 들어온다는 의미. 동화에서 요정들은 종종 악의적이듯 호의적이든, "대모"의 역할을 하는 경우가 흔하다.

23행: "베들레헴의 성스러운 흰빛 유령들이여,"— "베들레헴의 유령"은 무엇인가? 베를렌을 지칭하면서, 차라리 기독교보다 신비주의—"창문의 푸른빛에 마법을 걸어라"(24행)—에 몰입하라는 랭보의 주문으로 보기도 한다.

(166) 브뤼셀

원고의 상단에 적혀 있는 "레장 가로수 길" "7월"은 이 시의 제작 시점 및 장소를 적시하고 있다. 그러나 랭보는 1872년과 1873년 두 번의 7월을 브뤼셀에서 보냈다. 이중에서 어느 해를 말하고 있는가? 『지옥에서 보낸 한 철』에 몰입하던 1873년의 7월에 랭보가 갑자기 운문시로 돌아왔다는 것은 엉뚱한 일이며, 또한 이 산문 시편들이 1872년의 시를 반성하고 그 실패를 말하고 있다는 점에서 1872년 7월에 썼다는 주장이 개연성이 높다. 그럼에도 불구하고 『일뤼미나시옹』에서 보게 될 신비한 이미지들의 창출을 벌써 떠올리게 만드는 몇 가지 구절들이— "하얀 아일랜드 여인이, 기타에 맞추어./

폭풍의 천국 향해 노래하는 초록 벤치" "무한한 장면들의 집합" 등과 같은 표현들—시의 제작 시점에 대한 의혹을 완전히 해소하지 못하게 한다. "하얀 아일랜드 여인"은 『일뤼미나시옹』의 「어린 시절」에 등장하는 수수께끼 같은 여러 여인들을, "무한한 장면들의 집합"은 「삶」에 묘사되어 있는 시공 너머 존재하는 여러 장면들을 매우 명시적으로 환기시키고 있기 때문이다. 이런 면에서 이 시는 1872년의 다른 시편들과 구별될 수 있다. 랭보는 거대한 도시 브뤼셀의 어느 거리에서 이렇게 "침묵"의 시에 다가서고 있는 것이다. "우리의 침묵을 지키자"라는 선언은 '너무도 아름다웠던' 시어의 세계와의 작별과 다름 없으리라.

1행: "맨드라미 화단"—뒤칼 거리 구석에 위치한 브뤼셀 공원. 고대인들에게 이 자줏빛 꽃은 불멸의 상징이었다.

2행: "유피테르 궁전"—유피테르는 제우스의 로마식 이름. 브뤼셀의 "레장 가로수 길"에서 보이는 왕궁이나 아카데미 궁을 가리키는 듯하다. "유피테르"를 시어로 선택한 것은 신들의 불멸성을 이 궁전의 특징과 연결시키기 위한 의도로 보인다.

3~4행: "네 **푸른빛**을, 이곳에/섞고 있는 것은 바로 너"—"너"는 「모음들」에서 말하는 "푸른 색 O"의 존재, 혹은 "그의 눈"을 통해 암시하고 있는 랭보의 여자인가? 그러나 마지막 시행(25~28행)에서 "너"는 보다 시학적인 존재로 변화되어 있다.

9~12행: "사랑으로 **미친 여인**의 작은 야외 음악당"—셰익스피어 「햄릿」에 나오는 오필리아를 지칭하는 명백한 표현. 시인은 "야외 음악당"에서 극의 장면들을 떠올리고 있다. "옛 정념들"은 오필리아의 사랑에 대한 암시가 아닌가? 또한 "줄리엣"이 셰익스피어의 여주인공인 것은 주지의 사실인 바, 레장 가로수 길의 산책자는 야외 음악당 근처 어느 "발코니"에서 이 연극을 상기하고 있는 것이다.

13행: "줄리엣은 앙리에트를 떠올리게 한다"—방빌은 『여인상주』의 「은하수」에서 셰익스피어에 대해서는 "줄리엣"을, 몰리에르에 대해서는 「박식한 여인들」의 "앙리에트"를 언급하고 있는데, 이 시구의 원천은 바로 이 방빌의 시라고 랭보 연구자 장구는 주장하고 있다. 그런데 이 "앙리에트"는 여자의 이름이 아니라 "산중턱의/매혹적인 철도역"(15~16행)이다.

17~18행: "하얀 아일랜드 여인이, 기타에 맞추어,/폭풍의 천국 향해 노래하는"—『트리스탄과 이졸데』를 읽고 영향을 받은 것인가? "아일랜드 여인" 이졸데 앞에서 트리스탄이 연주하는 것은 켈트족의 하프였다.

20행: "아이들과 새장의 수다들"—한 랭보 연구자는 레장 가로수길 21번지에 여학생 기숙학교가 있었다는 것을 밝혀냈다. 또한 같은 거리 35번지에 샤를 다랑베르 공작의 호화스러운 거처가 있었다고 하는데, 이는 "공작의 창문"(23행)이란 표현과 연결된다. 공작의 집 앞에서 산책자는 외친다. "너무도 아름답구나! 너무도!"(24행)라고. 그렇지만 그는 "침묵"을 지킬 것이다.

(168) "그녀는 동방의 무희인가?……"

원고 하단에 적혀 있는 '1872년 7월'이라는 창작 시점으로 보건대, "거대하게 개화하는 도시"는 필경 브뤼셀일 것이다. "해녀" "해적" "순결한 바다"라는 시어들 때문에 랭보의 영불해협 횡단과 런던 도착에 관련된 시로 분석하기도 하지만 베를렌과 함께 떠난 런던 여행이 1872년 9월 초의 일이므로, 이 견해는 받아들이기 힘들다. 둘째 연에서 랭보는 "마지막 가면들"이 "순결한 바다의 밤 축제"를 믿는 시점을 과거시제로 기술했다. 축제의 삶이 펼쳐졌던, 결국은 작은 연못이나 진창으로 바뀌게 될 바다에 대한 암시일 것이다. 「취한 배」「아침의 좋은 생각」「기억」과 동일한 시적 영감으로 쓰인 시편이며, 첫째 연의 "도시"는 다가올 『일뤼미나시옹』의 「도시들」이나 「메트로폴리탄」의 초벌과 같다.

이런 어둠의 과거를 헤치고 도달한 브뤼셀의 새벽을 랭보는 "동방의 무희"로 묘사하고 있는 것이다. 빛과 어둠이 교차하면서 만들어지는 이 푸른 새벽 시간은 춤추듯 그에게 다가오며 무너진다. 『일뤼미나시옹』의 「새벽」에서도 빛에 의하여 쫓겨 나가는 여명이 머리를 풀어헤치고 베일에 싸여 도회지의 종루들을 넘고 강둑으로 사라지는 여신으로 형상화되어 있다. 완전한 빛의 도래에 스러지는 미인의 마지막 몸짓은 어둠 속에서 흔들리는 도회지의 아름다운 모습인 것이다. 1872년 5월의 시학이 7월에 와서 벌써 현대성의 시학으로 변모되기 시작했음을 이 시는 증거하고 있다.

1행: "동방의 무희"—원어는 "almée". 대중들의 축제에서 즉흥적인 시를 읊으며 노래하는 인도 혹은 이집트의 무희를 가리킨다. 이 무희와 다가오는 도시의 찬란한 전망이 대비되고 있지만, 결국 무희가 존재하는 곳은 랭보가 시를 포기하고 들어갈 저 "찬란한 도시들"(「고별」)이 아니겠는가?

6행: "**해녀**를 위해, **해적**의 노래를 위해"—이 시구의 원천을 바이런의 시나 베르디의 오페라에서 찾기도 한다.

7행: "마지막 가면들"—"차가운 밤이 후려치는 등불 아래서 빛나는 이 가면들"(「메트로폴리탄」)을 연상하게 한다.

(169) 허기의 축제

1895년 『랭보 전집』에 처음으로 실린 이 시는 "갈증"과 함께 1872년의 랭보를 괴롭힌 또 하나의 시적 상징인 "허기"를 주제로 하고 있다. 필사본에 들어 있는 "1872년 8월"이라는 창작 시점이 정확하다면 실제로 랭보는 그해 9월 초 런던으로 가기 전 벨기에에서의 방랑 생활에서 배고픔을 느꼈을 것이다. 현실의 체험에 대한 시적 상징이라고 볼 수 있다. 그렇다면 「5월의 깃발들」에서 말하는 "허기"는 어떻게 설명할 것인가. 랭보 시에는 전기적인 요소들로 설명할 수 없는 많은 부분들이 존재하며, 낱말들의 조합으로 창출된 이미지가 종종 추상적이며 몽환적이고 환상적인 것은 이런 부분들 때문이다.

반복되는 후렴구—『지옥에서 보낸 한 철』 「착란 II」에 들어 있는 판본에는 후렴구가 삭제되어 있다—의 기묘한 이미지는 여자 이름 "안Anne"과 "당나귀"를 지칭하는 프랑스어 "안âne"으로 이루어진 각운의 조합으로 탄생된 것이다. 이런 의도적인 시적 장치로부터 강한 메시지가 전달된다. 당나귀 타고 도망가는 "내 배고픔"은 소멸될 나의 "불행"인 것이며, 시인의 "식욕"이 식물뿐 아니라 광물에까지 이르면서 새로운 세상을 향한 강렬한 파괴의 힘이 작동되고 있음을 이 후렴구는 보여주고 있다. 갈증과 배고픔의 불운 혹은 불행은 1872년의 랭보를 이끈 역설의 창조력이었던 것이다.

1~2행: "내 허기여, 안, 안이여,/네 당나귀 타고 도망가라"—마지막 23~24행에서도 반복될 이 후렴구는 샤를 페로의 동화 『푸른 수염』(1697)에 대한 회상을 담고 있다. 이 동화의 제목은 『일뤼미나시옹』에 나타난다. "피가 흘렀다, '푸른 수염'의 집에,—도살장에,—투기장에. 신의 인영(印影)은 그곳 창문들을 어슴푸레 밝히고 있다. 피와 젖이 흘렀다."(「대홍수 이후」) 동화 속에서, 너무 많고 짙은 수염이 푸르게 보인다 하여 "푸른 수염"이라는 별명이 붙은 남자는 여러 명의 아내를 칼로 죽이고 비밀의 방에 시신들을 숨겨놓는 잔인한 자로 나온다. 「대홍수 이후」의 "도살장"이나 "피와 젖이 흘렀다"라는 표현은 동화 속의 관련 장면들을 상기시키는데, 후렴구의 "안, 안이여,/네 당나귀 타고 도망가라"는 명령은 이런 동화적인 분위기와 무관하지 않다.

13~14행: "홍수의 아들, 잿빛/계곡에 누워 있는 빵, 자갈을!"—오비디우스의 『변신이야기』 제1권에 나오는 새로운 인류의 탄생과 관련된 데우칼리온과 피르하의 신화에 대한 암시로 보인다. 제우스가 사악한 인류를 멸망시키기 위하여 일으킨 대홍수에서 유일하게 살아남은 데우칼리온과 그의 아내 피르하는 어떻게 하면 새로운 인류를 만들고 다시 세상을 일으킬 수 있는지 고민하다가 테미스 여신의 신전을 찾아가 여신의 뜻을 듣기로 했다. 테미스 여신은 이치의 여신으로서 늘 올바른 충고를 잘해주는 여신으로 등장한다. 이들이 테미스 여신의 신전에 가서 기도하자 여신은 이들을 가엾게 보고, "너희들 크신 어머니의 뼈를 어깨 너머로 던져라"라고 말한다. 신의 소리는

늘 상징적이다. 이 말뜻은 무엇일까? 데우칼리온과 피르하는 한참 동안 이 뜻을 깨닫지 못하고 떨리는 목소리로 여신께 용서를 빌었다. 그러다가 얼마 후 데우칼리온이 "어머니라는 것은 바로 우리가 태어난 대지이고 그 어머니의 뼈는 바로 대지 속의 돌일 것이다"라고 테미스 여신의 말을 해석했다. 데우칼리온과 피르하는 테미스 여신이 시키는 대로 어깨 너머로 돌을 던졌다. 그러자 구르던 돌들이 말랑말랑해지면서 점차 사람의 형태로 변했다. 돌의 눅눅한 부분은 살이 되고, 딱딱한 부분은 뼈가 되기 시작한 것이다. 새로운 인류는 이렇게 돌에서 생겨났다는 것이 이 신화의 설명이다.

15행: "검은 대기"—「착란 II」에서 시인은 "자연 빛의 황금 불티"로 살기 위해 하늘로부터 "검은 창공"을 떼어내고자 했다.

(171) "들어보라, 아카시아 숲 가까이……"

창작 시점은 확인되지 않지만 1872년의 시적 미학을 담고 있다는 점에서, 대체적으로 1872년 전반부에 쓴 것으로 간주한다. 이 시는 1873년 『지옥에서 보낸 한 철』에서 말하고 있는 "단어들의 환각"의 결과 혹은 "표현할 수 없는 것"에 대한 노트로 간주될 수 있다. 시 내부에 논리를 이끌어가는 관계 부사가 있음에도 불구하고 여기에 드러나 있는 이미지들은 그 유추관계가 매우 모호하고 단어들의 비유가 기이하기 때문이다.

이 시에서는 우선 어둠 속 달무리로 인해 여러 환영이 만들어진다. 완두콩을 지탱해주는 나뭇가지들은 달빛 속에서 사슴 뿌리처럼 보이고 거기서 사슴 울음 소리를 듣는다. 시각과 청각의 혼합이다. 티탄족의 여신인 포이베와 같은 성자들의 머리가 움직이고, 들판과 집들은 달콤한 사랑에 취해 있다. 밤안개는 어둠 속 종교의식이나 축제의 기운을 표현하는 것이 아니다. 다만 깊은 고독에 잠겨 슬프고 창백하다. 그렇지만 달무리 주변에 성자들은 남아 있으니 그들이 이 밤안개를 지배하고 있는 것이다. 이러한 해석에도 불구하고 이 시에서 어떤 논리나 의미를 찾는 것은 여전히 불합리한 것으로 보인다. 혹자는 랭보가 외가의 농장에서 바라본 달빛이 만든 환상적인 밤풍경을 시의 출발점으로 보기도 한다. 그러나 이런 전기적 해석은 풍경을 넘어선 감각 체계의 '착란'을 설명할 수 없다.

2행: "4월 완두콩"—달빛 아래의 완두콩 밭은 랭보에게서는 시적 환영들을 만들어내는 곳으로 등장한다. 산문시집 『일뤼미나시옹』에서 시인은 "완두콩 밭에서 빛나는 두개골들. —그리고 또 다른 환영들—들판이다"(「메트로폴리탄」)라고 외쳤다. 이 "두개골들"은 7행의 "옛 성인들의 머리"와 같은 유형의 시적 상상이 아닌가? 랭보 여동생 비탈리는 1873년 4월의 일기에서, 가족들이 어느 날 밤 로슈 농장에서 함께 바라본 밤 풍경을 "농장을 배회하는 엄청난 거인처럼 보이는 나무들의 뒤편으로 달빛이 은빛 망토를 던지고 있었다"라고 묘사했다.

5~6행: "달무리 속,/포이베 쪽으로!"—"포이베"는 우라노스와 가이아 사이에서 태어난 열두 자식들 중 딸이다. 다른 형제 코이오스와 짝을 지어 아스테리아와 레토, 두 딸을 둔다. 레토는 후에 제우스와 결합하여 쌍둥이 남매, 아폴론과 아르테미스를 낳는다. 포이베는 포이보스의 여성형으로 '밝게 빛나는'이라는 뜻을 지니고 있는데, 후대로 내려오면서 포이베는 아르테미스와 동일시되기도 했고, 특히 아르테미스가 달의 여신을 맡았을 때 이 여신의 또 다른 이름으로 쓰였다. 여기서 랭보가 말하는 "포이베"는 달의 여신을 가리키며, 달에 대한 은유로 사용된 것이다.

11행: "**옛 사람**들"—7행의 "옛 성인들"을 말한다. 랭보 시에서 성인들이나 천사들은 종종 부정적으로 묘사된다.

13~14행: "축일의 것도/천체의 것도 아니다!"—종교로도 신비주의로도 "단어들의 환각"에 의한 시적 효과, "이 어둠의 효과가 발산하는 안개"를 설명할 수 없다.

17~18행: "그들은 남아 있다,/—시칠리아, 독일,"—여기서 "그들은"이란 "옛 성인들"(7행)이며, "시칠리아"는 남쪽, "독일"은 북쪽을 나타내는

지명으로 선택된 듯하다.

(173) 미셸과 크리스틴

원고에 창작 시점이 적혀 있지는 않지만, 여러 시적 표현들이 「눈물」이나 「카시스의 강」을 연상시킨다는 점에서 이 시 역시 1872년 5월에 쓰인 것으로 추정된다. 특히, 시의 중심 테마인 "뇌우"는 「눈물」의 마지막 두 4행시에서 랭보가 만들어내는 시적 전언과 매우 유사한 역할을 한다. 어둠 속의 번개와 폭우는 지금과 이곳이라는 기존의 시간과 장소를 파멸시키고 새로운 세계를 창출한다. 그 뇌우가 오기 전은 "메마른 히스 덤불"의 공간이 존재하는 갈증의 시대였다. "목자"로 대표되는 평범한 존재들(랭보는 여기서 관습적인 예술—"목가"의 주인공을 일컬음)은 굵은 빗줄기를 피하고 도망치지만, "내 정신"은 날아오르고, "천상의 구름" 아래를 "철로"와 같은 긴 도정을 따라 달린다. 그리고 뇌우가 그친 후 달빛이 비추니 온 세상은 광야로 펼쳐지고 전사들이 말을 타고 자갈 소리를 내며 지나간다. 환각의 정점이다. 『지옥에서 보낸 한 철』에서 랭보는 이렇게 말했다. "나는 단순한 환각에 익숙해졌다. 나는 아주 명료하게, 공장 자리에 회교 사원을, 천사들이 만든 북 치는 학교를, 하늘의 거리에서 사륜마차들을, 호수의 밑바닥에서 살롱을, 온갖 괴물, 온갖 신비를 보았다. 어떤 보드빌의 타이틀이 내 앞에 경악스러운 것들을 세웠다." 말하자면 "하늘의 거리에서 사륜마차"를 타고 달리는 환각의 결정체를 본 것이다. 시의 제목 "미셸과 크리스틴"은 "보드빌의 타이틀"이다. 결국 "목가는 끝났다"라는 시의 마지막 선언은 주관적이며 감상적인 예술에 집착하는 시의 종말과 아울러 풍경의 추상 속에서 기존의 낱말 개념에서 벗어나려는 현대시의 시작을 동시에 알리고 있다.

15행: "백 개의 솔로뉴 벌판"—"솔로뉴"는 루아르 지방에 있는 지역 이름. 이 이름을 갖고 있는 "백 개의 벌판"이란 랭보 외가가 위치한 로슈 지방의 강물을 따라 펼쳐진 거대한 지역의 이미지를 떠올리게 한다.

17행: "이 종교적인 뇌우의 오후" —성서의 묵시록을 연상시키기 때문에 "종교적"이란 단어를 선택한 것이다.

25~28행: 전원극의 등장인물인 남자와 여자는 "미셸과 크리스틴"이며, "어린 양"은 그리스도이다. 이 종교적인 목가시의 종말은 한가로운 목자나 농부의 생활을 주제로 한 서정적인 시가에 대한 고별이겠지만, 랭보는 이 소박한 극에 대한 묘사에서 현실과 환상을 뒤섞으며 묵시록적인 종말을 예고했다.

26행: "푸른 눈의 아내와 붉은 얼굴의 남자를, —오 갈리아여,"—「기억」의 "부인"과 부인을 떠나가는 "남자"에 대한 암시가 아닐까? 「일곱 살의 시인들」에서 어머니의 눈은 푸른색이었다. 랭보는 『지옥에서 보낸 한 철』의 「나쁜 피」에서 선조들인 골족을 "푸르고 흰 눈, 좁은 두개골 그리고 싸움의 서투름"을 지닌 자들로 규정한다.

(175) 수치

이 시는 1872년의 대부분의 시편들과 시적 어조를 달리하고 있다. 따라서 몇몇 연구자들은 이 작품의 제작 시점을 랭보와 베를렌 간의 언쟁이 있던 1873년으로 보고 있다. 그러나 시형은 1872년의 자유운문시에 속하기 때문에, 결국 1872년의 시로 판단하는 것이 타당해 보인다. 연구자들에 따라 시에서 말하는 자와 그 대상을 베를렌-랭보, 혹은 랭보-베를렌으로 보기도 하고, 랭보-마담 랭보로 간주하는 연구자도 있다. 시의 내용이 「젊은 부부」와 유사한 점도 없지 않기에, 이런 자전적 요소들을 바탕으로 시를 분석하려는 시도는 타당해 보이기도 한다. "계략을 쓰고 배신"을 하는 상대가 베를렌이든 랭보 자신의 어머니이든, "훼방꾼 아이"는 아마도 랭보일 것이다. 그러나 더 나아가 이 작품에서 랭보는 "새로운 적 없는 증기가/피어오르는" 두뇌의 파괴 및 사지들의 절단, 그리고 그에 가해지는 고문("칼날, 조약돌, 불꽃")을 말한다고 볼 수도 있을 것이다. 1872년 초 파리에서 아르덴 지방으로 되돌아온 랭보가 몇 개월간의 파리 생활을 스스로 단죄하고 있는 일종의 자학적인 시편으로, 이러한 고통이 없으면 그는 "온 세상"에 해악을 끼치는 존재로 남을 것이며 "그가 죽을 때"에 의미 없는 "기도"만을 이끌게 된다는 메시지를 던지고 있다. 그것은 바로 "수치"인 것이다.

2행: "새로운 적 없는 증기" — 랭보는 1870년 가을 베를렌의 부름을 받고 위대한 시를 만들겠다는 포부 아래 「취한 배」를 가슴에 품고 파리로 올라갔다. 그러나 그의 "두뇌"는 새로운 사상의 기운("증기")에 젖지 못하고 "기름진 더미"에 불과했다. "칼날"이 이것을 갈라야 그는 재생하리라.

5~8행: "**저자**"란 랭보를 가리킨다. 일종의 메타 텍스트처럼 괄호 안에 넣었지만, 그것은 "저자"가 해야 할 일을 강조하기 위함이다. 말하는 자는 동일하다. 모든 신체를 잘라내야 한다는 것인데, 1870년 5월의 '투시자의 편지'에서 언급하는, "시인이 초인간적인 힘을 필요로 하는 형언할 수 없는 고문"이 아닐까?

17행: "몽로쇠의 고양이" — 원문은 "Monts-Rocheux". 랭보의 외가가 있는 로슈 지방을 가리킨다. 고향 친구 들라에는 베를렌에게 보낸 1881년 12월 31일 자 편지에서 랭보를 "로쇠의 괴물"로 표현했다.

19~20행: 이 시에서 랭보는 자신에 대해 가학적으로 말하고 있지만, 마지막 두 행에서는 기독교에 매달리는 베를렌을 암시하고 있다. "훼방꾼/아이"(13~14행)에서 랭보는 이미 베를렌의 존재를 전제하고 있었다. 신은 인간의 죽음 이후에나 찾아온다고 기독교를 조소하는 것으로 보인다.

(177) 기억

1895년 『랭보 전집』에 실린 이 작품의 원래 창작 시점은 확인할 수 없지만, 1872년 3월경으로 추측하고 있다. 2004년도에 베를렌의 처가인 모테 가문에서 「저주받은 가족」이라는 제목의 새로운 이본 원고가 발견돼 시의 제작 시점에 대한 기준을 제시해주었다. 즉, 랭보와 베를렌이 파리를 떠나는 7월 이전에 이 작품이 베를렌의 손에 들어와 있었던 것이다. 그런데, 「저주받은 가족」이란 제목의 상단에 "에드거 포에 관하여"라는 일종의 소제목이 붙어 있는 것이 특이하다. 랭보 시 전체를 통틀어 미국 작가 이름이 등장한 것은 이것이 처음인데, 애드거 앨런 포는 이 시편과 어떤 관계가 있을까? 베를렌이 에밀 블레몽에게 보낸 1873년 2월 17일 자 편지에 따르면 랭보와 베를렌은 애드거 앨런 포의 작품을 읽으며 영어를 배웠다고 하지만, 앙드레 기요의 판단처럼 1872년에 지어진 이 시편과의 관련성은 분명하지 않다. 1873년의 『지옥에서 보낸 한 철』에 삽입하려고 했을 때, 이 「저주받은 가족」의 제목은 「기억」으로 바뀌어 있었다.

5부로 구성된 이 시는 어떤 "기억"을 그리고 있을까? 제1부는 성벽과 언덕 아래로 흐르는 어떤 물줄기가 석양의 금빛으로 반사되고 있는 저녁 풍경을 묘사하고 있다. 2부에서는 이 광경 속에 "아내"라는 인물이 나타난다. 그는 아마도 3부의 "마담"과 동일한 인물일지도 모른다. "마담"은 랭보의 어머니이고 "책 읽는 아이들"은 랭보 남매들이 아닐까? 그렇다면 이 "기억"은 어린 랭보의 뇌리에 남아 있는 어머니 혹은 부모에 관한 여러 장면들의 연속으로 볼 수 있을 것이다. 시는 4부와 5부에 등장하는 어느 진창 바닥에 사슬로 묶여 움직일 수 없는 배의 이미지로 종결된다. "취한 배"의 당당한 모습은 사라졌고, 잿빛 수면의 진흙탕 물에 갇혀 있는 이 배는 불우한 가정의 "나"를 상징하고 있다. 「일곱 살의 시인들」의 마지막 시행들에 드러나 있는 또 다른 세계로의 항해에 대한 꿈도 여기서는 찾아볼 수 없는데, 이는 어린 시절의 불행을 시의 제작 시점인 1872년의 불운과 연결 짓고 있기 때문이리라. 첫째 행의 "맑은 물"이 마지막 행의 "진흙탕"으로 변모되는 과정, 다시 말하면, 순결한 어떤 처녀, 갓 결혼한 아내, 어린아이들이 있는 마담, 떠난 사람 뒤쫓다 성벽 아래서 울고 있는 여인으로…… 이는 뛰어난 시적 장치로, 랭보는 불행의 나락으로 잠겨드는 여인의 운명을 자신의 운명과 병치시킨다.

1~5행: 상관관계가 부족한 사물들의 병치로 이루어진 명사구들의 나열은 초기 운문시들의 문체에서 크게 벗어나『일뤼미나시옹』의 시편들을 연상케 한다. 그렇지만 시행들은 "흰빛"의 의미장 속에서 펼쳐지고 있다. "소금" "육체 그 흰빛" "순결한 백합 빛" 등이 그것이다.「저주받은 가족」의 원고에서 첫 행은 "어린 시절 눈물의 소금같이 순수한 물"로 문장 구조가「기억」과는 현저히 다르다. 태양을 향해 돌진하는 여자들 육체의 흰빛이 "소금"이라는 메타포에 더 잘 어울리지만, 원어로 보면 "……소금같이 순수한"이란 구문이 "……소금 같은 여자들 육체"보다 훨씬 리듬감이 있다. 메쇼닉이 시행들의 리듬적 불균형을 언급한 이유 중의 하나일 것이다.

3~4행: "어떤 처녀가 지켰던 벽 아래"—잔 다르크에 대한 암시. 다음 행의 "백합"이 프랑스 왕실의 상징이기에 이런 추측이 가능하다. 전기적으로 분석한다면 이것은 뫼즈 강변의 벽이며, 이후 나오는 강은 바로 뫼즈 강을 가리키는 것이고, 대문자로 쓴 "아내"(14행)와 "그"(21행), 그리고 "아이들"(21행)은 모두 랭보의 가족을 말한다.「저주받은 가족」이라는 초고의 제목은 여기서 연유했을 것이다.

5행: "천사들의 뛰놀기"—앙리 메쇼닉은 이 부분을 "투명한 기포"(9행)의 메타포로 보고 있다. 메쇼닉은 이 시 전체를 "물과 물의 변신"에 대한 시학의 언어로 보면서, 리듬 분석을 통해 사회와 언어 행위의 관계를 설정하고 있다.

5행: "아니……"—명사구의 나열을 차단하고 부인하면서, 시인의 눈앞에 보이는 것에 대한 직접적인 묘사를 이끌고 있다.

7행: "그녀는"—원어는 "Elle". 여성대명사이기에 여기선 "그녀"로 번역했으나, "황금빛 흐름", 즉 '강la rivière'을 지칭하거나 바로 앞에 나오는 "풀잎"을 받는다. 강과 풀잎은 프랑스어에서 모두 여성명사이기 때문이다.

11~12행: "소녀들의 빛바랜 초록 드레스들이"—21행에 나오는 강변의 초원에서 책을 읽고 있는 "아이들" 중에 여자아이들, 즉 랭보의 여동생들을 가리키는 것으로 생각된다. 버드나무로 형상화된 소녀들의 "빛바랜 드레

스" —『일뤼미나시옹』의 「노동자들」에 나오는 "헨리카"의 "상복보다 더 슬픈" "작은 체크무늬 면 치마"인가?—에서 새들이 솟아 나오는 것은 또한 「오필리아」의 한 장면을 떠올리게 한다. 표면적으로는 생동감이 넘치는 이 모습은 이렇게 장차 다가올 슬픔을 감추고 있다.

14행: "미나리아재비" —랭보의 고향 친구 들라에는 이 꽃을 '수련'이라고 주장한다. 이 노란 꽃은 "금화"(13행)와 비교되며, 강한 노란빛의 태양을 시샘하고 있다. 또한 꽃의 노란색은 혼인의 색채이므로 "부부의 맹세"를 상징하고 강화시킨다.

16행: "장밋빛 소중한 천구" —태양을 말함.

17행: "노동의 실들이 눈처럼 날리는 근처의 초원에" —이 강변 근처의 초원에는 버드나무, 포플러나무 들이 서 있고, 미나리아재비와 산형화서로 피는 수많은 들꽃들이 있다. "노동의 실들"은 이 가지들과 꽃들 사이에 처진 거미줄이라고 생각할 수 있다. 원어 "fils"는 "실"의 복수이면서 "아들"이라는 뜻도 지니고 있다. '노동의 자식들'이란 이중적 의미도 포함하고 있는 셈이지만, "눈처럼 날리는"이라는 동사를 생각해볼 때 이 의미는 채택되기 힘들다.

17~24행: 강변의 초원에 "마담"이 서 있다. 옆에서 "붉은 모로코가죽 장정 책"을 읽고 있는 아이들이 그녀는 자랑스럽다. 그러나 "그"는 마치 태양이 하얀 햇살을 흩뜨리며 산 너머로 사라지듯 가버리고, "그녀"는 차가운 물줄기처럼 그 뒤를 쫓는다. 랭보 가정의 비극을 강줄기와 태양의 헤어짐에 빗대어 표현하고 있다. 활기찼던 가정의 생활은 외로운 삶, "저주받은 가족"의 그것으로 바뀌어간다.

20행: "붉은 모로코가죽 장정 책" —이 책은 필경 "일곱 살의 시인"이 읽었던 "양배추 빛 녹색 절단면의 성경"일 것이다.

25~28행: 어둠이 내렸다. 강물에 비친 4월의 달빛을 에워싸고, 과거에 대한 "그리움"과 이 강변에 부패물을 흘려보냈던 어느 해 8월에 대한 기억의 "기쁨"이 엇갈린다. "작업장"에 대한 긍정적 인식은 1872년의 랭보 시학이었다.

29~32행: 성벽 아래서 울고 있는 여인은 누구일까? 과거 이곳을 지켰던 "처녀"의 화석화된 역사처럼 "포플러"의 우듬지만 겨우 흔들고 있는 미동도 없는 대기와 솟구치는 "샘도 없는, 회색 수면"의 잔잔함 속에서, 이 여인은 허망한 눈물을 흘린다. 아마도 시인이 어머니에 대한 강한 연민을 나타낸 것으로 보인다. 이제 강에 대한 은유는 시를 떠났고, 강과 여자는 분리되었다. 시의 구조에서 강줄기-여인이라는 생명이 부여된 사물은 비생명적인 존재의 본질을 되찾고, 그 시적 대상을 둘러싸고 서서히 몰락하는 인물들의 치명적 비극을 동반하고 있다. "준설인부"는 이들의 상징이다.

33~36행: "나"라는 시적 화자가 등장한다. 태양은 지고, 여인은 성벽 아래서 눈물 흘리고 강물은 어둠에 잠겼다. 모든 것은 떠났고, 남은 것은 어둠 속에서 자신을 바라보는 "침울한 물 눈동자"뿐이다. "나"는 그 속의 "장난감"에 불과한 "움직이지 않는 보트"로 전락했다. 주위를 감싸며 "잿빛 물의 친구"로 남은 꽃들—"노란 꽃"은 부모의 행복이 남아 있던 시절의 "미나리아재비"(14행)이리라—이 과거의 회상에 잠긴 그를 괴롭히고 있지만 그는 그 꽃들을 소유할 수도 없다. 전쟁의 참화 속에서 꽃의 향기에 반응할 수 없었던 어느 젊은 전사자, "골짜기에 잠든 자"처럼.

37~40행: 시의 첫 단어들인 "맑은 물"은 "진흙탕"이란 마지막 단어들로 변했고, "천사들의 뛰놀기"와 같은 발랄한 존재들은 묶은 "쇠사슬"이 바닥에 끌리고 있는 처참한 "보트"로 전락했다. 그렇지만 자유로운 항해로 난바다의 모든 것을 보고 겪었던 「취한 배」의 파멸은 애당초 "어느 아이가 5월의 나비같이 여린 배를 띄우는 검고 차가운 늪"을 원했던 그의 오류를 증명하듯이, 시인은 현실의 모든 것을 받아들이고 있다. "기억"은 질문한다. "어느 진흙탕에서?"

38행: "갈대들의 오래전부터 파먹힌 장미!"—고향 친구인 들라에에 따르면, 이것은 골풀을 말한다. 그러나 석양에 물든 갈대들의 색조를 생각할 수 있다. 해가 지면서 이 색조가 부분적으로 사라지기 시작하는 장면의 인상주의적 묘사로 보인다.

(180) "오 계절이여, 오 성(城)이여……"

이 판본은 1886년 6월 21일~27일 자 『라 보그』지에 처음 이 시가 실렸을 때 편집자들이 저본으로 삼은 피에르 베레스 원고를 바탕으로 하고 있다. 그러나 1886년 『라 보그』지의 판본에는 〔 〕 안에 들어가 있는 15~19시행들은 존재하지 않았다. 이것은 시를 이해하는 데 매우 중요한 요소이며, 이본들의 상호 검토에서 논의의 중심이 되는 사항이다. 창작 시기가 명기되어 있지 않지만 시의 형태나 내용에서 1872년 자유 운문시 계열에 속하는 이 작품은, 1873년에 발행된 산문시집 『지옥에서 보낸 한 철』에 삽입된 상태로 처음 대중과 만나게 된다. 독립된 운문시편이 그 원고의 존재가 알려지기도 전에 산문시의 일부로 먼저 드러난 것이지만, 이 시가 삽입되어 있는 부분의 산문시행들은 시에 대한 시인의 의도를 밝히고 있는 것이기에 1873년의 판본에 대한 세심한 독서가 필요하다.

1~2행: "오 계절이여, 오 성이여,/결함 없는 영혼이 어디 있으랴?" — 1872년 5월에 필사된 시 「5월의 깃발들」에서 우리는 "계절들이 나를 소진시키길 원한다"라는 시행을 읽을 수 있고, 친구 들라에에게 보낸 1872년 6월 편지는 "계절들에게 저주를 보낸다"로 끝맺고 있다. 피에르 브뤼넬은 "계절들은 영원성에 반하는 시간이다"라고 해석했으며, 앙투안 아당은 단순히 "시간의 연속을 말하기 위한 것" "시간의 흐름을 상기시키기 위한 것"으로 보았다. 그러나 베르나르 메이에르는 1872년도 시편들에 대한 설명에서 "계절"이 "우리의 여러 순간들의 유사성과 차별성을 표현하고 있다"며 그 상징적 의미를 부각시켰다. 랭보가 계절이라는 단어를 선호한 것은 그것이 함축하고 있는 단위성 때문일 것이다. 그에게 "계절"은 일정한 공간에서 형성되는 어떤 시간의 특성을 말하는 것으로 사용되었다. 여기서 계절이 성과 유사성을 갖게 된다. 1872년도의 시 「황금시대」를 보자.

아! 멋진 성이여!
그대의 삶은 얼마나 맑은가!

「"오 계절이여, 오 성(城)이여……"」와 동시대의 시 「카시스의 강」에는 중세의 성이 신비스러운 역사와 함께 바람에 실려 다가온다. 랭보의 환상은 남아 있는 망루와 폐허가 된 정원에서, 중세의 어느 전투에 희생된 기사들의 피비린내 나는 전장의 소음을 듣는 순간에 극치를 이루고 있다. "방랑하는 기사들의 죽은 정념"을 담고 시인이 던지는 질문, "결함 없는 영혼이 어디 있으랴"는 시와 인간의 본원적 결함을 노래하는 것이며, 중세적 삶의 본질이 근대성에 기대는 문학의 시대에 와서 파괴되는 형상도 함께 지적하는 것이다. 시의 새로운 의무를 되새기는 한탄의 질문인 것이다.

4~5행: "누구도 피할 길 없는, **행복**에 대한/마술적 연구를 나는 했도다." —"행복에 대한/마술적 연구"가 무엇이며 왜 이 연구는 "누구도 피할 길 없는" 것인가? 이 물음에 대한 답을 구하기 위해 우리는 「착란 II」가 들어가 있는 1873년 『지옥에서 보낸 한 철』의 판본을 비교 검토해야 할 것이며, 이 판본에 앞서 나오는 산문시행들을 읽어야 할 것이다. 여기서 "행복은 나의 숙명, 나의 회한, 나의 구더기였다"고 시인은 말한다. 랭보가 행복으로 간주하고 숙명적으로 받아들이면서 추구했던 시의 완벽한 성취는 삶의 지옥("회한" "구더기")이었던 것이다. 적어도 이 시가 나오기 전까지 그의 삶은 기독교적 구원을 받기에 여전히 너무 거대했다. 죽음으로 이끄는 행복이 그에게 알려준 것은 이런 회한 이후에 나오는 「"오 계절이여, 오 성(城)이여……"」라는 언술이다. 이 시와 함께 「착란 II」라고 명명된 산문시가 종결된다. 산문시에 드러난 "연구"에 대한 실패, "마술적 궤변"에 "조직"을 부여했던 그의 "광기" —"광기의 궤변들 중에서 어떤 것도 나에 의하여 망각되지 않았다. 난 그 모두를 다시 말할 수 있으며, 조직을 갖고 있다"(「착란 II」)— 의 소멸, 이 모든 몰락에 대한 회한이 시 전체를 감싸고 있다. 자신이 머물렀던 "계절"과 "성"을 바라보며 과거 자신의 행위를 고백하는 것이다.

6~9행: "오 행복이여 만세, 그 갈리아/수탉이 울 때마다.//그러나! 이제 나에겐 갈망이 없으리라,/행복이 내 삶을 짊어졌으니." —수탉은 동트는 새벽에 울 것이며, 시인은 하루를 시작하는 이 순간에 행복의 만세를 외치는 것이다. '수탉이 운다'는 것을 음경 발기로 해석하면서, 6~7행은 랭보가 베를렌과 함께 생활하면서 되찾은 행복의 충만함에 대한 표현이라는 견해도 있는데 이는 시의 본질에서 지나치게 벗어난 것으로 보인다. 랭보에게 새벽이란 어둠과 빛이 교차하는 가장 아름다운 순간이며, 창조의 시간이다. 이 시와 동시대에 쓰인 랭보의 편지를 보면, 랭보는 이 새벽 시간을 "형언할 수 없는 아침의 첫 시간"이라고 했다. 시적 감수성이 보석같이 빛나는 시어들 속에서 상상력의 결정체를 이룬 『일뤼미나시옹』의 산문시 「새벽」에는, 숲 속 산책길의 돌들이 산책자와 시선을 마주치고 새들의 날개가 소리 없이 날아오르며 꽃이 말을 건네는 작은 생명들의 시간으로 새벽이 묘사된다. 오솔길이 "신선한, 엷은 빛으로 그득한"(「새벽」) 세상에 새벽이 드러나고 있다. 새벽은 "행복"의 형상화인 것이다. "모든 존재들은 행복의 숙명을 지니고 있다"(「착란 II」)는 말은 행복이 단순한 기쁨의 시간이 아니라, 시인이 맞이해야 하는 창조 혹은 생명의 발현과도 같은 치열한 숙명적인 삶과 관련되고 있다는 뜻이다.

"갈리아 수탉"은 랭보 자신일 수 있다. 그는 자신의 작업에 끝을 맺고 새로운 빛을 맞이하는 순간, 만세를 외치며 행복을 맞이해야 하는 것이다. 이제 그의 삶은 행복해졌고, 그에게는 아무런 갈망도 남아 있지 않다.

10~13행: "이 **마력!** 혼과 육신을 취하고,/온갖 노력을 흩날려버렸구나.//내 언어에서 무엇을 이해할 수 있을까?/그것은 내 언어가 달아나 사라지게 하는구나!" —행복은 일상적 언어로 소통할 수 없고, 벗어날 수 없는 마력으로 다가온다. 『지옥에서 보낸 한 철』의 마지막 줄에서, 문학에 등을 돌리며 던진 랭보의 "나에게는 **하나의 영혼과 하나의 육체 속에 진리를 소유하는 일**이 허용되리라"(「고별」)라는 선언은 위에서 이 시구들이 함축하고 있는 시적 메시지와 유사하다. 행복의 마력은 이제 영혼과 육체를 갖추고 변질될 수

없는 "진리"를 내부에 담고 있다. 그리고 언어의 언덕에서 시도했던 행복의 마술적 연구에 대한 모든 노력들을 흩뜨려버린다. '언어의 연금술'은 진실한 삶을 전할 시어를 창출할 수 없는 것이다. 랭보의 모든 시적 계획과 시도는 무너져 내리고 있다. 허위로 그득한 그의 시에서 이해될 수 있는 것은 없으며, 그 언어들은 허공으로 날아가 사라진다. 이 참담한 고백은 "결함 없는 영혼이 어디 있으랴"라는 탄식에서 예견된 것이며, "계절"과 "성"을 향한 그의 마지막 독백인 것이다. 이 허무와 절망은 아직 죽음으로 그를 인도하지는 않는다. 마력의 은총을 상실하고 그것의 경멸로 인해 죽음으로 향해야 하는 수동적 운명을 랭보는 받아들이지 않는다. 1873년 판본에서는 12~13행이 삭제되어 있다.

15~18행: "그리고, 만약 불행이 나를 이끈다면,/난 그의 은총을 필경 상실하는 것이리라.//그의 경멸이, 아아!/가장 성급한 죽음으로 날 데리고 가야 하다니!" ―초고에 있었으나, 필사하는 과정에서 랭보는 이 구절을 삭제했다. 1872년에 랭보는 적어도 운문시에 대한 깊은 회의에 빠졌지만, 시 자체를 운명적으로 포기하는 죽음의 순간은 받아들이지 않았던 것이다. 1873년도 판본을 보면, 15~16행은 "오 계절이여, 오 성이여!"로 대체되고(일종의 후렴구), 17~18행은 다음과 같은 두 행으로 바뀌었다.

> 그가 도주하는 시간은, 아아!
> 죽음의 시간이리라.

즉, 마력이 사라지는 시간이 바로 "죽음의 시간"이라는 것인데, 1872년에 죽음을 향해 수동적으로 인도되는 것("가장 성급한 죽음으로 날 데리고 가야 하다니!")에서 랭보는 보다 의연해졌다. 나의 삶을 떠맡았던 마력이 사라짐으로써 죽음의 시간이 찾아온다는 것이다.

내 건강은 위협을 받았다. 공포가 찾아왔다. 나는 여러 날 동안 잠에 빠졌고, 일어나서도, 나는 가장 슬픈 꿈들을 계속 꾸었다. 난 죽음을 맞이할 준비가 충분히 되었으며, 나의 연약함이 위난의 길을 통해 세계의 끝으로, 어둠과 소용돌이의 나라, 키메리아의 끝으로 나를 데려갔다.

—「착란 II」

그는 죽음을 의연히 받아들이기 위하여 마력이 "도주"하는 시간을 주관적으로 탐색한다. "난 죽음을 맞이할 충분한 준비가 되었다"라고 랭보는 말했다. 세상 끝 안개로 뒤덮인 나라, 키메리아로의 출발을 선언한다. 갈망이 사라진 그에게 남은 것은 죽음의 길이다. 창조의 어둠은 모든 것을 파멸로 이끄는 "소용돌이의 나라"가 되었다. 그가 시도했던 행복에 대한 마술적 연구는 언어의 연금술처럼 완벽한 실패로 드러난다. 이것은 랭보를 침묵으로 이끄는 내적 원인이다. "이것은 지나갔다. 나는 이제 미에 인사할 수 있다"라는 「착란 II」의 마지막 행은 랭보의 모든 운명을 함축한다.

(182) "늑대는 나뭇잎 아래서……"

이 시의 초고는 존재하지 않는다. 단지 『지옥에서 보낸 한 철』의 「착란 II」에 삽입된 「허기」라는 시에 연이어 실려 있을 뿐이다. 따라서 "허기"라는 시적 테마와 관련되어 추가된 시절들인지 혹은 제목이 없는 독립된 시편인지 확인할 수 없다.

10행: "솔로몬" — 다윗의 아들이며, 이스라엘의 왕(기원전 970~기원전 931). 지혜롭고 정의로워 구약성서에서 가장 현명하고 올바른 왕으로 언급된다. 그는 예루살렘에 최초로 사원을 지었다. 구약성서 「열왕기」 1권에 그의 역사와 행적이 기술되어 있다.

11행: "끓는 거품은 녹 위를 달려" —끓는 물의 거품이 철의 녹슨 곳 위를 달린다는 것은 무슨 의미일까? 우선 랭보는 시행의 음성적 효과를 노리고 있다. 즉, "끓는 거품bouillon" "녹rouille" "달려court"라는 원어의 어휘들에 공통적인 발음이 들어 있으며, 이것으로 시적 리듬을 살리고자 했던 것이다. 이 책에서 "녹"이라고 번역한 "la rouille"는 붉은 피망이 들어간 소스의 종류를 가리키기도 하는데, 「허기」란 제하의 시편이 함께 들어가 있다는 점을 볼 때, 랭보가 단어의 이중적 의미를 염두에 두었다고 추측할 수도 있다.

12행: "키드론"—이스라엘 예루살렘의 겟세마네 동산 건너편에 있는 계곡이며, 여기에 흐르는 강 이름이기도 하다. 예수는 가끔 제자들과 이 동산에 올라 기도를 드렸고 십자가에 못 박히기 전날 밤에도 이곳에서 피땀을 흘리며 최후의 기도를 했다.(「마태오복음」 26:36, 「마르코복음」 14:32, 「루가복음」 22:44). 이곳에는 올리브 나무가 많고 제1신전시대와 제2신전시대의 무덤이 많은데, 그중에서도 특히 다윗 왕의 아들 압살롬의 무덤이 가장 유명하다.

옮긴이 해설

끝나버린 시, 끝이 없는 시

프랑스 북부에 위치한 작고 고요한 시골 도시 샤를빌에서 1854년에 태어난 랭보는 16세가 되던 1870년 봄, 당대의 유명 시인이었던 파르나스 시파의 수장 방빌Théodore de Banville에게 보내는 편지에 세 편의 시를 함께 보내며 작품 활동을 시작한다. 파르나스 시파에 어울리는 작품들을 방빌에게 보여, 그로부터 인정받고자 했던 것이다. 그렇지만 랭보의 시는 이미 파르나스 시파의 특징을 벗어나 있었고, 그의 시어는 시의 현대성의 배아를 키워내고 있었다. 1870년 7월에 터진 보불전쟁을 계기로 그의 날카롭고 신랄한 어휘는 부르주아 혹은 제국주의의 지배자들을 향한 사회·정치 비판으로 단련되고, 사제들에 대한 반감은 반교권주의로 발전하여 초기 시의 중심 테마로 자리한다.

1870년에 일어난 보불전쟁은 프로이센의 승리로 끝났고, 나폴레옹 3세는 몰락한다. 제2제정은 종국을 맞이했다. 그렇지만 랭보는 그해 가을을 방랑의 삶으로 채워나간다. 독설과 저항보다는 여행의 감상을 담아내고 인상주의적인 색채로 시적 이미지를 창출한 시기였지만, 향후 시어를 버리고 광활한 현실의 삶으로 들어가는 랭보가 견습생적인 체험을 한 것은 역시 이 시기로 보아야 할 것이다.

1871년 봄, 파리 시내에 들어선 파리코뮌 그리고 그해 5월 정부군에 의한 코뮌의 처참한 몰락은 그의 시를 사회주의에 젖어들게 했다. 시의 사회적 책무와 투시자로서의 시인의 역할을 강조한 1871년 5월에 쓰인 두 통의 편지, 소위 말하는 '투시자의 편지'는 시 문학사에서 빠질 수 없는 글이 되었다. 1871년 8월경 또다시 파리 문단으로의 데뷔를 시도한 랭보는 결국 베를렌Paul Verlaine의 초청을 받아 그와 조우하게 되는데, 두 시인의 만남은 그들의 운명과 시를 송두리째 바꾸어버렸다. 특히 랭보는 파리의 자유로운 예술가들과 교류하면서 초기의 정형 운문시를 벗어나, 유연성 있는 시형의 틀을 확보하고 자유 운문시에 매달렸다. 1872년 6월까지 그가 만들어낸 이 시편들은 초기 시의 이데올로기에서 벗어나 시인 내면의 문제를 성찰하고 있었다.

베를렌과 전격적으로 떠난 벨기에 및 영국으로의 여행은 베를렌의 신혼 가정이 파탄에 이르게 했으며, 1873년 7월 떠나려는 랭보를 향해 베를렌이 권총을 쏘면서 두 시인의 관계도 종국을 맞이하게 된다. 이 모든 체험들은 진땀 나는 고백을 토하는 독백의 언어로 그리고 고통받는 영혼의 폭발로 이어진다. 1873년 가을 브뤼셀에서 출판되는 『지옥에서 보낸 한 철*Une saison en enfer*』에 들어 있는 산문 시편들이 그것이다.

또한 이 작품들의 창작 시기와 겹치는 시기부터 1870년대 후반 아프리카로 떠나기 전까지 파리, 런던 등지에서 쓰인, 영롱한 보석과도 같은 단어들의 이미지로 짜인 또 다른 산문시집 『일뤼미나시옹*Illuminations*』은 시의 경계를 허물고 시적 계시의 거대한 울림을 만들어놓았다. 각 단어들은 아주 치열한 시적 의도에 따라 배열되었고, 시의 전언은 창출된 이미지의 극단적 유추관계 속에 담겨 있다. 실제와 환상이 뒤섞이고, 꿈과 절망이 혼동되거나 동일한 것으로 인식되며, 창조와 파괴가 동등한 가치 속에서 이루어지는 언어의 절대성을 만나게 된다. 단순한 산문은 이 숭고한 시적 작업을 담아낼 수 없을 것이다. 랭보의 산문시집에서는 시어의 긴장이 적절한 반복과 리듬으로 유지되며, 자음 운이나 동일한 모음의 연속과 같은 운문적인 특성 속에서 시적 메시지가 일렁이면서 창조적 힘을 획득하게 되는 것이다. 산문이 운문에 이어 나타난 시형이라고 규정할 수 없지만, 다시 말해 두 시형의 작품들이 어떤 순서를 지니고 있는 것은 아니지만, 적어도 랭보에게서는 운문이 시의 목적을 이룰 수 없을 때 산문의 정신 속에서 시 자체의 파멸을 노래한 것으로 보아야 한다.

랭보의 시 전체에는 그의 언어뿐 아니라 그의 삶이 담겨 있다. 초기 운문시에서부터 자유 운문시를 거쳐 두 권의 산문시집에 이르기까지, 그의 작품들은 그가 어떻게 사회와 세상에 맞섰고, 우주의 사물들은 어떤 모습으로 형상화할 수 있는지, 결국 왜 문학은 아무것도 해결할 수 없는, 단어들의 허망한 소음들로 그득한지를 보여준다. 동시에 이 쓸모없는 문학이 그가 떠난 이후에 불꽃같은 언어의 혼으로 어떻게 다시 되살아나 불사조처럼 우리에게 날아오는지를 극명하게 보여준다. 랭보가 아프리카에서 시를 버리고 커피 상인과 무기상 등으로 생활하며 치열한 현실과 부딪힌 후 죽음을 맞이하는 것은 이러한 시 정신의 구현과 다름없다.

1. 운문시(1870~1871)

제작과 출판

1870년 1월 2일 잡지 『만인의 잡지*La Revue pour tous*』에 첫 작품 「고아들의 새해 선물」을 발표한 이후, 랭보는 1870년 5월 24일 파르나스파의 수장 중 한 명이었던 방빌에게 세 편의 시를 보내면서 『현대 파르나스*Le Parnasse contemporain*』지에 실어줄 것을 요청한다. 방빌은 답신은 해주었으나, 랭보의 시는 파르나스파의 잡지에 실리지 못했다. 1871년 8월 15일 랭보는 또다시 방빌에게 시 한 편을 보낸다. 처음 방빌에게 보냈던 세 편은 1870년 10월 두에에서 작업한 필사본에 들어가게 되지만(「감각」「태양과 육체」「오필리아」), 그다음 해인 1871년에 보낸 시 「꽃에 대하여 시인에게 말해진 것」은 1925년에 와서야 마르셀 쿨롱Marcel Coulon에 의해서 빛을 보게 된다. 말하자면 방빌은 랭보 시의 출판에 관심이 없었던 것이다.

그러나 1870년의 랭보에게는 그의 선생님 이장바르Georges Izambard가 있었다. 랭보는 선생님에게 시에 대한 자문을 구하면서 자신이 쓴 시를 직접 건네주거나 편지에 써서 보내주기도 했는데, 그중 「첫날밤」은 1870년 8월 13일 『라 샤르주*La Charge*』지에 발표되기도 했다. 1870년 10월, 랭보는 이장바르의 이모들이 거처하고 있는 두에로 가서 그녀들의 보호 아래 그동안 썼던 시편들을 필사한 뒤, 두에의 시인 드므니Paul Demeny에게 전달한다. 이것이 흔히 '드므니 문집'이라고 불리는 두 권의 필사본 노트인 것이다. 첫째 권에는 「니나의 대꾸」「물에서 태어나는 베누스」로부터 시작하여 15편, 둘째 권에는 「골짜기에 잠든 자」「초록 선술집에서」 등 7편이 들어 있다. 이장바르의 배려에 의해 두에에서 만들어진 이 문집이

1870년 10월 이전에 제작된 거의 모든 시들(그의 최초의 시 「고아들의 새해 선물」은 제외되어 있다)을 담고 있는 것이다. 만약 이때의 필사 작업이 없었다면, 1870년의 랭보 시는 빛을 볼 수 없었을 것이다.

1871년 5월, 앞서 언급한 두 통의 '투시자의 편지'를 통해 랭보는 이장바르와 드므니에게 '파리코뮌'과 관련된 시편들을 보낸다. 이장바르에게는 「처형당한 가슴」(「어릿광대의 가슴」의 원본)을, 드므니에게는 「파리 전가」「나의 작은 연인들」「웅크린 모습들」을 보낸다. 곧이어 6월 10일, 드므니에게 또다시 세 편의 시를 보내는데, 「일곱 살의 시인들」「교회의 빈민들」「어릿광대의 가슴」이 그것이다. 파리에서 활동할 기회를 찾던 랭보는 1871년 9월 베를렌에게 편지를 연이어 보내면서, 여러 편의 시를 동봉한다. 여기에는 이장바르나 드므니에게 주었던 기존의 몇 작품들과 함께 근작들이 들어 있다. 즉, 첫번째 편지에는 「놀란 아이들」「웅크린 모습들」「세관원들」「도둑맞은 가슴」(「어릿광대의 가슴」의 다른 판본) 「앉아 있는 자들」 그리고 두번째 편지에는 「나의 작은 연인들」「첫 성체배령」「파리의 향연」 등이 들어 있었다. 베를렌은 편지로 받은 작품들과 파리에서 랭보로부터 직접 전해 받은 원고들을 모아 필사본을 만든다. 여기에는 「잔마리의 손」「모음들」「자비의 누이들」「첫 성체배령」 그리고 「취한 배」와 같은 랭보의 걸작들이 포함된다. 결국 랭보의 거의 모든 운문시편들은 1870년 10월 두에에서 랭보 자신이 필사한 『드므니 문집』, 드므니와 이장바르에게 발송된 편지 그리고 1871년 9월경 파리에서 베를렌이 필사한 복사본을 통해 우리에게 전해져오는 것이다.

1872년 9월 14일 『문예 르네상스*La Renaissance littéraire et artistique*』지에 「까마귀 떼」가 실린 것을 제외하고, 1883년 베를렌이 『루테티아*Lutèce*』지에 실은 글에 이어 1884년의 『저주받은 시인들*Les Poètes maudits*』에서 랭보

시를 소개할 때까지, 랭보의 작품들은 오랫동안 대중에게 알려지지 않았다. 베를렌은 여기서 「모음들」 「저녁 기도」 「앉아 있는 자들」 「놀란 아이들」 「이 잡는 여인들」 「취한 배」의 전문을 그리고 「첫 성체배령」 및 「파리의 향연」의 일부 시행을 실었다. 이때부터 시인으로서 랭보의 영광이 시작된다. 베를렌의 『저주받은 시인들』을 통해 랭보 시를 접한 파리의 젊은 시인 로돌프 다르장Rodolphe Darzens은 드므니와 이장바르로부터 그들이 소장하고 있던 시들과 편지들을 전달받아 랭보 작품을 단계적으로 소개한다. 「골짜기에 잠든 자」와 「장식장」이 1888년 르메르 출판사의 『19세기 프랑스 시인 작품집』에 처음으로 나온 이후, 「악」 「음악에 부쳐」 「감각」 「나의 방랑」(이상 네 편은 1889년 1~2월호 『독립잡지』), 「초록 선술집에서」(1890년 3월 15일 자 『오늘의 잡지』), 「파리의 향연」(1890년 9월 15일 자 『라 플륌』), 「물에서 태어나는 베누스」 「교수형에 처해진 자들의 무도회」(이상 두 편은 1891년 11월 1일 자 『메르퀴르 드 프랑스』) 등이 여러 잡지에 실린다.

다르장은 『메르퀴르 드 프랑스』에서 랭보 시집을 출간하려 했으나, 이 출판사가 파산하자 주농소 출판사에 원고를 의뢰하고 곧바로 마르세유로 향한다. 그리고 마르세유의 병원에서 랭보와 대화조차 나누지 못한 채, 의사로부터 랭보가 죽음에 임박했다는 소식을 듣는다. 다르장이 마르세유에 있는 동안 주농소는 『성유물함*Le Reliquaire*』이란 제하의 랭보 시집을 출판한다. 이 책에는 이미 베를렌과 다르장이 소개한 시편들 외에 미간행 작품 20편(19편의 운문시—『드므니 문집』에 속한 13편과 1871년 5월 15일 및 6월 10일 자 드므니에게 보낸 편지에 실려 있는 6편—와 1편의 자유 운문시)이 담겨 있는데 그 당시로서는 완벽한 리스트였다. 로돌프 다르장은 드므니가 운영하고 이장바르가 종종 기고하는 잡지 『젊은 프랑스』

의 서기였기 때문에, 이들로부터 랭보 시를 받을 수 있었던 것이다.

랭보의 여동생 이자벨 랭보는 그녀의 오빠가 죽고 나서 얼마 안 되어, 1891년 11월 29일 자 『아르덴 쿠리에』지에서 랭보의 옛 친구 루이 피에르켕의 글을 읽게 되었다. 이자벨은 피에르켕에게 요청하여 그동안 출판된 랭보의 작품집들(『성유물함』『일뤼미나시옹』 그리고 『지옥에서 보낸 한 철』)을 입수했다. 매우 독실한 기독교 신자로서, 랭보의 반기독교적인 시편들을 읽고 큰 충격을 받은 이자벨은 랭보의 모든 작품들의 판권은 자신의 소유임을 선언하고 랭보 시의 출판을 금지한다. 1891년의 『성유물함』을 능가하는 시 전집을 1892년에 출판하려던 베를렌과 레옹 바니에Léon Vanier의 계획은 중단되었다. 신성모독적인 표현을 삭제하거나 수정한다면 출판을 허락하겠다는 이자벨의 제의가 있었지만, 그들은 받아들일 수 없었던 것이다. 1895년 이자벨은 입장을 바꿔 결국 출판을 허락하게 된다. 랭보는 죽음을 앞두고 기독교로 개종했으며 성자처럼 죽음을 맞이했고, 아마 랭보도 자신의 불경한 작품의 출판을 좋아하지 않을 것이라는 점을 독자에게 알려줘야 한다는 조건이었다. 이 조건을 바니에와 베를렌이 받아들임으로써, 바니에 출판사에서 최초로 랭보 『시 전집*Poésies complètes*』이 나오게 된다. 그러나 이 전집의 서문을 쓴 베를렌이 이자벨의 요구대로 랭보를 성자로 묘사하지 않았음은 물론이다.

저항의 시, 이념의 시

랭보는 시적 진화가 매우 급격했던 시인이다. 단순히 반교권주의로 물들었던 1870년의 초기 시편들은 보불전쟁이나 파리코뮌을 거치면서 지독히도 사회성을 띠는 시로 바뀌었다. 그리고 새로운 사회에 대한 기대는 시학의 새로움으로 연결되었고, 그것이 실패했을 때 랭보는 시를 떠났던 것이다. 1871년 6월 10일 드므니에게 보낸 편지에서, 랭보는 자신이 1870년 가을 두에에 체류하면서 필사하여 그에게 전해준 시들을 모두 불태워줄 것을 요청한다. 방빌에게 보냈던 「감각」에서부터 시작되는 1870년 시편들의 거의 전부가 담겨 있으며, 우리가 『드므니 문집』이라고 부르는 필사본 모음집의 소각을 희망했던 것이다. 랭보는 「첫날밤」이나 「초록 선술집에서」에서와 같은 시편들을 치기 어린 시어들로, 「니나의 대꾸」 혹은 「물에서 태어나는 베누스」와 같은 작품들을 일상성의 진부한 표현 내지는 조소와 빈정거림의 거친 어투로 규정했던 것이다. 그렇지만 초기 시편에 대한 랭보의 이런 강한 부정은 자연스러운 시적 진보의 결과라기보다는 역시 전적으로 파리코뮌을 거치면서 태동된 것으로 판단된다. 초기 시의 반교권주의는 종교 자체보다는 문자 그대로 교권에 대한 저항이었으며, 반제국주의는 프랑스 대혁명의 가치를 부정하고, 결국 보불전쟁으로 국가를 파탄으로 이끈 제2제정의 통치자인 나폴레옹 3세를 거부하고 조롱하는 것이었다. 1870년의 작품은 이데올로기적 투쟁이라기보다는 사회 지배 세력에 대한 어린 시인의 감성적 항거에 머물러 있었다. 그러나 1871년 2월 말부터 3월 초 사이, 파리코뮌 태동 직전의 파리를 체험하고, 곧이어 결성된 코뮌의 투쟁 과정과 비참한 몰락을 목도한 랭보는 사회를 집단적 진보의 대상으로 보기 시작했으며, 사회주의나 공리주의 혹은 계시주의로 이념을 무장하고, 기존 가치들의 전도를 통한 새로운 삶의 도래를 희망하게 되었다. 이데올로기적 시학이 1871년 5월의 편지들과 시편들 속에 강하게 드러난 것은 당연한 일이며, 향후 산문시집 『일뤼미나시옹』의 시편들에까지 그 시적 변용을 볼 수 있는 것은 주지의 사실이다.

1871년의 시편들은 역사와 문학의 관계성을 조망하는 데 좋은 자료를 제공하고 있다. 「처형당한 가슴」이 「취한 배」와 같은 운명적 시편들을 예고하고 있지만, 그 시적 영감은 대개 파리코뮌에서 온 것이며, 정치 풍자를 바탕으로 한 「파리 전가」에서 랭보가 보여준 시사성의 시학은 사회 및 정치에 대한 언어의 역할을 웅변하고 있다. 또한 「파리의 향연」은 역사의 중대한 사건을 통해 부르주아와 민중, 지배자와 피지배자 사이의 사회적 간극이 극대화되면서 그들의 관계가 어떻게 카니발적인 파괴를 맞이하게 되는지 보여주고 있다. 시인 개인의 운명이 사회와 연결되고 정치 현실에 대한 풍자적 참여가 결국 시인과 사회의 시학적 관계를 규정하는 과정이 시를 관통하고 있는 것이다. 그렇지만, 1871년의 작품들을 코뮌에 대한 단순한 역사 자료의 작품으로 취급해서는 안 된다. 랭보가 1871년 봄에 집착하고 있던 '현실(시사성)의 문학'이 단순히 혁명적 구호가 아니라 문학적 '판타지'이며, 풍자화와 같은 벽보 혹은 잡지의 그림들이 시어를 통해 극적인 진보의 문학으로 태동되기 때문이다. 1871년의 랭보의 경우 작품과 역사 혹은 사회와의 상관성을 조명하려는 노력은 필연적인 것이지만, 작품성에 대한 비평적 의식을 우리는 잃지 말아야 한다. 이를 통해 랭보와 파리코뮌의 관계는 역사의 메마른 언덕이 아니라 문학의 시대성 및 후속성이 꽃피는 들판에서 새롭게 정립될 수 있을 것이다.

2. 자유 운문시(1872)

제작과 출판

1871년 후반부와 1872년 초까지 베를렌을 비롯한 파리의 예술가들에 의지하며 생활했던 랭보는 베를렌의 가정을 파탄으로 이끈다는 비난 속에서 샤를빌로 되돌아간다. 그러나 파리로 재차 상경하여 1872년 5월과

6월에는 문인들과 거리를 둔 채 오직 시 작업에 몰두한다. 이때 태동된 것이 우리가 '자유 운문시'라 부르는 새로운 시행들이다. 이 시편들의 작시법은 정형시의 파격이며, 여기에는 1870~71년의 작품에서 볼 수 있었던 종교, 정치, 사회에 대한 시적 소명이 소멸되어 있다. 오직 시인 자신의 시학을 담은 내면성의 시어가 이 자유 운문시를 지배하고 있는 것이다.

"언어의 연금술"로 규정된 1872년도의 이런 시작법은 1873년의 『지옥에서 보낸 한 철』에서 "낡은 시학"으로 부인된다. 우리는 이 산문시집 속에 1872년도의 시 일부가 필사되어 있는 것을 볼 수 있다. 「눈물」「아침의 좋은 생각」(이 두 편은 제목 없이 필사되어 있다), 「가장 높은 탑의 노래」「허기」(「허기의 축제」)「"늑대는 나뭇잎 아래서……"」「영원」(제목이 없이 필사되어 있다), 「"오 계절이여, 오 성이여……"」 등이 그것이다. 랭보가 이 시편들을 "낡은 시학"의 가장 특징적이며 동시에 가장 대표적인 작품들로 인용한 것이다. 정형의 각운이나 음수율에 기대지 않고, 홀수 음절 시행이나 유사한 모음들의 반복을 주로 사용하면서, "유치한 후렴구"와 "순진한 리듬"을 도입하고 있는 이 자유 운문시의 기법은 1873년 산문시로 돌아선 랭보에게는, 이제는 관계가 단절된 베를렌의 영향하에 쓰였던 "하나의 습작"에 불과했던 것이다.

1872년의 파리 생활을 청산하고, 랭보는 자유 운문시 원고들을 포랭, 리슈팽과 같은 지인들에게 맡겨놓고 벨기에를 거쳐 영국으로 떠난다. 이후 이 원고들은 여러 문헌 수집가들의 손으로 넘어간다. 1874년에 출간된 『저주받은 시인들』에서 베를렌이 「영원」의 첫 4행을 인용하기도 하지만, 이 자유 운문시들이 대중에게 본격적으로 소개된 것은 1886년 『라 보그』를 통해서이다. 『라 보그』지의 편집장인 구스타브 칸Gustave Kahn은 1886년 『일뤼미나시옹』의 산문 시편들과 함께 자유 운문시 11편을 실었다. 여기에 실린 11편의 목록은 다음과 같다. 「수치」「갈증의 희극」(제목 없이 실렸다), 「가장 높은 탑의 노래」「"오 계절이여, 오 성이여……"」「브뤼셀」「황금시대」「영원」「카시스의 강」(제목 없이 실렸다), 「눈물」(제목 없이 실렸다), 「미셸과 크리스틴」「"내 마음이여……"」. 이 시편들은 베를렌이 가지고 있던 필사본을 바탕으로 했기 때문에, 랭보가 시 제작 시점에 친구들에게 전해주었던 원고들과 비교해서 제목이나 구두점 그리고 시행의 위치 등에서 몇 가지 문제를 안고 있었다. 1872년 벨기에로 랭보와 함께 떠난 베를렌은 랭보에게 그의 최근 작품들을 요구했고, 원고를 가지고 있지 않던 랭보는 거의 암기로 시를 다시 필사하여 베를렌에게 주었던 것이다. 베를렌은 이 원고를 1875년 랭보로부터 직접 받았던 『일뤼미나시옹』의 단장들과 함께, 샤를 드 시브리Charles de Sivry에게 건네주었고, 구스타브 칸은 이 원고들을 입수하여 출판했던 것이다. 『일뤼미나시옹』과 자유 운문시가 섞여 간행된 것은 이런 이유이며, 서로 다른 원고의 혼합을 인지하고 있던 칸은 자유 운문시를 산문 시편들과 구분하기 위해 모두 이탤릭체로 인쇄하였다. 이후 1891년에 나온 『성유물함』에 「"들어보라, 아카시아 숲 가까이……"」가 실리고, 1895년의 『시 전집』에 「젊은 부부」「기억」 등 5편의 시가 추가로 소개된다.

고독의 시, 존재의 시

랭보에게 있어서 1872년은 시의 완숙기에 해당한다. 『지옥에서 보낸 한 철』은 존재론적인 삶의 고백을 통해 시의 종말을 말하고, 『일뤼미나시옹』의 많은 시편들은 정점에 오른 시적 문체와 이미지의 근대성을 제시하고 있는 반면, '새로운 운문시' 혹은 '마지막 운문시'라는 상충적인 호칭처럼 이 시기의 시편들은 시의 시작과 중간 그리고 마지막을 말하고 있다.

과거에 대한 환상이 현실에 부딪치며 사라지는 과정 그리고 그 실패에 대한 회한을 담은 채, 앞으로 다가올 산문시의 놀라운 시적 완성을 예고하고 있기 때문이다. 「눈물」은 우선 제목에서부터 그런 회한을 드러내고 있으며, 과거의 환상과 허무 속에서도 소낙비 같은 삶의 전환을 기대했지만, 그것은 단지 텍스트 내부에만 존재하는 시의 희망일 뿐이라는 결론을 맺고 있다. 이 시를 포함한 1872년의 시편들은 이렇게 초기 운문시가 갖고 있는 사회에 대한 반감을 개인의 존재에 대한 성찰로 승화시켰으며, 그런 고민에서 새롭게 태동되는 시학의 방법론에 한계가 있다는 것을 또한 표현하고 있다. 랭보는 이 시의 원고를 포랭에게 보낸 다음 이어 "무(無)의 연구"라는 어떤 시적 계획의 일환으로 베를렌에게도 주었는데 랭보는 아마도 운문시의 파괴를 노렸던 것으로 보인다. 1873년의 고백처럼 이 무너진 틀 속에 "침묵을, 어둠을 썼고, 표현할 수 없는 것"(「착란 II」)을 적었던 것이다.

이런 시편들이 『지옥에서 보낸 한 철』에 다시 나타나고, 산문시 원고들과 뒤섞여 1886년에 『일뤼미나시옹』이라는 제목하에 출판되는 것은 시 텍스트의 연속성을 의미한다. 시는 형태를 넘어 하나의 존재이며, 그것을 존재하게 만드는 시인의 삶과는 유리된 채 후속적 생명력을 갖는 것이다. 이 순간부터 시와 시인은 서로 타자인 것이다. 여기서부터 시의 풍경은 때로 실제의 요소들이 해체하게 되며, 그것이 담고 있는 삶의 현실 또한 과거 혹은 미래로 흩어진다. 「카시스의 강」이 그런 경우로써, 첫째 연이 구상화라면 둘째 연부터는 비현실적이며 상상적 풍경이 시인의 영혼 속에 나타난다. 산책자 시인은 이 풍경 속에서 날아가는 "까마귀"와 함께 세상을 지배하려고 했다. 과연 시어는 이런 장악력이 있는 것인가? 강물이 광음 속에서 흘러가고 그 깊은 계곡에 바람이 세차게 내려 분다. 과연 여기서 시란 무엇인가? 산책자 랭보는 그런 질문들을 우리에게 던지고 싶은 것이다. "그는 더 당당히 나아가리라"라는 외침은 하나의 희망이다. "살울타리" 너머의 세상을 우리에게 보여주어야 하는 시인의 의무와 시어의 능력은 실패할 것을 랭보는 감지하고 있었다. 시어는 애당초 허구이다. 그것이 지시하는 순간 시적 대상의 본질은 사라지고 만다.

랭보는 "위대한 시"에 대한 야망을 안고, 「취한 배」를 주머니에 찔러 넣은 채 1871년 가을 파리로 올라왔지만, 그가 만들어낸 1872년의 자유시는 어쩌면 "위대한 시"가 아닐지도 모른다. 그는 시를 통하여 시의 패배를 말했기 때문이다. 시에 접근하는 시인의 열정과 시를 떠나는 그의 패배감은 동일한 것이며, 시의 소멸을 만나고 있는 현대적 삶의 허망함은 문학에 등을 돌리고 아프리카로 떠나는 랭보로부터 잉태되고 있음을 우리는 1872년의 일련의 운문을 통하여 인식하게 된다.

이렇듯 우리는 시의 현대성을 랭보의 운문시에서부터 찾고자 했다. 그 시대적 위치 속에서 시어가 어떻게 사회와 관계를 설정할 수 있으며, 개인의 운명과 역사의 발전이 어떤 과정을 거쳐 동일화될 수 있는가를 랭보의 운문시는 우리에게 말해주고 있기 때문이다. 랭보의 산문시들이 시적 주체의 소멸을 통하여 '시가 아닌 시'의 정점에 도달하고 있지만, 본질적으로 운문시가 지니고 있는 시의 치열한 존재 양상은 우리의 시 정신에 새로운 의식을 일깨워주고 있는 것이다. 번역은 원시와 번역시 독자들 사이의 이런 소통의 관계를 정립해주어야 한다. 독자들에게 일반적으로 알려진 랭보의 얼굴, 즉 사회에 대한 반항의 시인, 베를렌과 동성애 관계였던 시인, 돌연 아프리카로 떠난 기이한 시인과 같은 피상적이고 부분적인 이해에서 벗어나 우리는 원시에 충실하고자 했던 번역 및 각 시편에 대한 상세한 주석을 통하여, 랭보의 총체적인 운명을 운문시의 태동, 성취 그리고 실패의 과정 속에서 드러내고자 노력했다.

본 번역은 1972년도에 나온 『랭보 전집』(Rimbaud, *Œuvres complètes*, édition d'Antoine Adam, Gallimard, 1972)이 그 저본이며, 보다 정확한 번역과 해설 및 주석을 위하여 여타 전집 판본 및 많은 연구서를 참조했다. 랭보의 이런 운문시 전집이 나올 수 있는 것은 대산문화재단의 지원 없이는 불가능했을 것이고, 총서를 통하여 세계문학의 보고를 만들고 있는 문학과지성사의 적극적인 출판 의지에 따른 것인 바, 재단 및 출판사에 깊은 감사의 말씀을 드린다.

작가 연보

1854　10월 20일, 프랑스 북부 아르덴 지방의 도시 샤를빌에서 태어나다. 아버지는 직업 군인이었던 프레데리크 랭보, 어머니는 아르덴 지방의 로슈 출신인 비탈리 퀴프. 어머니의 고향 로슈에 있는 농가는 후에 시인 랭보에게 창작과 위안의 거처가 된다.

1858　6월 15일, 여동생 비탈리 랭보가 태어난다. 후에 그녀가 쓴 일기는 랭보의 삶을 이해하는 데 중요한 자료가 된다.

1860　6월 1일, 여동생 이자벨 랭보가 태어난다. 이자벨은 랭보의 병석과 임종을 지키며, 그에 관해 많은 증언을 남긴다.

8월, 아버지 랭보는 군대로 귀대하고 이후 랭보의 부모는 별거한다. 부모가 주석 그릇을 집어 던지며 심하게 싸웠던 기억 외에, 랭보에게 아버지에 대한 특별한 기억은 없다.

1862　10월, 로사 사립학교에 입학한다.

1865　부활절 방학 이후 샤를빌 시립학교로 옮긴다. 불과 1년(1865~1866) 만에 두 학년을 한꺼번에 수료한다.

1869 10월, 졸업반에 들어간다.

1870 1월 2일, 첫번째 작품 「고아들의 새해 선물」이 『만인을 위한 잡지』에 실린다.

1월, 조르주 이장바르 선생님이 새로 부임한다. 이장바르는 제자인 랭보가 시인이 되는 데 결정적인 역할을 하게 된다.

5월 24일, 파르나스파의 수장 중 한 명인 방빌에게 편지를 쓴다. 여기에 세 편의 시를 적어 보내면서, 파르나스파의 잡지인 『현대 파르나스』에 이 작품들을 실어줄 것을 간구한다.

7월 24일, 이장바르가 고향인 두에로 돌아가면서 그의 방 열쇠를 준다. 방학 내내 그의 하숙방 책을 탐독한다.

8월 25일, 이장바르에게 편지를 쓴다. 여기서 고향 도시의 편협성에 혐오감을 표출하고, 방학 이후 펼쳐지게 될 방랑적 삶을 예고한다. 이 편지에서 베를렌의 『우아한 축제』의 파격적인 시행을 언급하고, 또한 시집 『좋은 노래』를 이장바르에게 권한다.

8월 29일, 첫번째 가출. 파리까지 기차를 타고 갔으나, 표가 유효하지 않아 마자스에 억류된다.

9월 4일, 나폴레옹 3세가 프로이센 군에게 체포되면서, 제2제정이 몰락한다. 랭보의 반제국주의는 현실적으로 성취된 것이다. 고향 도시의 사람들이 애국자처럼 행세하고 국가를 위하여 궐기하려는 태도를 경멸하기도 했다.

9월 5일, 이장바르에게 편지를 보내 억류된 자신을 벌금을 내고 구해줄 것과 그의 이모들인 쟁드르 부인들이 살고 있는 두에로 데려갈 것을 요청한다. 며칠 후, 유치장에서 풀려나 이장바르와 함께 두에로 가서 9월 26일까지 체류한다.

9월 26일, 이장바르와 함께 샤를빌로 돌아온다.

10월 초, 두번째 가출. 벨기에 브뤼셀까지 간다. 이 여행 중에 여러 편의 방랑 시편들을 쓴다.

10월 20일~30일, 두에로 다시 가서 쟁드르 부인들의 보호 아래 시 필사본을 만들고, 이장바르를 통하여 알게 된 시인 폴 드므니에게 전한다. 후에 "두에의 노트" 혹은 "드므니 문집"이라고 불리는 1870년의 시들은 이때 완성된 것이다.

11월 2일, 이장바르에게 보낸 편지에서 "자유로운 자유"를 갈구하는 심정을 토로한다. 보불전쟁으로 휴교가 지속되자, 랭보는 시립도서관에 다니고, 고향 친구인 들라에와 함께 샤를빌 근교 혹은 먼 숲 속 길을 산책하며 가을과 겨울을 보낸다.

1871 1월 1일, 샤를빌이 독일군에게 점령된다.

1월 28일, 보불전쟁의 휴전.

2월 25일, 세번째 가출. 파리에서 새로 나온 책들을 보며 거리를 방랑한다. 특히 보불전쟁에 관련된 서적과 『인민의 외침』이라는 신문을 통해 민중에 대한 연민을 갖게 된다.

3월 10일, 파리에서부터 걸어서 고향으로 돌아온다. 미슐레, 프루동 등의 독서에 몰입한다.

3월 18일, 파리코뮌의 결성. 『아르덴의 진보』라는 신문사에서 일한다.

4월 17일, 『아르덴의 진보』가 정간된다. 신문사 일로 "어둠의 입"을 진정시킬 수 있었다고 한다. "어둠의 입"은 빅토르 위고의 시에 나오는 표현으로, 랭보가 취업하여 돈을 벌어 오라고 잔소리하는 자신의 어머니를 지칭하는 표현이다. 후에 직업을 갖는 데에 집착하는 랭보의 모습을 이해하게 만드는 대목이다.

5월 13일, 이장바르에게 편지를 보낸다. 이 편지에서 랭보는 정부군과 점령군에 투쟁하고 있는 파리코뮌의 참가자들을 "노동자"들로 규정하고, 시인도 노동을 통해 투시자가 된다는 시론을 펼친다. 이 편지에 들어 있는 「처형당한 가슴」을 파리코뮌의 병영에 참가한 경험의 반영으로 해석하고, 베를렌과 같은 주변 인물들의 증언에 따라 랭보가 4월 말~5월 초에 파리에 갔었다는 견해가 있다.

5월 15일, 드므니에게 편지를 보낸다. 투시자의 이론이 더욱 소상하게 피력되고 있는 이 편지는 13일 자의 것과 함께 '투시자의 편지'로 불린다. 「파리 전가」 「나의 작은 연인들」 「웅크린 모습들」이 들어 있으며, 라마르틴, 위고, 뮈세, 고티에 그리고 보들레르와 같은 시인들을 평하고 있다.

5월 21일~28일, 피의 주간. 파리코뮌이 정부군에 의하여 진압된다.

6월 10일, 드므니에게 편지와 함께 「일곱 살의 시인들」 「교회의 빈민들」 「어릿광대의 가슴」(「처형당한 가슴」의 이본)을 보낸다. 1870년 10월에 전해준 시 필사본들을 모두 불태워달라고 드므니에게 요청한다.

8월 15일, 방빌에게 「꽃에 대하여 시인에게 말해진 것」을 보낸다.

8월 하순, 베를렌에게 편지와 함께 여러 편의 시를 보낸다.

9월 중순, 베를렌의 열정적인 부름에 따라 주머니에 「취한 배」를 넣고 "위대한 시"를 만든다는 포부 속에서 파리로 향한다.

10월~12월, 베를렌의 처가에 기거하려 했지만 비사회적인 태도로 인해 환영받지 못한다. 방빌을 포함한 파리의 여러 문인들의 거처를 떠돌며 생활한다. 10월 30일, 베를렌의 첫째 아들이 태어나지만, 베를렌과 그의 아내 마틸드의 관계는 악화된다.

1872 1월, 캉파뉴프르미에르가에 위치한 작은 방을 얻어 들어간다. 베를렌

과 함께 절도 없는 생활을 계속한다. 이에 따라 베를렌과 부인 사이의 싸움은 더욱 격해진다.

3월 초, 고향인 샤를빌로 돌아간다.

5월, 파리로 다시 온다. 무슈르프랭스가의 방에 머물며, 정형에서 벗어난 자유 운문시에 몰입한다.

6월, 빅토르쿠쟁가에 있는 클루니 호텔로 거처를 옮긴다. 고향 친구 들라에에게 보낸 편지에서, 5월과 6월에 밤새 시 창작에 몰두한 후, "표현할 수 없는 시간"인 새벽을 맞는 자신의 모습을 그려낸다. 1872년의 자유 운문시는 거의 모두 이 시기에 만들어진다.

7월 7일, 베를렌과 함께 기차를 타고 브뤼셀로 향한다. 9일, 리에주그랑 호텔의 방에 들어간다. 12일, 베를렌의 부인 마틸드와 장모가 브뤼셀로 와서 베를렌을 설득하고, 함께 파리로 돌아가기 위해 기차역으로 간다. 그러나 베를렌은 부인과 장모를 속이고 역에서 갑자기 빠져나와 다시 랭보에게 돌아간다. 이 사건으로 베를렌의 부부는 돌이킬 수 없는 결별의 길을 걷게 된다.

9월 초, 베를렌과 함께 런던에 도착한다. 런던에 살고 있는 파리코뮌의 망명 작가들을 만난다.

11월 말, 베를렌을 런던에 남기고 샤를빌로의 귀향을 결심한다.

1873 1월, 베를렌이 아프다는 소식에 베를렌 어머니로부터 여비를 받아 다시 런던으로 돌아간다.

4월 11일, 가족에게 알리지 않은 채 갑자기 아르덴 지방에 있는 로슈의 농가로 돌아온다. 여기서 『지옥에서 보낸 한 철』이 될 "이교도의 책"을 쓰기 시작한다.

5월, 들라에에게 보낸 편지에서 "이교도의 책"을 구성하게 될 세 편의 작품이 완성되었음을 밝히고, 『일뤼미나시옹』의 시편들을 암시하는 "산문의 몇몇 단장들"을 언급한다.

5월 24일, 베를렌과 함께 다시 런던으로 떠난다.

7월 3일, 랭보와의 논쟁적 삶에 지쳐가던 베를렌이 자신을 조롱하는 랭보의 행동에 분노하여 갑자기 런던을 떠난다. 그는 바다를 건너며 배에서 쓴 편지에서 부인이 사흘 내로 자신을 찾아올 것이며, 그렇지 않으면 자살하겠다고 랭보에게 말한다.

7월 4일, 베를렌이 브뤼셀에 도착한다.

7월 8일, 파리에 있는 친구 포랭의 집에 가려다가 브뤼셀로 와서 베를렌을 만난다.

7월 10일, 두 시인 사이에 논쟁이 다시 시작되었고 베를렌은 랭보를 향하여 권총 두 발을 발사한다. 왼쪽 손목에 부상을 입고, 생장 병원에서 응급 치료를 받는다. 브뤼셀 역에서 베를렌의 동작을 보고 또다시 총을 쏘려는 것이라고 판단한 랭보는 급히 근처에 있던 경찰에 신고한다. 베를렌은 체포되고, 랭보는 병원에 입원한다. 이 사건으로 사실상 둘의 관계는 종말을 맞는다. 이 불행한 결말은 『지옥에서 보낸 한 철』의 집필에 커다란 영향을 준다.

7월 13일, 병원에서 경찰 조사를 받는다.

7월 19일, 소송을 취하한다. 베를렌은 이후 2년의 실형을 선고받는다.

7월 20일, 병원을 나와서 로슈 농가로 돌아간다.

8월, 로슈에서 『지옥에서 보낸 한 철』을 완성한다.

10월, 벨기에의 작 푸트 출판사에서 『지옥에서 보낸 한 철』이 출판된다. 몇 부만 손에 들고 대다수는 출판사에 남겨놓은 채 브뤼셀을 떠난다.

11월~12월, 파리에서 시인 제르맹 누보를 만난다.

1874 3월 26일, 제르맹 누보와 함께 런던에 도착한다. 이 시기에 『일뤼미나시옹』의 일부 시편들을 썼으며, 누보도 시집의 필사본 작성에 참여한다. 두 편의 필사본이 누보의 필체로 되어 있다.

7월 6일, 랭보 어머니와 여동생 비탈리가 런던에 와서 합류한다.

7월 7일~31일, 어머니와 여동생과 함께 런던의 국회의사당 건물, 왕립극장, 박물관 및 여러 궁들을 방문한다. 도서관에 정기적으로 가고, 취업을 위하여 노력하는 랭보의 모습이 여동생의 일기에 잘 나타나 있다.

7월 31일, 취업 관련 편지를 받았던 그는 어머니와 여동생을 런던에 남긴 채 떠난다. 여동생 비탈리의 일기를 보면, "오빠는 새벽 4시 30분에 떠났다. 슬픈 모습이었다"라고 기술하고 있다. 아들이 떠나기 전날, 속옷을 새로 사서 여행 준비를 해주었던 랭보 어머니는 딸과 함께 이날 오후 3시 30분 귀국길에 오른다.

12월 29일, 샤를빌로 돌아와 1월을 가족과 함께 보낸다.

1875 2월 13일, 독일어를 배울 목적으로 슈투트가르트로 떠난다.

2월 하순, 감옥에서 나온 베를렌이 슈투트가르트로 랭보를 찾아온다. 기독교에 귀의한 베를렌과 논쟁을 벌인다. 베를렌은 이틀 반을 머물다 떠난다. 이것이 두 시인의 마지막 만남이 된다. 이때 랭보는 베를렌에게 그가 갖고 있는 『일뤼미나시옹』의 원고를 인쇄할 수 있도록 브뤼셀에 머물고 있는 제르맹 누보에게 보내줄 것을 부탁한다. 이후 베를렌은 누보에게 "2프랑 75상팀의 우편요금"을 들여서 우송한다. 원고를 받은 누보는 인쇄소를 찾지 못하여 결국은 파리에 있던 샤를 드 시브리에게 원고를 넘긴다.

5월, 슈투트가르트를 떠나 스위스 알프스를 넘은 후 이탈리아 밀라노까지 간다.

6월 15일, 이탈리아의 거리에서 일사병으로 쓰러진 후, 프랑스 영사관의 도움으로 귀국한다. 마르세유의 병원을 거쳐 샤를빌로 돌아온다.

7월, 어머니와 두 여동생이 파리로 와서 랭보와 며칠 보낸다. 비탈리가 파리에서 무릎 염증으로 치료 받는다. 파리에서 음악가 카바네르를 알게 된다.

10월, 샤를빌로 돌아와 피아노 레슨을 받는다. 음악(피아노, 오페라, 목소리)이 『일뤼미나시옹』의 여러 시편에서 주요 테마를 구성하고 있는데, 그중 몇몇 작품은 이때 쓰인 것으로 추정된다.

12월 18일, 여동생 비탈리가 세상을 떠난다.

1876 4월, 동방으로의 첫 여행을 시도하지만, 오스트리아의 빈에서 돈과 신분증을 잃어버린 뒤 경찰에 의해 추방된다. 독일 남부 지방을 거쳐 걸어서 프랑스로 되돌아온다.

5월 19일, 로테르담에서 네덜란드 식민지 군대에 용병으로 들어간다.

6월 10일, 인도네시아의 바타비아(지금의 자카르타)로 출발한다.

7월 19일, 한 달여의 항해 끝에 자바 섬에 도착한다. 그가 속한 부대는 내륙에 주둔한다.

8월 15일, 부대를 탈영하여 항구까지 험난한 정글을 빠져나온다.

8월 30일, 선원 자격으로 스코틀랜드의 범선에 탄 후 유럽으로 향한다.

12월 9일, 샤를빌에 도착한다.

1877 5월 19일, 독일 브레멘의 미국 영사관에서 미 해군 입대를 지원한다.

6월, 스웨덴의 스톡홀름에서 어느 서커스단의 행정업무를 맡는다. 『일뤼미나시옹』에 나오는 서커스단의 풍경은 이 시기의 체험에서 영감을 받은 것으로 볼 수 있다.

9월, 알렉산드리아로 가기 위하여 마르세유에서 배를 타고 로마로 간다. 그러나 병으로 여행을 지속하지 못하고 다시 샤를빌로 돌아온다.

1878 봄, 독일 함부르크로 간다. 식민지 산물 회사에 취업하여 동방으로 떠나려 했지만 실패하고, 샤를빌로 되돌아온다. 부활절경 파리에 나타난다.

여름, 로슈 농가에서 가족의 농사일을 돕는다.

8월, 베를렌이 샤를 드 시브리에게 보낸 편지에서 처음으로 '일뤼미나시옹'이라는 제목의 시집이 언급된다.

10월 20일, 이집트의 알렉산드리아로 가기 위한 대장정을 시작한다.

11월 17일, 보주 산맥을 넘어 스위스를 거쳐서 이탈리아 제노바에 도착한다. 11월의 눈 덮인 알프스를 넘어 이탈리아로 들어온 힘든 여행에 대하여 상세히 기술한 장문의 편지를 가족들에게 보낸다.

11월 19일, 밤 9시 알렉산드리아로 향해 출항한다.

12월, 영국령 키프로스 섬에서 현지 노동자들의 통역으로 일한다.

12월 16일, 키프로스 섬의 주요 항구인 라르카나에 있는 어느 프랑스 회사의 채석장에서 작업반장으로 근무한다. 하루 일정을 세우고, 자재 및 회계 관리를 하며 노동자들에게 일당을 지급하는 일을 맡는다.

1879 2월 15일, 약 20여 명의 유럽인들 중에 어려운 작업환경과 맞지 않는 풍토로 인하여 3~4명이 죽었다고 가족에게 보낸 편지에서 언급한다. "나를 제외하고는 모든 유럽인들은 병에 걸렸다"고 말한다.

4월 24일, 현지 노동자들과의 마찰 때문에 무장해야 한다고 말한다. 텐트와 칼을 파리에 주문한다.

6월, 장티푸스에 걸려 프랑스로 돌아온다. 로슈의 농가에서 안정을 취한다. 이때 고향 친구 들라에를 만나 더 이상 문학에 관심이 없다고 선언한다.

1880 3월, 이집트를 거쳐 다시 키프로스 섬으로 들어간다.

5월 23일, 해발 2천 1백 미터의 트루도스 산 정상에 짓고 있는 사이프러스 섬 총독의 궁전 건축 현장에서 감독으로 일한다. 건축 관련 책을 사서 보내줄 것을 가족에게 요청한다. 심장이 좋지 않다고 토로한다.

8월 17일 날짜의 편지에 따르면, 백인 기술자와 회계 책임자와 싸운 뒤 키프로스 섬을 떠나 이집트를 거쳐 홍해를 따라 내려가면서 일자리를 구했지만, 결국 아라비아 반도 끝에 있는 아덴에 정착한다. 가죽과 커피를 다루는 회사 메종 바르데에 취업한다. 커피 알을 고르고 포장하는 일을 감독하고 관리한다.

11월 2일, 금속학, 수력학, 조선학, 광물학, 우물천공기술 등에 관한 서적들을 가족을 통하여 주문한다. 랭보의 생활에서 실용기술이 문학을 완전히 대체한 것으로 보인다.

12월, 아비시니아(지금의 에티오피아)의 하라르에 있는 이 회사의 지점에 파견근무를 한다. 하라르는 고원지대이기 때문에 기후가 아덴보다는 좋다고 가족에게 말한다. 그러나 늘 다른 곳으로 떠날 생각을 한다.

1881 1월, 본국에 사진기를 요청한다.

2월 15일, 파나마 운하가 개통되기를 기다리며 그곳으로 떠나고 싶은 마음을 가족에게 피력한다.

5월 4일, 상아를 찾기 위하여 가는 데 며칠이 걸리는, 커다란 호수가 있는 지방으로 원정 갈 것을 예고한다. "말 한 필 사서 떠날 것이다"라고 가족에게 말한다.

6월 11일, 상아를 찾기 위한 지방으로의 첫번째 탐험은 끝났지만, 2차 원정에 나선다.

7월 2일, 내륙에서 많은 동물 가죽을 사서 돌아온다. "며칠 후 유럽인들이 전혀 탐험해본 적이 없는 지방으로 다시 떠난다. 고통스럽고 위험한 6주간의 여행이 될 것이다"라고 가족에게 쓴다.

12월, 하라르를 떠나 아덴으로 내려온다.

1882 1월 18일, 고향 친구 들라에에게 편지를 보낸다. 아비시니아 지방에 대한 책을 써서 지리학회에 제출하겠다는 계획을 밝힌다.

2월 12일, 하라르로 돌아가거나 잔지바르로 떠날 계획임을 편지에서 밝힌다. 이후의 편지에서도 아덴의 생활에 지쳐 다른 곳으로 떠나겠다는 뜻을 계속 피력하지만 실현되지 못한다.

1883 1월 15일, 오빠를 만나러 아덴으로 오겠다는 여동생 이자벨에게 "이 지방으로 나를 만나러 오겠다는 것은 잘못된 생각이야. 이곳은 풀 한 포기도 없는 화산 구덩이야"라고 쓴다.

3월 18일, "화산 구덩이"를 떠나 날씨가 좀더 서늘한 고원지대인 하라르로 다시 간다.

10월 5일~11월 10일, 파리에서는 베를렌이 잡지 『루테티아』에 랭보 시를 소개하며, 랭보를 "저주받은 시인"으로 규정한다.

12월 10일, 오가딘 지역을 탐험한 보고서를 작성한다. 이 "오가딘 보고서"는 지리학적 가치를 지니고 있으며, 여전히 랭보의 작가적 문체를 담고 있다.

1884 2월 1일, 파리에 있는 지리학회에서 랭보에게 아프리카 사진을 요청한다.

3월 10일, 랭보가 속한 회사가 파산하여 하라르를 떠난다.

	6월 19일, 새로운 회사와 6개월 계약하여 아덴에 머문다.
1885	1월 10일, 회사와 1년 계약을 한다. 주요 업무는 커피를 사들이는 일이었다. 10월 5일, 일의 조건과 환경에 만족하지 못하여 계약 기간 만료 전에 회사를 떠난다. 내전 중에 있는 코아 지방의 왕 메넬리크에게 무기를 판매하는 대상에 들어간다. 코아 지방의 프랑스 무기상인 라바튀와 계약한다. 11월 18일, 가족에게 보낸 편지에서, 이 무기 거래가 성공하면 프랑스에 들어가 직접 무기를 사서 가지고 올 것이라고 한다. "1886년 여름 말"에 귀국할 수 있기를 희망하지만, 이는 끝내 이루어지지 않는다. 12월 3일, 무기 대상을 준비하기 위하여 머물고 있는 "몇 개의 회교 사원과 몇 그루의 종려나무가 있는 작은 마을" 홍해 변의 타드주라에서 가족에게 편지를 보낸다. "노예 거래"가 이루어지는 곳으로 소개한다.
1886	2월, 영국 정부가 내륙으로의 무기 수송 자격을 제한함으로써, 애초 1월 15일에 대상을 이끌고 코아로 들어가려는 계획은 이루어지지 않는다. 타드주라에 발이 묶이다. 4월, 온갖 어려움 끝에 무기 수송 자격증을 따지만, 동업자 무기상인 라바튀는 암에 걸려 본국인 프랑스로 돌아가고, 결국 그는 가을에 사망하게 된다. 그의 사망으로 인하여 랭보는 후에 많은 물질적 피해를 입게 된다. 파리의 『라 보그』지에 랭보의 시 「첫 성체배령」이 실린다. 5월~6월, 『라 보그』지에 『일뤼미나시옹』이 발표되지만, 랭보는 알지 못한 채, 타드주라에서 무기대상을 이끌고 아비시니아의 내륙으로 올라갈 시기만 한없이 기다린다.

9월, 『라 보그』지에 『지옥에서 보낸 한 철』이 다시 발표되고, 랭보의 명성은 점차 파리에서 높아진다. 여전히 랭보는 이 모든 문학적 사건들을 모른 채, "찬란한 도시"의 고통스러운 현실 속에 빠져 있다.

9월 9일, 솔레예와 연합하지만 솔레예가 뇌출혈로 사망한다.

10월 초, 동업자 없이 홀로 30여 마리의 낙타로 구성된 대상을 이끌고 타드주라를 떠나 코아 지방의 수도인 안코베로 향한다. 형언할 수 없이 어려운 도정이 그를 기다리고 있다.

1887 2월 6일, 몇 달에 걸친 험난한 여행 끝에 안코베에 도착한다. 그러나 코아의 왕 메넬리크는 엔토토에 가 있었다. 엔토토에 그를 만나러 직접 가서 담판을 벌이지만, 헐값에 무기를 넘기고 만다.

5월 1일, 엔토토에서 프랑스 탐험가인 볼레리와 함께 아라르로 간다.

7월 30일, 아덴으로 돌아온다.

8월 20일, 이집트의 카이로에 와서, 『이집트 보스포르』지에 아비시니아 내륙의 정치 상황에 대한 글을 기고한다.

8월 23일, 가족에게 보낸 편지에서 류머티즘으로 인한 통증 및 마비를 호소하기 시작한다.

10월 8일, 아덴으로 다시 와서 가족에게 편지를 쓴다. 아마도 프랑스로 돌아오라는 요청에 대한 답인 듯, "프랑스로 돌아가서 뭘 하겠습니까? 한곳에 머물며 살 수 없고 특히 추위가 겁납니다. 그리고 충분한 수입도, 직업도, 의지할 곳도, 아는 것도 없으니, 돌아간다는 것은 바로 죽는 것과 마찬가지입니다"라고 말한다.

1888 5월 15일, 무기 수송 자격이 정지되면서 무기 거래를 포기한다. 아라르에 자신이 직접 커피를 포함한 상품 거래소를 차린다. 아덴의 수입업자인 세자르 티앙과 거래하며 과거에 일했던 메종 바르데와 다시 관

계를 맺는다.

1889 코아 지방의 내전은 메넬리크 왕의 승리로 끝나고 그는 황제가 된다. 하라르에 통치자의 폭정이 거세지고 사업 환경은 악화된다.

5월 18일, 가족에게 보낸 편지에서 파리 만국박람회를 보지 못하는 것에 대한 아쉬움을 토로한다.

1890 금, 상아, 커피 등을 사서 아덴의 거래자인 티앙에게 보내는 사업을 청산하고자 한다. 결혼에 대하여 말을 꺼내는 가족에게 "유럽의 기후는 정말 (체질에) 맞지 않는다"고 거부하며, 2년 정도 더 아프리카에서 지낸 후 귀국하겠다고 말한다.

1891 2월 20일, 오른쪽 무릎의 통증으로 보름째 잠을 못 이룬다고 어머니에게 보낸 편지에서 말한다. 부어오르고 마비되어가는 무릎을 감쌀 특수한 긴 양말을 보내줄 것을 부탁한다. 이 병은 "말 타고 서 있을 수도 없는 험한 산의 미로"만 있는 이곳에서 오랜 세월 생활한 결과로 판단한다.

3월 27일, 랭보 어머니는 부어오른 무릎에 바를 포마드와 긴 양말 두 개 그리고 의사 처방전을 급히 보낸다.

4월 7일 9시, 직접 그림을 그려서 제작하도록 한 들것에 실려 아라르를 떠난다.

4월 17일, 오후 4시 반, 홍해 변의 타드주라 근처 와랑보에 도착한다. 하라르에서 와랑보까지 열흘간의 여정이 간략히 적힌 노트는 랭보의 마지막 시이자 처절한 절규와 같다. "4월 10일 금요일, 비가 내린다. 11시까지 움직이는 것은 불가능하다. 낙타는 짐 싣기를 거부한다. 그렇지만 들것은 떠났고 오후 2시 빗속에 오르자에 도착했다. 저녁 내내 그리고 밤새도록 낙타를 기다렸지만 오지 않았다. 16시간을 쉼 없이 비가 내린다. 우리는 먹을 것도, 몸을 가릴 천막도 없다. 난 오직 아비시니아의 가죽 한 장을 덮고 이 시간을 보낸다." 혹독한 상황 속에서 기록을 남긴 것은 랭보의 작가 정신이 아니라면 불가능했을 것이다.

5월 9일, 마르세유로 떠나는 배를 탄다.

5월 20일, 마르세유에 도착한다.

5월 21일, 콩셉시옹 병원에 입원한다.

5월 22일, 어머니에게 전보를 보낸다. "오늘, 엄마나 이자벨, 급행열차로 마르세유에 오세요. 월요일 아침, 다리 절단 수술. 죽을 수도 있어요." 어머니의 답신. "내가 간다. 내일 저녁 도착 예정. 용기를 내고 참아라."

5월 27일, 오른쪽 다리 절단 수술을 한다.

7월 23일, 퇴원하여 로슈 농가로 간다. 10여 년 만에 고향으로 돌아간 것이다. 여동생 이자벨의 극진한 간호를 받는다.

8월 23일, 병이 악화되자 이자벨과 함께 다시 마르세유로 와서 입원한다. 이자벨은 오빠가 사망할 때까지 병상을 지키며 편지로 어머니에게 랭보의 병세를 소상히 이른다.

11월 10일, 오전 10시, 37세의 나이로 사망한다.

11월 14일, 샤를빌 묘지에 안장된다.

기획의 말

'대산세계문학총서'를 펴내며

2010년 12월 대산세계문학총서는 100권의 발간 권수를 기록하게 되었습니다. 대산세계문학총서의 발간은 앞으로도 계속될 것이고, 따라서 100이라는 숫자는 완결이 아니라 연결의 의미를 지니는 것이지만, 그 상징성을 깊이 음미하면서 발전적 전환을 모색해야 하는 계기가 된 것은 분명합니다.

대산세계문학총서를 처음 시작할 때의 기본적인 정신과 목표는 종래의 세계문학전집의 낡은 틀을 깨고 우리의 주체적인 관점과 능력을 바탕으로 세계문학의 외연을 넓힌다는 것, 이를 통해 세계문학을 바라보는 우리의 시각을 전환하고 이해를 깊이 해나갈 수 있도록 한다는 것이었다고 간추려 말할 수 있습니다. 그리고 궁극적으로는 우리의 인문학을 지속적으로 발전시켜나갈 수 있는 동력이 될 수 있기를 희망하는 것이었습니다. 이러한 기본 정신은 앞으로도 조금도 흩트리지 않고 지켜나갈 것입니다.

이 같은 정신을 토대로 대산세계문학총서는 새로운 변화의 물결 또한 외면하지 않고 적극 대응하고자 합니다. 세계화라는 바깥으로부터의 충격과 대한민국의 성장에 힘입은 주체적 위상 강화는 문화나 문학의 분야에서도 많은 성찰과 이를 바탕으로 한 발상의 전환을 요구하고 있습니다. 이제 세계문학이란 더 이상 일방적인 학습과 수용의 대상이 아니라 동등한 대화와 교류의 상대입니다. 이런 점에서 대산세계문학총서가 새롭게 표방하고자 하는 개방성과 대화성은 수동적 수용이 아니라 보다 높은 수준의 문화적 주체성 수립을 지향하는 것이며, 이것이 궁극적으로 한국문학과 문화의 세계화에 이바지하게 되리라고 믿습니다.

또한 안팎에서 밀려오는 변화의 물결에 감춰진 위험에 대해서도 우리는 주의를 게을리하지 말아야 할 것입니다. 표면적인 풍요와 번영의 이면에는 여전히, 아니 이제까지보다 더 위협적인 인간 정신의 황폐화라는 그늘이 짙게 드리워져 있는 것이 사실입니다. 대산세계문학총서는 이에 대항하는 정신의 마르지 않는 샘이 되고자 합니다.

'대산세계문학총서' 기획위원회

대 산 세 계 문 학 총 서

001-002 소설 **트리스트럼 섄디**(전 2권) 로렌스 스턴 지음 | 홍경숙 옮김

003 시 **노래의 책** 하인리히 하이네 지음 | 김재혁 옮김

004-005 소설 **페리키요 사르니엔토**(전 2권) 호세 호아킨 페르난데스 데 리사르디 지음 | 김현철 옮김

006 시 **알코올** 기욤 아폴리네르 지음 | 이규현 옮김

007 소설 **그들의 눈은 신을 보고 있었다** 조라 닐 허스턴 지음 | 이시영 옮김

008 소설 **행인** 나쓰메 소세키 지음 | 유숙자 옮김

009 희곡 **타오르는 어둠 속에서/어느 계단의 이야기** 안토니오 부에로 바예호 지음 | 김보영 옮김

010-011 소설 **오블로모프**(전 2권) I. A. 곤차로프 지음 | 최윤락 옮김

012-013 소설 **코린나: 이탈리아 이야기**(전 2권) 마담 드 스탈 지음 | 권유현 옮김

014 희곡 **탬벌레인 대왕/몰타의 유대인/파우스투스 박사** 크리스토퍼 말로 지음 | 강석주 옮김

015 소설 **러시아 인형** 아돌포 비오이 까사레스 지음 | 안영옥 옮김

016 소설 **문장** 요코미쓰 리이치 지음 | 이양 옮김

017 소설 **안톤 라이저** 칼 필립 모리츠 지음 | 장희권 옮김

018 시 **악의 꽃** 샤를 보들레르 지음 | 윤영애 옮김

019 시 **로만체로** 하인리히 하이네 지음 | 김재혁 옮김

020 소설 **사랑과 교육** 미겔 데 우나무노 지음 | 남진희 옮김

021-030 소설 **서유기**(전 10권) 오승은 지음 | 임홍빈 옮김

031 소설 **변경** 미셸 뷔토르 지음 | 권은미 옮김

032-033 소설 **약혼자들**(전 2권) 알레산드로 만초니 지음 | 김효정 옮김

034 소설 **보헤미아의 숲/숲 속의 오솔길** 아달베르트 슈티프터 지음 | 권영경 옮김

035 소설 **가르강튀아/팡타그뤼엘** 프랑수아 라블레 지음 | 유석호 옮김

036 소설 **사탄의 태양 아래** 조르주 베르나노스 지음 | 윤진 옮김
037 시 **시집** 스테판 말라르메 지음 | 황현산 옮김
038 시 **도연명 전집** 도연명 지음 | 이치수 역주
039 소설 **드리나 강의 다리** 이보 안드리치 지음 | 김지향 옮김
040 시 **한밤의 가수** 베이다오 지음 | 배도임 옮김
041 소설 **독사를 죽였어야 했는데** 야샤르 케말 지음 | 오은경 옮김
042 희곡 **볼포네, 또는 여우** 벤 존슨 지음 | 임이연 옮김
043 소설 **백마의 기사** 테오도어 슈토름 지음 | 박경희 옮김
044 소설 **경성지련** 장아이링 지음 | 김순진 옮김
045 소설 **첫번째 향로** 장아이링 지음 | 김순진 옮김
046 소설 **끄르일로프 우화집** 이반 끄르일로프 지음 | 정막래 옮김
047 시 **이백 오칠언절구** 이백 지음 | 황선재 역주
048 소설 **페테르부르크** 안드레이 벨르이 지음 | 이현숙 옮김
049 소설 **발칸의 전설** 요르단 욥코프 지음 | 신윤곤 옮김
050 소설 **블라이드데일 로맨스** 나사니엘 호손 지음 | 김지원 · 한혜경 옮김
051 희곡 **보헤미아의 빛** 라몬 델 바예-인클란 지음 | 김선욱 옮김
052 시 **서동 시집** 요한 볼프강 폰 괴테 지음 | 안문영 외 옮김
053 소설 **비밀요원** 조지프 콘래드 지음 | 왕은철 옮김
054-055 소설 **헤이케 이야기**(전 2권) 지은이 미상 | 오찬욱 옮김
056 소설 **몽골의 설화** 데. 체렌소드놈 편저 | 이안나 옮김
057 소설 **암초** 이디스 워튼 지음 | 손영미 옮김
058 소설 **수전노** 알 자히드 지음 | 김정아 옮김
059 소설 **거꾸로** 조리스-카를 위스망스 지음 | 유진현 옮김
060 소설 **페피타 히메네스** 후안 발레라 지음 | 박종욱 옮김
061 시 **납** 제오르제 바코비아 지음 | 김정환 옮김
062 시 **끝과 시작** 비스와바 쉼보르스카 지음 | 최성은 옮김
063 소설 **과학의 나무** 피오 바로하 지음 | 조구호 옮김
064 소설 **밀회의 집** 알랭 로브-그리예 지음 | 임혜숙 옮김
065 소설 **홍까오량 가족** 모옌 지음 | 박명애 옮김
066 소설 **아서의 섬** 엘사 모란테 지음 | 천지은 옮김
067 시 **소동파사선** 소동파 지음 | 조규백 역주
068 소설 **위험한 관계** 쇼데를로 드 라클로 지음 | 윤진 옮김

069 소설 **거장과 마르가리타** 미하일 불가코프 지음 | 김혜란 옮김
070 소설 **우게쓰 이야기** 우에다 아키나리 지음 | 이한창 옮김
071 소설 **별과 사랑** 엘레나 포니아토프스카 지음 | 추인숙 옮김
072-073 소설 **불의 산**(전 2권) 쓰시마 유코 지음 | 이송희 옮김
074 소설 **인생의 첫출발** 오노레 드 발자크 지음 | 선영아 옮김
075 소설 **몰로이** 사뮈엘 베케트 지음 | 김경의 옮김
076 시 **미오 시드의 노래** 지은이 미상 | 정동섭 옮김
077 희곡 **셰익스피어 로맨스 희곡 전집** 윌리엄 셰익스피어 지음 | 이상섭 옮김
078 희곡 **돈 카를로스** 프리드리히 폰 실러 지음 | 장상용 옮김
079-080 소설 **파멜라**(전 2권) 새뮤얼 리처드슨 지음 | 장은명 옮김
081 시 **이십억 광년의 고독** 다니카와 슌타로 지음 | 김응교 옮김
082 소설 **잔지바르 또는 마지막 이유** 알프레트 안더쉬 지음 | 강여규 옮김
083 소설 **에피 브리스트** 테오도르 폰타네 지음 | 김영주 옮김
084 소설 **악에 관한 세 편의 대화** 블라디미르 솔로비요프 지음 | 박종소 옮김
085-086 소설 **새로운 인생**(전 2권) 잉고 슐체 지음 | 노선정 옮김
087 소설 **그것이 어떻게 빛나는지** 토마스 브루시히 지음 | 문항심 옮김
088-089 산문 **한유문집-창려문초**(전 2권) 한유 지음 | 이주해 옮김
090 시 **서곡** 윌리엄 워즈워스 지음 | 김숭희 옮김
091 소설 **어떤 여자** 아리시마 다케오 지음 | 김옥희 옮김
092 시 **가윈 경과 녹색기사** 지은이 미상 | 이동일 옮김
093 산문 **어린 시절** 나탈리 사로트 지음 | 권수경 옮김
094 소설 **골로블료프가의 사람들** 미하일 살티코프 셰드린 지음 | 김원한 옮김
095 소설 **결투** 알렉산드르 쿠프린 지음 | 이기주 옮김
096 소설 **결혼식 전날 생긴 일** 네우송 호드리게스 지음 | 오진영 옮김
097 소설 **장벽을 뛰어넘는 사람** 페터 슈나이더 지음 | 김연신 옮김
098 소설 **에두아르트의 귀향** 페터 슈나이더 지음 | 김연신 옮김
099 소설 **옛날 옛적에 한 나라가 있었지** 두샨 코바체비치 지음 | 김상헌 옮김
100 소설 **나는 고故 마티아 파스칼이오** 루이지 피란델로 지음 | 이윤희 옮김
101 소설 **따니아오 호수 이야기** 왕정치 지음 | 박정원 옮김
102 시 **송사삼백수** 주조모 엮음 | 이동향 역주
103 시 **문턱 너머 저편** 에이드리언 리치 지음 | 한지희 옮김

104 소설 **충효공원** 천잉전 지음 | 주재희 옮김

105 희곡 **유디트/헤롯과 마리암네** 프리드리히 헤벨 지음 | 김영목 옮김

106 시 **이스탄불을 듣는다** 오르한 웰리 카늑 지음 | 술탄 훼라 아크프나르 여 · 이현석 옮김

107 소설 **화산 아래서** 맬컴 라우리 지음 | 권수미 옮김

108-109 소설 **경화연**(전 2권) 이여진 지음 | 문현선 옮김

110 소설 **예피판의 갑문** 안드레이 플라토노프 지음 | 김철균 옮김

111 희곡 **가장 중요한 것** 니콜라이 예브레이노프 지음 | 안지영 옮김

112 소설 **파울리나 1880** 피에르 장 주브 지음 | 윤 진 옮김

113 소설 **위폐범들** 앙드레 지드 지음 | 권은미 옮김

114-115 소설 **업둥이 톰 존스 이야기**(전 2권) 헨리 필딩 지음 | 김일영 옮김

116 소설 **초조한 마음** 슈테판 츠바이크 지음 | 이유정 옮김

117 소설 **악마 같은 여인들** 쥘 바르베 도르비이 지음 | 고봉만 옮김

118 소설 **경본통속소설** 지은이 미상 | 문성재 옮김

119 소설 **번역사** 레일라 아부렐라 지음 | 이윤재 옮김

120 소설 **남과 북** 엘리자베스 개스켈 지음 | 이미경 옮김

121 소설 **대리석 절벽 위에서** 에른스트 윙거 지음 | 노선정 옮김

122 소설 **죽은 자들의 백과전서** 다닐로 키슈 지음 | 조준래 옮김

123 시 **나의 방랑—랭보 시집** 아르튀르 랭보 지음 | 한대균 옮김